KB164687

구월의 살인

김별아
장편소설

구월의 살인

해냄

| 차례 |

서(序)

옥좌의 주인이 바뀌는 파란곡절의 기축년(1649년)이 막고비에 이른 어느 날이었다. 퇴청하기 위해 사인교에 오르던 형조 판서 이시방 앞으로 검은 그림자 두 개가 뛰어들었다.

"웬 놈들이냐?"

느닷없는 사달이었으나 육조, 그것도 형조에서 벌어진 일이었다. 구종 별배가 판서를 보호하는 사이 호위군이 득돌같이 달려들어 그림자를 제압했다. 순식간에 포승에 꽁꽁 묶인 괴한들이 형조 판서 앞에 무릎꿇림하였다.

"길거리도 아니고 아문 안에서 이 무슨 변괴인가? 너희의 정체가 무엇이냐?"

"대감마님! 불경한 행동거지로 귀인을 놀라게 한 저희를 죽여 주십시오!"

조금 큰 그림자가 거친 목소리를 토해냈다.

"다만 저희의 목을 베기 전에 마지막 소원 한 가지만 들어주십시오!"

작은 그림자가 풀썩 쓰러져 부복했다.

"대감마님, 부디 은혜를 베풀어 가련한 백성의 사정을 들어주소서!"

두 그림자가 이마를 찧으며 입 모아 울부짖었다.

"호소를 하려면 폐석(肺石)을 이용하면 그만이지, 어찌 생잡이로 달려들어 대감을 놀라게 한단 말인가?"

얼굴이 시뻘겋게 달아오른 호위군관이 금방이라도 칼을 뽑아들 기세로 호령했다. 넓은 월대를 둔 형조의 당상 대청 앞마당에는 가마가 지나는 답도 좌편으로 가석(嘉石)*이, 우편으로 억울한 자가 직접 호소할 수 있는 폐석이 자리하고 있었다.

"죽을죄를 지었습니다! 하지만……."

어지간히 담이 크지 않으면 형조의 삼문 안으로 들어서는 것 자체가 쩔질 터이니, 폐석에서 고이 기다리지 못하고 판서의 가마로 뛰어들 시에는 그만큼 갈급하고 지절한 일이렷다! 괴한들을 살펴보니 쑥대강이같이 험수룩하게 흐트러진 머리털에 섶을 여미지 않은 베옷을 걸친 몰골이 광인이 아니라면 상주의 그것이었다.

"너희가 호소하고자 하는 게 대체 무언가?"

공신(功臣)으로 군(君)의 작위를 받은 이시방은 졸렬한 재능을 성실로 에끼는 인물이었다. 형조 판서로 제수되자마자 사은사로 중국에 갈 채비 중이라 총망한 지경에도 당장의 심문을 피하지 않았다.

"소인들은 여주 사람 김태길의 천첩이 낳은 자식들이온데 청천벽력으로 아비를 잃은 통한을 견딜 수 없어 상복을 입기를 미루고 상경하였습니다. 풍찬노숙하며 격쟁(擊錚)의 기회를 기다렸으나 거둥하시는 어가를 만나지 못해 노심초사하다가 끝내 귀인의 가마에 뛰어들게 되었나이다!"

세상이 열린 후로 원억미신자(冤抑未伸者)*는 사라지지 아니하니 조선은 태종 때부터 송나라의 등문고를 본뜬 신문고를 설치해 청원과 상소와 고발을 처리했다. 폐지와 복구를 거듭한 신문고를 대신해서는 임금이 거둥하는 길에 뛰어들어 꽹과리를 쳐서 하문을 기다리는 격쟁이 생겼다. 한데 신문고든 격쟁이든 유사시에 요긴하나 평시에는 골칫거리라 언젠가부터 형조에서 격쟁하는 자들을 가두고 추국하기 시작했다. 한갓 망령된 하소연으로 소란을 피우는 게 가증스럽다며 형장을 가해 죽는 자까지 생겨나니, 실로 여주의 얼자들은 목숨을 걸고 사인교 앞을 가로막은 것이었다.

*원통하고 억울한 일을 풀어 해결하지 못한 자.

"너희 아비가 어찌 죽었다는 것이냐?"

"백주 대낮에 한양 한복판에서 도륙을 당했으니 어찌 이보다 더 참사하리까? 무참히 난자당해 죽은 아비를 생각하면 불효자식들의 창자가 토막토막 끊어지는 것만 같습니다!"

"도륙? 난자? 그렇다면 살해당했다는 게냐?"

"원통하고 절통하게도 그렇습니다. 그런데 범인을 잡아내지 못한 채 이대로 검험(檢驗)을 끝낸다면 망자가 두 눈을 감고 저세상으로 떠날 수 있으오리까? 소인들이 아비를 죽인 철천지원수와 같은 하늘을 인 채로 살아갈 수 있으오리까?"

피살자의 자식들이 머리를 쥐뜯고 가슴을 쥐지르며 통곡하기 시작했다. 심문이 이어지는 동안 낭관청사에서 담당 참의와 정랑이 달려 나왔다. 행여 돌연한 소란이 부임한 지 얼마 되지 않은 판서의 심기를 거슬렀을세라 창황실색한 얼굴들이었다.

"이자들이 하는 말이 사실인가? 도성 한복판에서 백주 대낮에 벌어진 살인 사건을 그토록 미심쩍이 처치했다는 겐가?"

"그게, 사실은 사실입니다."

"무어라? 범인을 잡지 못한 채 삼검도 하지 않고 사건을 종결했다고?"

"법으로 정해지기를 한양에서 벌어진 살인 사건은 형조에서 고발장을 접수해 한성부에 이첩하도록 되어있습니다. 그러면 한성부에서 사건 현장이 속한 오부(五部)로 하여금 초검하도록 하고 이후로 한성부의 낭관이 복검을 합니다. 만약에 삼검을 해야 할 경우 형조에서 담당하도록 되어있지만……."

초겨울 바람은 써늘한데 참의는 땀을 뻘뻘 흘리고 있었다. 참의의 말을 받아 정랑이 안고 나온 한 뭉치의 문부(文簿: 문서와 장부)를 뒤적이며 해명했다.

"동부 숭신방에서 보내온 검시장과 한성부의 복검안을 확인한 결과 사건의 정황과 검시 결과가 일치합니다. 초검과 복검에 상이함이 없을 시에는 삼검을 면제하는 것이 상례인지라, 김태길이 강도에 의해 살해당한 것으로 사건이 마무리되었습니다."

"아닙니다! 강도라니요? 절대 그럴 리 없습니다!"

범인이 잡힐 때까지 아버지의 조각난 시신을 인도받지 않겠다고 앙버텨온 자식들이 게거품을 뿜어내며 대거리했다. 몰강스러운 야료에 눈살을 찌푸리면서도 판서는 탄원자들을 물리치지 못했다. 효친을 제일의 가치로 내세우는 유교 국가에서 효를 명분으로 벌이는 소란은 도리어 칭찬하고 장려할 일이었다. 그리고 얼자들의 악다구니와 몸부림에는 확신에 찬 무언가가 있었다.

"강도가 아니라는 증거가 있는가?"

판서의 물음에 손위로 보이는 자가 반색하며 답했다.

"증거는 아니지만 증인이 있습니다!"

"증인?"

판서가 고개를 갸웃하자 문부를 살피던 정랑이 당황한 듯 말했다.

"선전관 김원위가 간증(干證)으로 기록되어있습니다."

"범행을 현장에서 목격한 자가 있고, 게다가 그가 무관이라고? 그런데 어찌 강도들이 여주의 촌사람만 칼로 찔러 죽였단 말인가?"

"지금 대감마님께옵서 하신 말씀이 바로 저희 형제가 품은 의문입니다. 귀인과 비인(鄙人)*이 한시에 품은 의문을 어찌 형조의 관원들만 무시하고 지나쳤는지 그 연유를 도무지 알 수 없습니다. 만취해 곤드라져 봉변을 면했다지만 김원위는 그때의 정황을 묻는 저희를 피하며 만나주지 아니하니, 속일을 명명백백히 드러내기 위해서라도 삼검은 반드시 이루어져야 합니다!"

판서가 대기시켰던 사인교를 불렀다. 다음 달 초면 그는 사은사로 국경을 넘고 있을 것이다. 갑자기 물밀어 드는 피로에 관자놀이를 누르며 이립한 참의와 정랑에게 지시를 내렸다.

"사건을 원점으로부터 다시 엄밀하게 수사하도록 하라!"

*촌사람. 비루한 사람이라는 뜻으로, 남자가 자기를 낮추어 이르는 일인칭 대명사.

12

죽은
자의 말

아무래도 억울한 일이다. 언제나처럼 발등에 불이 떨어져서야 허겁지겁 찾아대는 꼬락서니가 역겹다. 허나 낯빛으로 드러내진 않지만 가슴이 부듯한 것도 사실이다.

'정치는 너희가 잘할지 몰라도 수사는 내 발꿈치에도 미치지 못하리라!'

시장(屍帳)*과 법물(法物)**을 꼼꼼히 챙기는 전방유의 입귀가 야릇하게 실그러졌다. 어지간하면 그를 찾지 않는다. 그를 찾을 정도라면 어지간한 일이 아니다. 그 사실이 불쾌감과 동시에 설렘으로 다가온다.

"죽사립 쓴 오작(仵作)*** 나셨네!"

* 시체를 검안한 증명서.
** 검시에 활용되는 보조 도구 및 수단들.
*** 지방관아에 속하여 수령이 시체를 임검할 때에 시체를 주위 맞추는 일을 하던 하인.

듣지 않아도 들린다. 전방유가 아문을 벗어나는 순간 형조 안에 입 달렸다는 것들은 행여 빠질세라 앞다투어 뒷소리를 지껄여낼 것이다. 눈앞에 두고도 이기죽이기죽거리는 말짜들이 눈앞에 없으면 말마따나 눈에 뵈는 게 없을 것이다. 상상만으로 분이 치받쳐 전방유는 속니를 빠드득 간다.

죽사립은 갓 중에서도 최고급의 갓이다. 전방유의 집안이 천석꾼에 삼대 진사인 짱짱한 명문가란 뜻이다. 그런 양반들이 절대 할 수 없고 하지 않을 일이 오작이다. 시골 수령도 하기 싫어서 아전을 시키고, 닳아빠진 아전이 눈치놀음으로 개중 무던한 하인이나 사령을 찍어다 붙이는 일이다.

피를 봐야 한다. 피로 고인 못 속으로 들어가야 한다. 시체를 만져야 한다. 앞으로 엎어진 시체를 뒤집고 반듯이 누운 시체를 엎어야 한다. 흩어진 살점이 있으면 모아야 한다. 조각조각 토막 난 몸뚱이는 주워 맞춰야 한다. 눈을 까뒤집고 혀를 빼내고 몸의 은밀한 구멍까지 살펴야 한다. 뿜어낸 거품이며 토해낸 토사물이며 내지른 똥오줌까지 보고 만지고 냄새 맡아 확인해야 한다.

험하고 거친 일들 중에서도 유달리 험궂기에 세간에서는 그것을 천하게 여긴다. 그 일을 하는 사람들을 천대한다. 허나 그토록 떠받드는 법과 기강은 뒷짐 진 채로 목청만 돋우면 세워지는가? 사람이 짓는 만 가지 죄 중에 가장 흉악한 살인죄를 해결하기 위해서는 마땅히 검험의 과정이 있어야 할 터인데 시체를 뒤집고 만지지 않고서야 어찌 사인(死因)을 밝혀내고 검안서를 작성한단 말인가?

꾸역거리는 말 대신 입안에 고인 쓴 물을 꿀꺽 삼키고 전방유는 관아를 나선다. 일행은 단출하다. 서리 하나에 의원과 율생이 각각 한 명, 그리고 전옥서의 오작을 다시 불렀다. 지옥과 앞자리 한 글자만 다른 감옥에서 시체 아니면 산송장을 다루는 데 이골이 난 전옥서 오작은 전방유를 사뭇 감동시키는 엽렵한 수족이다. 사평나루에서 일어났던 어영청 무장 변사 사건과 청상과수 박 씨 자액 사건을 해결할 때도 그의 역할이 컸다. 송장도 심문해 자백게 할 듯 우쭐대다가 시신의 콧구멍에서 구더기 한 마리만 기어 나와도 요란을 떠는 감투짜리들과는 비교할 수 없을 만큼 요긴한 인물이다.

"좌랑 나리, 이번엔 어떤 사건입니까?"

구종이 말을 끌고 오기를 기다리는 동안 오작이 굽힌 허리를 펴지도 않은 채 슬며시 물었다.

"왜? 썩은 살 냄새가 그리 그립더냐? 잠시 기다리기도 어려울 만큼?"

"아이고, 쇤이 마음이 급해서 망령되이 혀를 놀렸습니다요. 언제 어디서 죽었는지 알고 가면 뒷시중에 도움이 될 것 같아서……."

땅에 이마라도 처박을 듯 굽실거리는 오작의 몸놀림이 무겁지 않다. 신분의 차이가 엄연하니 몸을 움츠리며 송구스러운 시늉을 하지만 속마음까지 숨길 순 없다. 그도 전방유와 마찬가지로 까닭을 알 수 없는 신명이 나는 게다. 곧 눈앞에 끔찍하고 적나라하며 동시에 의혹투성이인 죽음의 현장이 펼쳐질 것을 기대하면서.

"도적에 의한 살인이다. 네 열심이 가상하니 이거라도 보아두어라!"

전방유는 챙겨 나온 서류 중에 시형도(屍型圖)*를 오작에게 던져주었다. 처음으로 검험에 따라나서 어리벙벙한 율생에게는 시장을 건네주며 지시했다.

"오작 이자는 지옥의 명부를 읽는 데는 댕글댕글한데 산 사람들의 글자엔 까막눈이니 자네가 좀 읽어주게!"

전방유가 그토록 거듭해 시험에서 낙방했던 까닭이 어쩌면 정답이 아니라 고사장을 잘못 찾아서였는지도 모를 일이었다. 그는 까다로운 문제를 내놓은 시험관처럼 짓궂은 웃음을 지었다.

전방유가 형조의 돌림쟁이가 된 것은 신래(新來) 때문이었다. 신래란 본디 새로이 과거에 급제한 자나 벼슬 없는 선비였다가 처음으로 관직에 나아간 자를 칭했는데, 세간의 풍속으로 이들이 거쳐야 할 통과 의례를 가리키는 데 자주 쓰였다. 그 악명은 익히 들

*검시를 하여 시장을 작성할 때 시신의 76개소 부분을 살펴서 그린 그림.

었다. 장안에 자자한 소문으로는 그런 난장판에 아수라장이 또 없었다.

우선은 허참례(許參禮)로 아귀 같은 선배 관원들의 뱃구레에 기름칠부터 해야 한댔다. 일차 술과 음식으로 달래놓은 걸신쟁이들을 재차 면신례(免新禮)의 향응을 베풀어 구슬려야 비로소 신래가 선임들과 동석할 수 있다고 했다. 미풍은 가르쳐도 전하기 어렵고 악풍은 숨겨도 구린내를 풍긴다. 애초에 성균관과 예문관과 승문원 등지에서 저희들만의 기풍으로 행하던 일이 옴 오르듯 일반 관청으로 번지다 못해 서리와 하인배들에게까지 전파되었다.

말이 좋아 의식이요 의례지 한마디로 먹고 마시자 판이다. 얼근히 취하니 기생 불러 대놀음도 하고 싶다. 흥이 나니 얄궂은 장난기도 피어오른다. 축하한답시고 술을 퍼 먹인다. 느닷없이 열불을 내며 종놈을 매질한다. 한더위에는 땡볕 아래 세워놓는다. 한겨울에는 얼음 낀 연못에 밀어 넣는다. 온몸에 진흙을 칠하고 얼굴에 먹칠을 하기도 한다. 탐욕, 모욕, 곤욕, 오욕. 욕망과 수치의 잔치가 끝나면 비로소 공범이 된다.

"우리가 급제하거든 신래에 응하지 말자! 도깨비놀음 같은 시속을 따르지 말자!"

전방유도 그랬다. 혈기 방장한 한때는 동학(同學)들과 더불어 다짐도 했다. 그때의 눈빛은 얼마나 빛났던가? 숨결은 얼마나

향기로웠던가? 그 말을 지껄이는 잇바디는 얼마나 선명한 분홍이었던가!

　다만 예상치 못했던 바는 수험생 시절이 그토록 길어질 수 있다는 것이었다. 십 년을 지나 이십 년을 넘어 더 이상 젊지 않을 때까지 이어질 수 있다는 사실이었다. 전방유의 황금기는 신동이라는 소리를 들으며 가문을 빛낼 맏아들로 우대를 받던 유년이었다. 영특한 소년은 『논어』에서 말하는 문일지십(聞一知十)의 표본인 양 하나를 듣고 열을 깨우쳤다.

　아무도 그의 전도유망을 의심치 않았다. 그래서 처음으로 응시한 과거에서 낙방했을 때는 긴장해서 실력 발휘를 못했다며 집안 식구는 물론 동네 사람들까지 모두 위로했다. 두 번째로 낙방했을 때는 도회와 향촌의 문풍이 달라서가 아니겠냐며 전방유를 한양으로 유학 보냈다. 세 번째는 학운이 약하여 소년등과가 어렵다는 점쟁이의 말이 끌려 나왔다. 네 번째에는 과일(科日)을 사흘 앞두고 복통 설사에 시달린 일을 원인 삼았다. 다섯, 그리고 여섯 번째에는…….

　세월은 가고 부모님은 늙고 가세는 시들었다. 자식들은 크고 아내는 사나워졌다. 어린 동생이 장성해 형을 앞서 등과하고 아들이 초시를 준비할 무렵, 그제야 깨달았다. 전방유는 평생토록 수험생이 아닌 그 무엇으로도 살지 못했다. 아무리 많이 공부했대도 등과록에 이름을 올리기 전까지는 학생, 그 이상도 이하도 아니었다.

전방유는 투항했다. 자존심을 세우며 거부했던 문음(門蔭)*으로 슬그머니 기어들어갔다. 응하지 않겠노라고 큰소리쳤던 신래도 어지간하면 비위를 맞춰 넘기기로 했다. 애초에 어깃장을 놓으려던 게 아니었다. 다만 면구하여 고향에 급전을 청하지 못하고 아끼던 자석벼루와 아내의 패물을 팔았다. 남들처럼만 굴신하고 남들만큼만 처신하려 했다. 하지만 형조의 선임들은 그 마지못한 굴신과 처신이 못마땅하셨던 모양이다. 댓줄이 금줄이라 유가(遊街)**도 않고 자리를 꿰찬 것이 가뜩이나 눈꼴신데 차려낸 주안상이란 게 허름하고 허술하니 배알까지 뒤틀려버린 것이다.

이러구러 허참례는 용케 넘겼다. 면신례의 주연이 새벽까지 무르녹아서야 기어코 사달이 났다. 신래를 벗어날 문턱에 이르렀음에 얼마간 긴장이 풀린 탓이었던지 전방유는 그만 슬쩍궁 취했다. 만취한 선임들의 희롱과 비웃음을 더는 참아줄 수가 없었다. 그의 머리꼭지에 뚜껑을 연 것은 '홍분방(紅粉榜)'이라는 한마디였다. 이 말은 고려 말에 과거에 합격한 연소자들을 젖내 나고 분홍색 옷을 입은 자들이라고 비꼬던 별칭으로, 허참례와 면신례 악습의 뿌리라 할 만했다.

"신래들의 뻣뻣하고 날카로운 기세를 꺾어

* 음서(蔭敍). 고려와 조선에서 공신이나 전현직 고관의 자제를 과거에 의하지 않고 관리로 채용하던 일.
** 과거 급제자가 광대를 데리고 풍악을 울리면서 시가행진을 벌이고 시험관, 선배 급제자, 친척 등을 찾아보던 일. 보통 사흘에 걸쳐 행함.

버려야 한다고? 내가 이십 년을 백두(白頭)*로 살아 뻣뻣하게 남은 데라곤 하나뿐인 것을!"

　전방유는 끝내 아슬아슬 잡고 있던 끈을 놓아버렸다. 나중에 듣기로 그는 정신 줄과 함께 허리끈을 풀었다 하였다. 그리고 뻣뻣하게 남은 그 하나를 붓 삼아 꺼내 들고 연회장 바닥에 지린 물그림을 시원하게 그렸다 하였다. 어쩌면 생애 최고로 중요한 순간에 최초이자 최악의 주사를 부린 것이었다.

　사헌부나 사간원, 홍문관이나 예문관이나 승문원처럼 명망이 있는 청직도 아니고 이조나 병조처럼 권력을 가진 요직도 아닌 형조는 청요직으로 가기 위한 징검돌이거나 끗발 없는 이들이 밀려가는 한직이었다. 그에 비해 하는 일은 험악하고 위중해 가을 서리처럼 차가운 추관(秋官)으로 불리니 배려하고 보살피는 기풍이 전혀 없었다. 그 지경에 이 지경까지 되었으니 어쩌랴? 그날 이후로 오줌싸개 전방유는 형조에서 내놓은 돌림쟁이가 되었다. 아무도 같이 밥이나 술을 나눠 먹지 않으려 하였고 몇몇 질이 낮은 자들은 노골적으로 경멸의 빛을 보였다.

　전방유는 어려서부터 그리 결기 있는 성정이 아니었다. 나무타기 같은 흔한 놀이는 물론 나무칼 한번 잡아본 적 없었다. 다섯 살에 『논어』를 읽었으나 여덟 살까지 야뇨증을 앓았고, 열 살에도 밤에 한뎃뒷간을 혼자 가지 못했다. 귀신이 무서웠고 마누라도

*탕건을 쓰지 못하였다는 뜻으로, 지체는 높으나 벼슬하지 못한 사람을 비유적으로 가리킴.

20

무서웠고 자식들도 열다섯 살이 넘어가니 함부로 대할 수 없었다. 그러니 형조의 거칠고 사나운 선임과 동료들에게 행여나 맞서 대거리할 수 있었겠는가?

전방유는 일 년 하고도 절반을 꼬박 얼뜨기 좌랑 취급을 받았다. 그런데 사람의 일이란 참으로 알 수 없었다. 형조의 외돌토리였기에 느닷없는 일을 맡았다. 그리고 엉뚱하게도 사십 년 가까이 살면서 까마득히 몰랐던 재능을 발견했다.

처음으로 죽은 사람과 만났던 순간을 잊지 못한다. 시체를 보았다든가 재로 덮어 봉인한 시신을 꺼냈다든가 하는 표현은 적합지 않다. 그를 만났다. 얼마 전까지 다른 이들과 다를 바 없이 먹고 마시고 웃고 화내며 살아있었던 한때의 사람을.

자루를 풀거나 상자를 열어 멍석이나 검사대 위에 올려놓는 순간에 초짜이거나 심약한 이들은 졸도해 넘어진다고 했다. 외형보다는 냄새 때문이었다. 진마유(眞麻油: 참기름)를 콧구멍 주위에 바르거나 소합향원(蘇合香元)*으로 콧구멍을 막아도 완전히 피할 수 없었다. 구리고도 누릿하면서 부글부글 끓는 듯하며 독하게 톡 쏘았다. 숨이 끊어짐과 동시에 삶의 증거였던 모든 것이 썩어 들어가며 뿜어내는 냄새, 시취였다.

처음이라 각오를 단단히 했다. 아침에 집을 나설 때 아내는 근심이 가득한 얼굴로 청심

*백출, 목향, 침향, 사향, 정향 등 15가지의 약재로 구성되어 기(氣)로 인한 위급질환에 사용하는 환약.

환까지 챙겨주었다. 형조의 돌림쟁이는 정치적으로 중요하거나 법률적으로 의미 있는 사건과는 무관했다. 그러나 세상에는 공짜가 없다. 공으로 녹을 먹을 수는 없으니 다른 관원들이 싫어하며 꺼리는 살옥 사건의 검험을 맡을 수밖에 없었다.

한데 예상을 훌쩍 뛰어넘어 전방유는 담담했다. 스스로도 놀랐다. 산 사람들의 독기를 이기기 어려워 질금질금 오줌까지 지리는 그가 죽은 사람 앞에서 뜻밖에 담대했다. 죽은 사람은 산 사람들을 겁주려고 고약한 냄새를 풍기며 썩어 문드러지는 게 아니었다. 그들은 다만 남아있는 육신으로 말할 수밖에 없을 뿐이었다.

"좋소이다. 어디 한번 들어봅시다!"

어영청은 임금을 호위하기 위해 만든 군대로 병자년의 난리를 겪으면서 조직이 팽창했다. 애당초 정예군으로 구성되었으나 이괄의 난에 충청도 공주로 파천했을 당시 그곳의 산쟁이 포수들이 결합했고, 이후론 경비 문제로 서울과 지방에 나누어 번상했다. 그러다 보니 구성원의 편차가 심한 데다 무인들 특유의 협기가 더해 크고 작은 사고가 끊이지 않았다.

그렇대도 예사로운 폭력과 살인은 달랐다. 사평나루 근방에서 변사체가 발견되고 그의 신분이 어영청의 무장이었음이 밝혀지자 장안이 발칵 뒤집혔다. 훈련도감과 더불어 중앙군의 핵심인 어영청 무관이 변사를 당하다니 자칫 역모나 정치적 사건으로 비화될 만한 일이었다. 지당하게도 초검과 복검과 더불어 수사와 심문이 특별히 철저했다. 변사한 무장은 남소영(南小營) 소속이었다. 남소영은 어영청의 분영으로 명철방의 남소문 옆에 있었다. 그러니까 사평나루까지는 배를 타고 건너온 게 분명했다. 사평나루 근방 사평원 뒷골목에 무장의 애첩이 살고 있었다.

사체는 인상사(刃傷死), 즉 칼에 찔려 죽었다. 후골 아래를 찌른 칼의 길이는 한 자[尺]에서 조금 못 미쳐 팔 촌(寸)쯤 되는데, 남소영의 동료와 가족들이 확인하길 죽은 무장의 것이라 하였다. 어쨌거나 자기의 칼에 자기가 죽었으니 일단은 자할사(自割死)*부터 의심했다. 하지만 가족과 주변인들이 입을 모아 망자가 자해하거나 자살할 까닭이 없다고 증언할뿐더러 사체의 상흔이 자할로 치기에 미심쩍은 면이 있었다.

"상흔의 깊이가 얼마나 되는가?"

다행스럽게도 꽃샘잎샘의 봄추위로 사체의 부패 정도가 극심하지는 않았다. 단지 젊고 걸때가 큰 무장이다 보니 마르고 늙은 이보다 문드러지기 쉬울 수밖에 없었다. 냄새가 났다. 역겹다기보다 수상한 냄새가.

"삼 촌? 실로 삼 촌이나 된다는 말이냐?"

초검과 복검의 검안이 동일하니 측정에 문제는 없는 듯한데, 차마 믿을 수 없는 깊이였다.

"대략 눈으로 보아도 검지부터 중지와 약지   *스스로 베고 죽음.

를 거쳐 새끼손까지 닿는 너비인데, 실로 재어보니 삼 촌이 넘으면 넘었지 모자라진 않습니다요."

사체의 벌어진 상처 속으로 대자를 집어넣었다 꺼내며 오작이 대답했다. 사안이 위중하다기에 불러온 전옥서의 저승사자, 바로 그 오작이었다.

"흠, 상처의 깊이로 보아 자할이 아님은 분명하군. 기도와 식도를 단번에 끊어 즉사한 경우라도 스스로 베었다면 칼의 깊이가 일 촌 칠 푼을 넘지 못할 테니 말이야."

"그렇습죠. 자할이라면 이렇게 깨끗이 베었을 리 없지요. 생목숨 스스로 거두는 게 그리 쉬우면 더러운 세상살이에 남아날 자가 없습죠. 모질게 마음먹고 찔러 들어간 자리와 어이쿠 아파서 빼내다 남은 상처의 크기가 다른 지경인걸요."

"자할사가 아니라면 피인살사(彼人殺死)*를 의심해야 할 터인데……. 문제는 칼자국의 방향이야. 그게 이해가 안 되니 실인(實因)**을 밝히는 일이 복잡해지는구면."

오작의 입심이 제법이라 말 상대로 삼음 직했다. 전방유는 주고받는 수작으로 책에서 읽었던 검험의 이론과 오작의 경험을 결합시키고자 했다. 지질했지만 야인이자 낭인이었던 시절이 가르쳐준 삶의 진리가 분명히 있었다. 잘나가는 출세자들이 '삼인행 필유아사(三人行 必有我師)***'를 입으로 외울

* 남에게 찔려 살해당함.
** 살해된 사람의 실제 죽은 원인.
*** 세 사람이 가는 곳에 반드시 본받을 만한 스승이 있다. 『논어』 「술이」 편.

때 전방유는 그 실제를 숱하게 겪었으니, 배울 게 있으면 가르칠 자가 누구든 마땅히 고개를 숙여야 하는 법이다.

"쉰네도 그게 좀 이상스럽다 싶습니다요. 보통 자기 몸을 자기가 찌를 때에야 칼이 기울지 않고 평평하거나 아래로 향하는 법인데……."

상처의 깊이로 봐서는 자할일 수 없다. 그런데 치명적이고 깊은 상처가 단 하나뿐이라는 사실과 칼자국의 방향으로 보아서는 자할이 분명하다. 사인 자체가 미궁에 빠져버렸다.

"어떻게 죽었는지도 모르는데, 왜 죽였냐며 족치던뎁쇼?"

오작이 이기죽대며 지껄였다. 살범벅 피범벅이 된 채로 전옥서에 갇힌 범인 아닌 범인들을 가리키는 것이렷다.

맨 처음 용의자로 지목되어 끌려간 이는 무장을 사평나루까지 실어 나른 뱃사공이었다. 어쨌거나 살아있는 무장의 마지막 모습을 본 사람이었기 때문이다. 혹간 선객이 지닌 재물을 노려 강도질을 하는 질 나쁜 사공들이 있으니 일단 용의선상에 올려 심문을 시작했다.

본디 심문의 목적은 옥안(獄案)*을 작성하기 위함이었다. 옥안은 한 글자만 달라져도 삶과 죽음이 나뉘니 공문서 가운데 가장 어려운 것으로 여겨졌다. 그런데 사증(辭證)**이 명명백백할 때에야 비로소 심문에 들어가는 전례부터가 깨진 터이니, 심문은 결국 자백을 끌어내기 위한

* 형벌을 판결하는 서류.
** 증인이나 증언.

고문에 다름 아니었다. 무슨 살이 뻗쳤던지 창졸간에 살인범으로 몰린 뱃사공은 볼기가 터지고 앞니 두 개가 깨진 후에야 간신히 무장이 엄장을 들썩이며 날숨을 뿜을 때마다 지독한 술내가 뿜어져 나왔음을 기억해냈다.

또 다른 용의자가 끌려왔다. 그날 사평나루로 넘어오기 전 한강진나루에서 함께 술을 마셨다는 무장의 십년지기였다. 그치도 잡혀오자마자 들입다 매타작부터 당했다. 하지만 문제는 새로운 용의자라는 작자가 섣달 그믐날 흰떡 맞듯 두들겨 맞고도 자기가 어디서 누구에게 왜 맞는지조차 제대로 알지 못할 정도의 술주정뱅이라는 사실이었다. 무장 친구와 같이 마셨다는 사실만 기억할 뿐 언제 마셨는지, 마시며 무슨 이야기를 했는지조차 기억하지 못하는 자의 자백을 토대로 옥안을 작성할 수는 없었다.

"시체는 엎어져 누운 채로 발견되었다고 했겠다……?"

전방유가 혼잣말하듯 중얼거렸다. 처음부터 사건을 재구성해보려는 것이었다.

"오른손에 자기 칼을 쥔 채로 죽었는데, 그 상처가 깊이로 보아 자할이라기에는 의심쩍다."

"그럼 결국 피떡이 되어 옥중에 갇힌 주정뱅이가 덤터기를 쓰겠구먼요."

오작이 냉소와 체념이 뒤엉긴 말투로 대꾸했다.

"네가 보기에 제대로 된 범인을 잡은 것 같더냐?"

"대강 눈어림만 해도 주정뱅이의 키가 쉰보다 작거나 같은데, 나리는 그 체구로 팔 척 장수를 치올려 찌를 수 있다고 생각하십니까?"

불가능했다. 허나 고문은, 그처럼 철저히 일방적인 폭력은 불가능마저 가능하게 만든다. 전방유는 수염을 쓸어내리며 낮은 한숨을 쉬었다. 원리와 법칙이 사라지면 무지와 야만이 판을 친다. 진실을 찾기 위해서라기보다 거짓에 지배당하지 않기 위해 사실을 밝혀야 했다. 미궁에 빠질 위기에 놓인 사건 앞에서 전방유가 느꼈던 긴장은 그처럼 구체적이고 실제적인 위기감이었다.

"한데 검안에 적힌 이건 뭔가? 각향노리개?"

그때 광주부윤이 작성한 검험 기록을 뒤적이던 전방유의 눈에 문득 이물스러운 이름이 들어왔다.

"네, 시신을 처음 발견해서 뒤집어보니 배 밑에 향집이 달린 노리개가 깔려있었습니다."

광주부윤을 대신해 삼검 현장에 나온 이속이 당시의 상황을 설명했다. 순간 안개가 덮인 듯 자욱하던 전방유의 머릿속에서 전에 없던 불꽃이 후드득 튀었다.

"시신이 발견된 때가 그믐날이라 했던가?"

"그렇습니다."

"그 전일의 날씨가 어떠했는지 기억하는 자가 있는가?"

느닷없는 질문에 다들 어리둥절해 술렁이던 중 서리가 나서서 말했다.

"그믐 전날이라면 자시에서 인시까지 밤새 비가 내렸습니다. 마침 조부의 제향일이라 똑똑히 기억하고 있습지요."

대답을 듣자마자 전방유가 명했다.

"시신의 신발과 의복을 살펴보라!"

오작이 재바르게 벗겨놓은 옷과 신발들을 살폈다.

"흙이 묻어있는가?"

"붉은 흙이 묻어있습니다요."

"시신의 손톱 밑을 살펴보라!"

오작이 사체에 다가가 굳어있는 손을 뒤집었다.

"손톱 밑에도 붉은 흙이 끼어있습니다요!"

"그렇다면……."

가슴은 흥분으로 들렁들렁한데 머리는 어느 때보다 차가웠다. 동료들이 중요한 일에 뽑혀나가고 친목의 자리에 불려나가는 동안 텅 빈 관방에서 홀로 읽었던 『무원록』*이 얼음장처럼 서늘한 뇌리에 펼쳐졌다.

"군졸들을 풀어 주변 언덕에 풀이 쓸리거나 흙이 무너진 곳이 있는지 살피도록 하라!"

죽은 자는 있으나 죽인 자가 없다. 그렇다면 죽인 자를 만들어낼 것이 아니라 원점으

*중국 원나라의 왕여가 송나라의 『세원록』과 『평원록』 따위를 참고해 1308년에 지은 법의학서.

로 돌아가 자초지종을 톺아보아야 한다.

중국 원나라 때의 시상변별(屍傷辨別)*에 관한 사례에 이와 흡사한 장면이 있었다. 엎어져 누운 시체가 손에 짧은 인물(刃物)이나 죽두(竹頭)**를 잡고 있으며 상흔이 갑상연골로부터 배꼽 밑까지에 있다면, 이는 술에 취해 넘어질 때 스스로 눌려 스스로 상한 것으로 본다는 대목이었다. 자할의 정황이되 사인은 자할이 아닌 기묘한 사고다.

"좌랑 나리! 여깁니다요! 여기 좀 와 보십시오!"

군졸이 가리키는 손끝에 허물어진 흙더미가 있고 예상대로 그 빛깔이 붉었다. 전방유의 목전에 지금은 죽은 자의 살아있던 마지막 순간이 빠삭하니 펼쳐졌다.

무장은 기분이 꽤나 좋았다. 한강진나루에서 평소 알고 지내던 술꾼과 어울려 거나하게 마시고 알알해진 채로 강을 건넜다. 사평나루에 도착하니 땅거미가 짙어지는지라 발걸음을 재촉했다. 며칠을 조르던 각향노리개를 코앞에 들이댔을 때 좋아죽으려 몸을 꼬는 애첩의 모습이 눈에 삼삼했다. 귀물이 무사히 잘 있는지 확인하려 주머니를 더듬어 노리개를 꺼냈다. 오호, 잘 있구먼! 무장은 씩 웃었다. 그 순간 도깨비의 장난인 듯 난데없는 헤살로 노리개가 그의 손아귀에서 벗어나 길가 수풀로 떨어졌다.

사람의 목숨은 자못 질기다. 절벽에서 뛰어

*시체의 상처 판별법.
**중국인들이 대나무를 깎아 만들어 소지하는 칼 혹은 창을 통칭함.

내려도 살아나는가 하면 잿물을 마시고도 죽지 않는다. 하지만 대문 밖이 저승이라 턱없이 끊기는 것 또한 사람의 목숨이다. 노리개를 찾기 위해 더듬질하던 무장의 몸이 발끝에서 허물어진 흙과 함께 언덕 아래로 내리굴렀다. 모든 조건이 터무니없이 완벽했다. 때마침 전날 내린 비로 진흙 언덕은 물렁했고, 술 취한 덩치는 추락의 속도를 더했고, 그의 품에서 튀어나온 칼은 우연히 그러나 정확히 급소를 꿰뚫었다.

"도대체 나에게 무슨 일이 생긴 거요?"

죽은 후에도 여전히 어리벙벙한 듯한, 다만 운이 나빴던 무고한 사자(死者)의 질문에 전방유는 답했다.

"실족사이자 인상사요. 발을 헛디뎌 칼에 찔려 죽었소. 당신이 당신을 죽였소."

갓끈을 단단히 고쳐 매었다. 바야흐로, 죽은 자의 말에 귀 기울일 시간이다.

바다의
도장

계집이 미행을 낌새챘다. 불현듯 걸음나비가 좁아지고 등어깨가 단단해졌다. 그럼에도 고개를 돌려 휘둘러보지 않는 것을 보면 짐작대로 예사 계집은 아니었다.

"옥방은 멀었는가?"

목소리에 떨림이 없고 말씨도 심상했으나 눈빛에는 바짝 서릿발이 서있었다. 한데 흥정꾼으로 위장해 계집을 유인하기로 한 은장이의 여편네는 천둥인지 지둥인지 모르는 듯했다.

"아따, 겉보기와 안 보기가 다르다더니 성미가 급하시구려. 이제 겨우 소경다리를 건너지 않았소? 광통방 큰 다리를 지나야 서린동인데, 그새 물건에 발이 달려 도망갈 리 없으니 걱정일랑 붙들어 매시오!"

여편네는 계집의 눈빛이 살천스럽게 변했음을 눈치채지 못하고 제멋에 겨워 엄벙덤벙 요설을 지껄였다. 계집의 새카만 눈알이 날쌔게 데굴거렸다. 곁에 붙어 선 여편네가 흘미지근하다는 걸 확인했으니 곧장 행동을 개시할 작정일 테다. 계집의 발걸음이 은근슬쩍 빨라졌다.

'수표교다!'

윤 선달은 계집이 미행꾼을 따돌리는 기점으로 수표교를 염두에 두고 있음을 알아챘다. 반민(泮民)들이 쇠고기를 매달아 파는 다림방과 거지 떼의 소굴이 있어 늘 칼을 손에 쥔 자들과 할 일 없이 어슬렁대는 자들이 올목졸목한 곳이다. 최고의 은폐물은 인피(人皮)의 휘장이렷다! 계집이 그곳에서 튀어 달아나면 사연도 모른 채 어느 놈이라 할 것 없이 달려들어 엉기고 치대다 여차하면 칼부림까지 하게 될 터수였다.

"골목으로 몰아라!"

윤 선달은 어스름이 내리깔리는 속도와 으슥한 뒷길의 지형을 가늠하며 명했다. 마침 지나는 행인은 없었으나 천변이라면 언제라도 사람들의 눈에 띌 위험이 있었다. 실랑이를 벌이며 쫓고 쫓기다가 순찰하는 나졸을 만나기라도 할라치면 일이 커질 것이었다. 뒤따르던 수하 둘이 쏜살같이 앞으로 달려 나갔다. 윤 선달은 길가 상점에서 뿔관자를 구경하는 체하며 돌아가는 정황을 곁눈으로 지켜보았다. 시커먼 사내 둘이 난데없이 나타나 앞을 막아서며 샛길로 밀어붙이니 앞일을 대강은 아는 여편네마저 에구머니나 소리를 지르며 벌벌 떨었다. 하지만 계집은 몰이사냥을 당할 지경에 이르러서도 눈썹 하나 까딱 않았다.

'저 계집이 염통이 큰가, 간이 부었나?'

윤 선달은 문득 사내들에게 몰리며 뒷걸음하는 계집의 입아귀가 야릇하게 씰룩이는 것을 보았다. 겁에 질려 경련이 스친 것이 아니었다. 울음을 터뜨리려 비죽배죽하는 것과 달랐다. 그것은 분명, 회심의 미소였다.

"배오개[梨峴]에서 나무 파는 여인에 대해 알고 있는가?"

노장(老長)이 차가운 목소리로 따지듯 물었다.

"시장(柴場)*에서 일하는 계집 하나가 계(契)에 대해 묻고 다닌다는 소리는 일전에 들은 적이 있습니다."

"그런데 왜 보고하지 않았던가?"

"장거리에서 허드렛일을 하는 계집 주제에 어디서 주워들은 말로 시러베장단을 친다 싶어 한 귀로 듣고 한 귀로 흘리고 말았습죠."

윤 선달의 심상한 대답에 노장의 이마에 몸통 굵은 지렁이처럼 돈을새김된 칼자국이 꿈틀거렸다.

"고벽(高壁)이 무너지는 건 쥐새끼가 드나드   *땔나무를 파는 장.

는 구멍을 무시했기 때문이요, 고목(高木)을 뿌리 뽑는 건 저울에 달 수 없는 바람이라는 걸 모르나? 천하의 항우도 댕댕이덩굴에 넘어지는 법이거늘, 큰일을 일으키려는 사람은 만사에 조심 또 조심해야 마땅하네!"

오늘따라 노장의 잔사설이 길었다. 지난번 벌인 사달에 대한 뒤끝인가 보았다. 윤 선달의 거쿨진 엄장이 제풀에 움츠러들었다.

그날은 예고 없이 닥친 악일(惡日)이었다. 마포 어곽전에서 당일 도착한 숭어를 회 쳐 질펀하게 마시고 염천교를 거쳐 칠패를 지날 때였다. 남대까지 뻗은 길을 점거하다시피 휘젓고 가다가 수하 중 하나가 마주 오던 가마와 부딪히는 바람에 창졸간에 가마꾼들과 시비가 붙었다.

"이 작자가 눈이 삐었나? 어쩌자고 멀쩡한 남의 가마를 치고 가는 겐가?"

"뭐? 이 작자? 지금 어느 후레자식이 미꾸라짓국을 먹고 용트림을 하는 게야? 내가 언제 가마를 쳤어? 네놈이 멀쩡히 길 가고 있는 사람에게 와서 부딪쳐놓고는?"

"그럼 우리가 일부러 가마를 몰아 파밭 밟듯 얌전히 길을 가던 사람을 치었다는 말이오? 하이고, 이 지독한 술내! 대낮부터 그렇게 갈지자를 그리는데 피하려도 피할 재간이 어디 있소?"

남대까지는 외길이라 물러설 데도 돌아갈 데도 없었다. 그래서 난전과 우마차와 행인이 뒤엉켜 시비가 붙고 싸움이 일어나

는 일이 왕왕 있었다. 하지만 평시에는 협객을 자처하다가 고스
락엔 무뢰배의 본색을 드러내는 윤 선달의 패거리에게 도출(挑
出)*하는 얼바람둥이는 없었다. 어지간히 물정 모르는 숙맥이거
나 대단한 뒷배를 갖지 않고서야 눈알을 부라리는 객기조차 부
리지 못했다. 대체 가마 안에 누가 들어앉았기에 한낱 가마꾼이
저리 유세인가 싶어 윤 선달은 불뚝성이 치솟았다.

"얼마나 대단한 주인을 모셨기에 이리 유세통을 졌나? 이놈의
가마에 정부인이 들었나, 숙부인이 들었나? 그래봤자 뚫린 구멍
여덟인 건 상화방 논다니와 매한가지 아니더냐?"

윤 선달은 아웅다웅 먹살잡이를 하는 가마꾼과 수하를 한꺼
번에 밀어젖히고 가마를 향해 달려들었다. 그리고 순식간에 단
검을 빼 들고 가마 아래에 깊게 찔러 넣었다. 훗날 구경꾼들이
소문을 놓기로는 그 동작이 가히 전광석화라 언제 손이 품 안에
들어갔다 나왔는지 모를 정도로 날렵했다 하였다.

그러나 윤 선달은 그 와중에 술에 젖은 몸놀림이 둔하고 굼뜬
것을 스스로 느꼈다. 성급하게 칼을 빼 든 것도 그 때문이었다.
이대로 가마꾼들과 얽혀 떼싸움을 벌이게 되면 이기리라는 보
장이 없었다. 장거리에서 개망신을 당하고서는 시정아치를 후리
고 기생을 등치고 박장(博場 : 도박장)에서 자릿삯을 뜯는 일도 끝
이었다. 기세 싸움을 벌일 때에는 허세도 전
법의 하나였다.

*시비나 싸움을 걺.

단검이 등장하는 순간 울던 애자식도 짖던 개새끼도 불던 바람도 딱 멈췄다. 자지러지는 비명 소리, 왈칵 쏟아지는 선지피를 예감하며 사람과 짐승과 바람까지도 숨을 죽였다. 윤 선달은 공포 속의 완전한 고요가 좋았다. 이때만은 명치에 단단히 몽친 울화가 잠시 풀리는 듯했다. 그런데 아닌 밤중에 홍두깨라고 모두가 기다리던 비명 소리 대신 들려온 것은 칼날이 철물에 부딪쳐 쨍그랑 울리는 쇳소리였다. 가마에 뚫린 칼자국 사이로 낭자한 선혈 대신 주르륵 흘러나온 것은 뜻밖에도 누렇고 지린 오줌 줄기였다.

그토록 완전했던 고요가 구멍 난 돼지오줌깨처럼 피시식 맥없이 새었다. 기대와 다른 장면을 보게 된 구경꾼들은 불식간에 터져 나오는 웃음을 참느라 피를 봤을 때보다 더 하얗게 질렸다. 가마 주인과 가마꾼들에겐 불행 중 다행이었을지 모르나 윤 선달 패거리에게는 불행 중의 불행이었다.

사달이 난 건 느닷없이 들이닥친 칼에 요강을 엎은 가마의 주인이 밝혀지면서부터였다.

"하필이면 그 계집이 위포청* 대장의 첩년이었던 걸 제가 어떻게 알았겠습니까?"

애첩이 무뢰배에게 봉변을 당했다는 사실을 알게 된 우변포도대장은 노발대발하며 당장 범인을 색출해 잡아들이라고 명했다. 백일하에 망신을 당한 첩년의 베갯머리송사가 얼마나 대단했던지 뺏긴 재물도 상한 사람도 없는데 그 설레발이 날강도에 살인 사건이 났을 때보다 뜨르르했다. 장안에 나졸들이 새카맣게 깔렸다. 평소에 기름을 쳐놨던 군관과 부장의 연줄도 소용없었다. 윤 선달은 하는 수 없이 노장에게 이실직고하고 뒷수습을 부탁할 수밖에 없었다.

"유협을 자처하기에는 행상이 너무 좀스럽지 않은가? 무릇 협기란 박랑사에서 진시황에게 쇠몽둥이를 내리칠 만큼은 되어야 하거늘,* 고작 남의 기생첩 가마나 뚫는 데 기력을 허비하다니!"

노장은 쌍욕도 아닌 점잖은 문자로 남의 가슴을 후벼 파는 재주가 있었다. 시정의 협사를 자처하는 윤 선달을 단박에 도소(屠所: 도살장)의 난봉꾼으로 만들어버리니 분김보다 설움에 울컥하지 않을 수 없었다. 하지만 형조의 뒷배를 움직여 날뛰던 우포도대장을 멈추게 한 능력만큼은 누구도 견주지 못하리니, 윤 선달은 노장 앞에선 언제까지고 첫걸음마 타는 어린애였다. 시끄럽던 사건은 거품이 잦듯 끝났다. 본래 가마를 탈 주제가 아닌 천첩이 애부의 위세를 믿고 검은색도 아닌 푸른색 뚜껑 덮고 나섰기에 포도대장도 뒤가 구려 더는 꾕꾕히 굴지 못했다.

"그때와 지금은 경우가 다르지 않습니까? 기껏해야 계집 하나가 사내들의 옷자락을 끌며 흰수작을 놓은 것뿐인데 그걸 단속하지 못했다고 방만함을 꾸짖으시니……. 말이야 바른대로 말이지, 그

*중국 한나라의 개국 공신 장자방이 허난성의 박랑사에서 진시황을 암살하려고 철퇴를 던진 사건을 가리킴.

계집이 포도청의 끄나풀인지 장바닥의 허튼계집인지는 아무도 모르는 것 아닙니까?"

윤 선달의 볼멘소리에 노장의 낯빛이 싸늘해졌다.

"자네는 누구에게 처음 그 여인의 이야기를 들었는가?"

"맞바리*를 하는 천가 놈에게서 들었습니다."

"여인이 천가에게만 물었다던가?"

"탁발하고 다니는 영담도 묻는 소리를 들었다고 했습니다."

"천가는 자네와 어떤 관계인가?"

"성 밖과 아래대의 동향을 물어다 주는 손발입니다."

"영담과는 어떻게 연관되어있는가?"

"지리산의 내사(內社)**와 통하는 땡추입니다."

"이 지경에도 여인을 허튼계집으로 보아 넘길 수 있는가? 나무전을 드나드는 숱한 객자들 가운데 우리와 연관된 인물만 알뜰히 추발하는 그 솜씨를?"

그제야 윤 선달은 상황이 심상치 않음을 깨달았다. 등줄기에서 마른땀이 또르르 흘렀다.

"여인의 깜냥을 시험해보라!"

쩍소리도 못하고 꿇어앉은 윤 선달 앞에 노장이 비단 주머니 하나를 던졌다.

"시험해보아 너절한 장거리 계집의 입길이었다면 으름장이나 놓아두고, 만만찮다 싶으

면 조용히 데려오라. 포도청의 끄나풀인지 전후사연을 가진 여
랑(女郎)*인지는 그때 자연히 밝혀질 것이다."

고급스러운 양색단**으로 만든 주머니가 묵직했다. 윤 선달은
저린 다리를 끌며 뒷걸음해 물러났다.

"좋은 물건이 있는데 혹시 관심 있소?"

노장이 던져준 비단 주머니에는 제법 큼직한 호박옥 한 알이
들어있었다. 계집은 시장에서 나무만 파는 게 아니라 뒷길로 밀
무역을 하고 있다고 했다. 인평 대군을 상전으로 모시는 종비라
니 쏠라닥질을 하는 것도 규모가 달랐다.

인평 대군 이요는 전왕(인조)의 셋째 아들로, 죽은 세자(소현
세자)가 심양에서 일시 돌아왔을 때 그를 대신해 유질(留質:볼
모)하기까지 했던, 전왕으로부터 현왕에 이르기까지 특별한 사
랑을 받는 종친이었다. 진하사며 사은사의 고명을 받고 시시때
때로 청나라를 드나드니 집안의 하찮은 아랫것들까지 접하는 물
산이 예사롭지 않았다. 더욱이 인평의 성정이 좋게 말해 호인이
지 기실 데면스러운 데다 재물을 좋아해, 이해 밝고 눈치만 빠르
면 비복이라도 주워 먹을 떡고물이 수월찮았다. 이고 지고 가는
공물 더미에 청인(淸人)들이 환장하는 인삼
몇 포 연초 몇 단 끼워 갔다가, 이고 지고 오
는 답례품에 대단(중국제 비단)이며 대방전(중

국제 향) 꾸러미를 슬쩍 얹어 오면 떨어지는 이문이 여간 짭짤한 게 아니었다.

모두가 병자년의 난리를 치른 후 변한 인심세태의 일면이었다. 위로는 왕실의 종친부터 아래로 하천배까지 자기 이익을 위해 아득바득거렸다. 달면 삼키고 쓰면 뱉고, 간에 붙었다 쓸개에 붙었다 하였다. 주전론이 옳았든 주화론이 옳았든, 왕이 적장 앞에 삼배구고두를 하다 이마가 깨졌든 코가 깨졌든, 전쟁이 가르친 것은 오직 하나였다. 임금도 장군도 지켜줄 수 없는 목숨은 스스로 지켜야만 한다는 것. 악독하고 교활하고 뻔뻔스럽게라도 살아남는 게 진짜 승리라는 것.

그렇대도 계집의 연배와 행색으로 보아 벌이는 판이 너무 컸다. 아무리 위세가 대단한 상전의 그늘 아래 있다 해도 미천한 계집종에 불과한 몸으로 주석(珠石)*을 밀무역하다니, 욕심이 크거나 겁이 없거나 아니면 둘 다일 터였다. 어쨌거나 노장이 윤 선달에게 하명한 것은 괴특한 계집이 왜 계에 접촉하려 하는지 연유를 캐는 일이었다. 잘 익은 살구처럼 탐스러운 호박옥은 속임 낚시질을 위한 미끼였다.

"어디 것이오?"

"유구(琉球: 오키나와)의 물산이라오. 여간 귀한 게 아니라네."

계집을 꾀어 데려오기로 한 은장이의 여편네는 저도 처음 본 이국의 보석에 황홀하여 엄벙덤벙 지껄였다.

"조선의 것이라면 환장한다는 청녀(淸女)들이 바다 건너 유구에서 온 박래품이라면 천금이라도 아까워하겠소? 고깟 인삼과 연초에서 떨어지는 이문과는 정도가 영 다를 것이오."

계집은 여편네의 설레발에 맞장단을 치는 대신 찬찬히 호박옥을 살폈다고 했다. 당자는 알 리 없지만 그때 계집은 첫 번째 시험을 통과했다. 노장은 만약 계집이 호박옥의 출처나 내력 따위를 꼬치꼬치 캐물으면 뒷골목으로 꾀어내어 혀를 뽑아버리라고 했다. 뼛속들이 장사꾼은 상화(商貨)*가 장물이든 도물(盜物)이든 따지지 않으니, 계집은 필시 의금부나 포도청이 심어놓은 끄나풀이거나 입으로 화를 부르는 떠버리일 터였다. 그런 입에 계가 오르내린다는 것 자체가 불길하니 일찌감치 혀를 뽑아 화근을 없애는 게 수였다.

노장의 시험은 거기서 그치지 않았다. 계집이 탐심에 들떠 나머지 보옥까지 거래하자며 그 자리에서 냉큼 따라나선다면 도중에 길강도를 시늉해 방자한 년의 발뒤축을 베어버리라고 했다. 혀를 뽑든 발뒤축을 베든 계집을 혼쭐내는 것에야 이견이 없지만 보석 장수가 보석에 혹하는 게 무슨 문제일까 싶어 윤 선달조차 이 대목에서 갸우뚱했다. 하지만 노장은 소문대로 몰래 귀신과 통하는 운기를 갖고 있는지 보지 않은 사람까지 꿰뚫어보는 혜안이 있었다.

* 장사하는 물건.

말없이 호박옥을 살피던 계집은 심부름하는 아이를 부르더니 숯불을 담은 화로와 부젓가락을 가져오라 하였다.

"봄추위에 장독 깨지는 날은 지난 지 오랜데 화로는 왜 들이는 거요?"

여편네의 물음에 일언반구 대꾸 없이 계집은 들여온 화로 위에 부젓가락으로 호박옥을 집어 올렸다.

"에구머니나! 멀쩡한 호박에 무슨 짓을 하는 거요?"

비명을 지르는 여편네는 아랑곳없이 계집은 알밤이라도 굽듯 한동안 호박옥을 불에 굴렸다. 이윽고 코에 가져다 냄새를 맡고 뜨겁지도 않은지 손바닥 안에서 다시 한참을 굴렸다.

"누런빛이 나고 젖송이 같은 무늬가 있다고 모두 밀화(蜜花 : 호박)는 아니니 확인을 해보았소. 땅에서 캔 호박이 아니라 송진으로 빚은 가짜 호박으로 수작을 부리면 이 부저로 어멈 눈알을 호빌까 했지."

우스개랍시고 한 말이겠지만, 은장이 여편네는 그렇게 믿고 싶었지만, 시뻘겋게 달아오른 부젓가락을 휘두르는 계집에게선 독살스러운 기운이 뿜어났다고 한다. 윤 선달의 강제로 마지못해 반 거간비 몇 푼 챙길 욕심 반으로 바람잡이에 나섰던 여편네는 머리끄덩이를 잡히고 천금을 얻는대도 다시 못할 일이라며 손사래를 쳤다.

노장의 기묘한 시험과 그것을 거뜬히 통과한 계집. 수수께끼는 갈수록 어려워졌고 윤 선달은 점점 계집의 정체가 궁금해졌다. 대체 무엇을 위해 비밀 조직인 계에 접근하려 하는가?

좁고 막다른 골목이었다. 도망쳐 빠져나갈 구멍이라곤 없었다. 독 안에 든 쥐를 몰이사냥하러 나선 수하들은 긴장을 풀고 여유작작하였다.

"무엇을 원하는가?"

계집의 물음에 덩치가 답했다.

"그건 우리가 네년한테 묻고 싶은 말이고."

"누가 시킨 일인가?"

계집이 다시 묻자 작다리가 답했다.

"그것도 우리가 네년에게 물어야 할 말이지."

저희끼리의 말장난에 흥이 나 덩치와 작다리가 마주 보며 낄낄거렸다. 과부 보쌈에 총각 보쌈까지 납치와 유괴를 쌈 싸 먹듯 하는 무뢰한들이니 호리호리한 계집 하나쯤 잡아가는 일은 손바닥 뒤집기였다. 그처럼 무작스레 사내들이 다가드는데도 계집은 웬일인지 대들거나 도망치지 않았다. 거리가 좁혀질 때까지 기다리는 듯 꿈쩍도 않자 성미 급한 덩치가 건들건들 나섰다. 어깨를 낚아 채일 지경에 놓여서도 계집의 눈빛은 아무것도 보지 않는 듯 망연했다.

'해인(海印)이다!'

뒷전에 물러서 있던 윤 선달은 아뿔싸 탄식했다. 해인은 무술에서 상대방을 파악하는 최고의 법으로 일컬어졌다. 바다가 만상(萬象)을 비추듯 마음에 어떤 욕망도 솟아나지 않는 멍한 상태로 거울처럼 상대를 투영하는 것이다. 해인의 경지에 다다르면 상대를 이겨야겠다는 마음조차 들지 않는다는 스승의 말에 무과 시험을 준비하던 윤 선달은 코웃음을 쳤었다. 싸움에서 이기려는 욕망이 없다면 뭣 하러 싸움을 하는가?

그런데 막상 눈으로 보니 말간 거울의 위력이 만만찮았다. 무도이거나 개싸움이거나 싸움의 기본은 정신을 차리는 것이다. 체계적인 수행을 통해야만 얻어진다는 그 경지를 나무 파는 계집이 무슨 수로 행하는 걸까?

어깨를 잡아채려 손을 뻗던 덩치가 외마디 비명과 함께 바짓가랑이를 붙잡고 나뒹굴었다. 덩치가 방심한 채 다가오기를 기다렸던 계집이 무릎의 반력(反力)을 이용해 불알주머니를 호되게 가격한 것이다. 쿵, 톳나무가 쓰러지는 소리와 함께 길바닥에 나뒹구는 덩치의 꼴이 가관이었다. 극심한 아픔에 신음조차 흘리지 못하고 헤벌쭉 벌린 입에서 개처럼 침이 질질 흘렀다. 덩치가 덩칫값을 못하고 나가자빠지자 놀라 당황한 작다리가 품에서 단도를 빼어 들었다. 덩칫값 못하는 덩치만큼이나 사냇값을 못하는 행동이었으나 그만큼 계집의 동작이 날렵하고 날카로웠던 것이다.

"요망한 년! 대체 네 정체가 뭐냐?"

작다리가 흥분해 칼을 좌우로 마구 휘둘렀다. 계집은 몸을 뒤로 빼어 잠자코 숨을 골랐다. 칼을 좌우로 휘두르는 것은 공격의 신호라기보다 위협의 의도이니 적절한 때까지 기다리겠다는 것이었다. 아니나 다를까 조급해진 작다리가 계집을 향해 칼을 내지르자 계집의 눈이 반짝 빛났다. 반격의 때를 잡은 것이다.

눈 깜짝할 사이에 모든 일이 끝났다. 고요해진 골목에 계집과 윤 선달이 마주 섰다. 굼벵이같이 꿈틀거리며 바닥을 기는 두 사내와 구석에 처박혀 솔개에 채인 병아리처럼 발발 떠는 은장이의 여편네는 있어도 없는 셈이었다. 윤 선달은 정신을 차려 눈앞에서 방금 벌어진 일을 돌이켜보려 애썼다.

계집은 단도 앞에서도 침착을 잃지 않았다. 칼을 든 손을 자기 왼손으로 붙들고 오른손으로 다시 잡아 찌르지 못하게 방어한 뒤, 온몸의 무게를 칼 든 팔에 실어 작다리와 같이 쓰러졌다. 동시에 손목을 비틀며 칼을 떨어뜨리고 머리꼭지로 면상을 들이받아 박치기하니 작다리는 코와 입에서 피를 뿜으며 한순간에 무너졌다. 그 모든 동작이 한 줄기 바람 같았다. 돌이켜보건대 계집은 특별한 기술을 썼다기보다 상대의 약점을 정확히 파악해 공격했을 뿐이었다. 그야말로 저울로 가늠질할 수 없는 바람의 요사였다.

"무엇인가?"

윤 선달이 마침내 입을 열었다. 우련한 초저녁 달빛 아래서 뜯어보니 계집은 생각보다 앳되고 호릿하였다.

"더 이상의 시험은 없다. 네가 원하는 것을 말하라!"

거칠던 숨소리가 점차 잦아들었다. 계집은 성큼 발을 내딛어 윤 선달을 향해 다가왔다. 협기든 객기든 쓸개자루가 크기로 소문난 윤 선달이 일순 움찔했다. 계집의 몸에선 분내도 땀내도 아닌, 정체를 알 수 없는 쇳내 같은 것이 진하게 풍겨났다. 계집이 쉰 목소리로 나지막이, 그러나 또렷이 말했다.

"원수를 갚으려 하오. 도와주시오!"

그녀가 구월이었다.

처음의
풍경

잠은 지옥이고 꿈은 고문이다. 하룻밤도 편안히 잠든 적 없다, 그날 이후로.

멍하니 누워 천장을 바라본다. 금 간 자리에서 마른 흙이 떨어진다. 조금 조금씩 삶의 모서리가 바스러진다. 눈을 감아도 눈꺼풀 속에서 부릅떠진 눈동자가 어지러이 굴러다닌다. 눈을 뜨면 도사렸던 긴장과 경계가 왈칵 물밀어 든다. 등허리와 어깨와 목을 짓누른다. 육신뿐만 아니라 골수까지 뻣뻣해진다.

"살려줘!"

죽어가면서 그가 소리쳤다.

"죽여줘!"

삶의 끝자락을 놓지 못해 울부짖었다.

아무도 듣지 못했다. 귀에 들리지 않는 소리였다. 제 몸이 뜯겨나가듯 함께 아픔을 느끼는 이에게만 들리는 비명이었다. 눈앞의 그는 언제나처럼 조용했다. 다만 늘 미소가 걸려있던 입가가 비틀렸다. 반달 모양으로 고붓하게 휘어지던 웃는 눈이 일그러졌다. 알면서도 알지 못하는, 낯선 얼굴이었다.

"어떡해? 어떡해?"

살려줄 방도를 몰라 소리쳤다.

"미안해! 미안해!"

죽여줄 수도 없어 울부짖었다. 피투성이 얼굴이 쓰린 눈동자에 새겨졌다 지워진다. 뒤틀리는 사지가, 망석중이의 그것처럼 제멋대로 흐늘대는 팔다리가 질끈 감은 눈앞에 언뜻번뜻한다.

꿈속에서도 꿈인 줄 알았다. 어서 깨어나라고 스스로 다그쳤다. 잠꼬대로 지옥의 방언을 지껄였다. 제 손으로 제 뺨을 치며 몽유의 춤을 췄다.

헉!

깨어났다. 다행이었다. 지옥에서 고문을 당하면서라도 그를 만났다는 다행. 불행이었다. 기어이 헤어지는 결말을 알고야 마는 불행.

온몸에 땀이 거미줄처럼 엉겨있었다. 잠든 채로 깊고 질척한 심연에서 멱을 감았다. 끈끈한 악몽의 그물이 꿈길 곳곳에 드리워져있었다. 철사처럼 억세고 쇠심줄처럼 질기지는 않지만 망에 걸리면 끊고 빠져나갈 방도가 없다. 모기며 나방이며 파리가 모다 그랬다. 느린 것들은 허우적대다 친친 휘감겼다. 날랜 것들은 필사적으로 날갯짓하다 검불덤불 엉겼다.

"그와 함께라면 무엇이 되어도 좋아!"

열에 들떠 외친 말들이 식은땀으로 돋쳤다.

"미친 것! 종년으로 살아도 좋다고?"

어미가 종주먹을 들이댔다. 머리채를 잡았다. 그 와중에도 어리떨떨해 고개를 갸웃거리긴 했다. 어라? 어매는 이미 죽지 않았나? 그래도 같은 대답을 토해낼 수밖에 없었다.

"좋아! 무엇이라도 좋아! 노비가 아니라 벌레일지라도!"

말한 그대로였다. 그러나 진심으로 바란 대로는 아니었다.

'벌레다. 한 마리 벌레가 되었다!'

귀뺨이 쓰렸다. 머리 가죽이 얼얼했다. 지독한 모욕감이 물밀어왔다. 처절한 무력감과 함께였다. 이대로 하늘을 밟고 땅을 인 채 하염없이 매달려 최후를 기다릴 수밖에 없는 걸까?

"아니, 아니야!"

벌레라면 흘릴 수 없는 눈물이 눈꼬리를 타고 흘러내렸다. 방울방울 귓불을 적시더니 귀가 먹먹해졌다. 불침에 맞은 듯 벌떡 일어나 앉았다.

"거미줄에 걸리지 않는 벌레가 있지! 줄을 사뿐사뿐 밟고 그물을 건너는 벌레도 있지!"

쉰내가 나는 저고리를 벗어 던졌다. 부풀었던 가슴이 납작해져있었다. 지린내가 전 치마를 내던졌다. 빈 배가 홀쭉하니 등가죽에 달라붙어있었다. 웃는 듯 울었다. 우는 듯 웃었다. 완전한 공복, 완벽한 상실이었다.

"거미줄에 걸려들지 않으려면, 그놈, 거미가 되는 수밖에!"

살기로 했다. 살아야겠다. 윗목에 밀어두었던 주먹밥 바구니를 끌어당겼다. 입아귀가 터지도록 밥을 욱여넣고 우물우물 씹었다. 으깨진 고두밥알에 침과 눈물과 피가 뒤섞였다. 밥맛이 피맛이었다. 오직 피로만 채울 수 있는 허기가 있으리니.

살기 위해 떠올렸다. 머나먼 때 머나먼 땅에 감주(紺珠)라는 푸르고도 붉은 구슬이 있었다고 한다. 당나라 사람 장열이 이인(異人)에게서 받아 지니고 있었다는 그 구슬은 빛깔만큼이나 효능이 신비하다고 했다. 손아귀에 넣고 어루만지면 잊혔던 기억이 되살아난다는 것이다. 고통의 오늘을 잊게 해줄 만큼 아름다운 어제의 그것이, 마법 혹은 거짓말처럼.

볕은 좋고 배는 고프다. 볕이 좋으나 좋지 않으나 배는 고팠지만, 볕이 좋으니 배가 더 고프다. 손차양을 만들어 볕을 가려본다. 허기진 몸뚱이가 배겨내긴 따갑고 뜨겁다. 사내종은 한 해에 절반은 두 끼를 먹이고 나머지 절반은 세 끼를 먹이랬다. 계집종은 한 해에 일곱 달은 두 끼를 먹이고 나머지 다섯 달은 세 끼를 먹이랬다. 일한 만큼 먹이고 일하지 않으면 끼니를 줄여야 알뜰한 집안의 살뜰한 살림이란다. 아직 한 사람 몫을 채우지 못하는 아이종은 그 돌림차례에서도 뒷전이었다. 먹다 남은 밥찌꺼기나마 넉넉하면 황감했다. 모자라면 체념했다. 흙을 파먹고 설익은 산열매로 헛배를 불렸다. 헐후히 채운 배는 쉽게 꺼졌다.

"또 배가 고프냐?"

"어찌 알았나?"

"배를 곯지 않는다면 시시덕이가 웃지 않고 왈가닥이 풀 죽어 앉았을 리 없지."

"불쌍히 여기려거든 먹을 걸 내놓고, 놀리려거든 썩 꺼져라!"

싱거운 대거리 끝에 아이는 주섬주섬 품을 뒤졌다. 무명 치마 폭이 툭 던져진 무언가로 휘늘어졌다.

"이게 뭐냐?"

대답 대신 아이는 달아났다. 더벅머리에 동여맨 푸른 두건이 하느작대며 수인사를 대신한다. 창두적각(蒼頭赤脚). 동강치마 아래 햇볕에 탄 검붉은 다리가 외수없는 맞잡이다. 빠각빠각, 아이가 던져주고 간 누룽지를 부숴 먹는다. 질겅질겅, 아이가 쥐어주고 간 명태 껍질을 씹는다. 아픔이 아픔을 알고 배고픔이 배고픔을 안다지만 자기 배고픔을 참으며 남의 배고픔을 달래고자 하는 마음은 어디에서 오는지 알 수 없다.

"등신 같은 놈!"

멍청하고 병신성스럽기에 제 입에 넣을 것을 남과 나눈다고 생각했다. 거친 자리에서 태어나 대가 없는 호의를 믿지 못하도록 자랐기에 그렇게밖에 생각할 수 없었다. 아이는 확실히 모자라 보였다. 사내 녀석 주제에 계집아이보다 낯빛이 희고, 사내종 처지에 계집종보다 뼈가 얇고 손이 부드러웠다. 패거리와 어울리기보다는 양지바른 데 자리를 깔고 앉아 삘리리삘리리 피리나 불곤 했다. 모자란 놈이라 웃기도 잘 웃고 울기도 잘 울었다. 어린 그 아이는 또래들 사이에서 알아주는 놀림감이었다.

처음엔 떼거리와 어울려 같이 희롱하고 골탕 먹였다. 괜스레 돌을 던지거나 다리를 걸 때도 있었다. 그래도 아이는 매가리 없이 웃기만 했다. 소먹이를 나갔다 돌아오는 길에는 머루며 다래를 따다 주는 걸 잊지 않았다. 언제부터인가 돌맹이가 머리통을 맞추어도 통쾌하지 않았다. 발이 걸려 고꾸라지는 모습이 웃기지 않았다. 다른 놈들이 모두 배를 잡고 바닥을 떽떼굴 구르며 웃어도 재미있지 않았다.

"쓸개가 빠졌느냐, 간에 바람이 들었느냐? 뭐가 좋아 만날 실실대느냐?"

차차로 화가 나기 시작했다. 저도 사내라면 한번 발끈할 만도 한데 밸 없는 꼴에 분통이 터졌다. 팔매질하는 손과 걸채이라 뻗는 발에 힘이 들어갔다. 조금씩 아프기 시작했다. 부풀어 오른

혹과 깨진 무르팍이 고소하기보단 속상했다.

망태 속의 머루와 다래보다 꺾어와 건네는 들꽃이 더 기다려질 무렵이었다. 그제야 깨달았다. 세상에서 기억하는 처음의 풍경에 그가 있었다. 죽어서도 기억할 풍경에 그가 빠지지 않았다. 새벽부터 우물질을 하느라 흠뻑 젖어 오들오들 떨 때에 보송한 베수건을 건네준 것도, 생나무는 연기가 많이 나서 맵다고 말리다 땔감으로 넣어주던 것도 그였다. 모두가 암되다고 비웃지만 누구보다 다정한 그 아이가 좋았다.

"바보야! 그거 아느냐?"

"무얼……?"

"난 네가 좋다!"

아무리 성질머리와 행동거지가 곰살갑지 못하대도 여자는 여자라고 조금은 쑥스러웠지만 코끝을 간질대는 재채기 같은 그 말을 참을 수 없었다. 거절 같은 건 두렵지 않았다. 거절당해도 어쩔 수 없었다. 에취, 에취, 뒤늦게야 깨달은 참속이 터져 나왔다. 시원했다.

"알고 있었다."

"어찌 알았냐?"

"네 마음은 말하지 않아도 안다. 숨겨도 알고 속여도 안다."

"신이 내렸냐? 박수무당이라도 되느냐? 대체 내 맘을 네가 어찌 안단 말이냐?"

대답 대신 아이가 빙긋 웃었다. 싱겁고 실없는, 그러나 한없이 아름다운 미소였다. 가슴이 쿵 내려앉았다. 눈이 시큰하고 정수리가 찌르르했다. 긁을 수 없는 머릿속이거나 핏줄 속 어떤 곳이 간질간질했다.

낫 놓고 기역 자를 모르고 고무래 놓고 정(丁) 자 모르는 까막눈이라 연리비익(連理比翼)이라는 문자는 알 바 없었다. 그럼에도 이미 갈라낼 수 없는 나무이자 새였다. 두 나무의 가지가 서로 맞닿아 결이 통한 연리지요 눈과 날개가 하나라 짝을 짓지 않으면 날지 못하는 비익조였다. 기억하는 것들과 기억하지 못하는 것까지 모든 풍경이 오려낸 듯 하나였다.

봄꽃이 망울을 터뜨리자마자, 그들, 구월과 석산은 오래전부터 예정되었던 사랑에 빠졌다.

어미는 그다지 엽렵한 편이 아니었다. 삯품팔이로 용정방아를 찧거나 키질을 하러 가면 남들보다 흘리는 곡식이 곱절은 많았고, 김장이며 잔칫집 음식을 하러 가면 일손이 굼떠 눈총을 받았다. 눈치가 빠르기보다는 남의눈에 무심하고 덥떱스러운 축이었다. 그럼에도 불구하고 딸이 무언가 달라졌다는 사실은 누구보다 먼저 알아챘다. 어미 자신이 겪었던 바로 그 일이기 때문이었다.

"어느 놈이더냐?"

굳이 물을 필요도 없었다. 소경이 아니라면 꿀이 뚝뚝 떨어지는 다디단 눈길이 어디로 향해있는지 모를 수 없었다. 이목은 곱상하지만 도무지 얌전스러운 데가 없어 버짐이며 긁힌 상처가 지워지지 않던 얼굴까지도 박꽃처럼 말갛게 피었다. 딸의 청춘에 달이 뜬 게다. 만월이었다.

"왜 그놈이냐?"

세상 모든 어미들의 허망한 질문. 답이 없을지라도 그렇게 물었다. 내가 모르는 걸 저도 모를 테다. 천지간에 하고많은 사람 중에서 왜 하필 그여야 하는지, 그일 수밖에 없는지.

"……"

딸은 대답하지 못했다. 탯줄을 끊은 후로 마주한 가장 낯선 얼굴로 어미를 빤히 쳐다만 보았다. 야무지기가 댕돌같아 말싸움이고 몸싸움이고 한마디도 한 발도 지지 않던 딸년이었다. 힘으로 밀리면 손톱을 세우고 팔목을 잡히면 이로 물어뜯었다. 남자나 여자나 어른이나 아이나 가리지 않았다. 심지어 거품을 물고 덤벼드는 미친개에 부지깽이 하나 달랑 들고 맞선 일까지 있었다. 그런 독종에 선머슴 같던 딸이 조가비처럼 입을 다물었다. 침묵으로 모든 말을 대신했다. 허정거리던 다리가 풀려 어미는 풀썩 주저앉았다.

모계의 내림이었다. 생이 무르익어가는 한순간 들짐승처럼 아무도 가르쳐주지 않은 사랑에 빠졌다. 얄궂은 건 그 사랑과 사람이 일생에 처음이자 마지막이라는 사실이었다. 양반네들이 금관

자처럼 내세우는 지조나 절개 따위와는 상관이 없었다. 다음번이 없고 다른 이도 없는 외통수는 무언가를 지키거나 간수하기 위한 게 아니었다. 되려 남아있는 것을 모두 걸어 깡그리 잃었다. 고작 한 줌뿐인, 그토록 미미하고 비루한 전부를.

조선 땅을 뒤흔든 호란이 끝나던 해, 어미는 오래전부터 앓아온 위병이 덧나 죽었다. 전란으로 곡식이며 현물 값이 천정부지로 치솟아 하루장을 하니 마니 왈가왈부하던 차에 상계(喪契)에서 계원의 대우로 벼와 누룩을 부조해 초상을 치렀다. 일찍이 죽은 아비의 죽마고우들이 홀로 상주 노릇을 하게 된 친구의 외딸을 가엾이 여긴 덕분이었다.

나이 열셋에 천애고아가 되어 어줍은 상주 노릇을 했다. 일가친지가 드문 데다 양자를 들일 처지가 아니니 딸이 아들 맞잡이로 대지팡이를 짚고 선대도 탓할 이가 없었다. 문상객들은 행랑채 마당 구석에 깔아놓은 멍석에 앉아 임금이 오랑캐 앞에서 이마가 깨지도록 절을 바친 일을 수군거리며 초상술을 마셨다. 더러는 욕하고 더러는 비웃다가 다 같이 탄식했다. 전란이 지나면 안팎이 뒤집히고 위아래가 물구나무를 서기 마련이었다. 임진년 난리 끝에 이미 보았다. 살아남겠다는 본능이 만들어낸 지상의 지옥도를. 세상은 더욱 가파르게 변할 테지만, 어느 방향이든 돈이며 권력과 터럭만큼의 인연도 없는 그들에게 이롭게는 아닐 것이다.

절하라면 절하고 곡하라면 곡했다. 얼얼하고 떨떨하여 슬픔은 느껴지지 않았다. 맥없이 건덩이는 머리통 속에는 어미가 남긴 마지막 말이 쟁쟁했다.

"너는 네 외할매를 빼쏘았구나⋯⋯!"

어미는 곧 저승에서 만나게 될 외할미를 향해 덧없는 원망을 뻗쳤다. 정작 딸의 혼인에 대해서는 트레바리 한번 부려보지 못했다. 병중이라 원기가 없을뿐더러 너무도 자명하게 부질없음을 알았기 때문이었다.

"할매가 어쨌는데?"

"어매가 꼭 너처럼⋯⋯."

장마철에 햇빛처럼 잠시 잠깐 정신이 맑아진 순간이 숨겨온 진실을 고백할 마지막이자 유일한 기회였다. 딸년의 말간 눈이, 어느 때보다 밝고 아름다운 눈이 반짝 빛났다. 진실을 말하지 않는 것도 거짓일까? 속일 요량은 아니었으나 최대한 숨겨보려 발버둥질했다. 부질없게도, 부질없이.

"어매는 꼭 나처럼⋯⋯."

어미의 어미로부터 시작된 일이었다. 운명은 샛길을 모르고 달리는 그녀들 앞에 올무를 던져 어깃장을 놓았다. 거듭된 일임에도 어미는 딸의 달음박질을 막지 못했다. 헛디디고 걸채이면서도 끝내 질주하고야 마는 것이 그녀들의 예정된 삶이었으므로.

내력이야 어쨌든 좋았다. 그들은 젊었고, 사랑했고, 함께였다.

"이 집에서 떠나자!"

꿈에도 생각지 못한 말을 입 밖으로 내뱉은 건 구월이 아니었다. 울뚝불뚝하여 어미나 부엌어멈에게 매깨나 맞던 구월 대신 바지런하고 얌전해 상하에 귀염을 받던 석산의 입에서 그 말이 튀어나왔다.

"떠나자고?"

"그래, 떠나자! 벗어나자!"

"여기를, 어떻게?"

어리떨떨하여 말을 더듬었다. 그가 자그마하고 바지런한 꼬마 사람이 되어 그녀의 바다를 헤엄쳐 건넌 직후였다. 남의눈을 피해 노적가리 뒤에서 낮거리를 치르자마자 듣기에는 무섭고도 엉뚱한 소리였다.

"설마, 도망가자는 게냐?"

치맛말기를 허겁지겁 졸라매며 구월이 석산을 다그쳤다.

"그것도 생각해봤지. 허나 그건 마지막에나 쓸 방도다. 한양까지만 가면 강대에서 장사를 하거나 아래대에서 날품을 팔면서 숨어 지낼 방도가 있다지만, 그래도 추쇄를 당하며 사는 건 어지간해 못할 일이지."

"농이 아니라 진정이란 게냐? 도망질이 아니라면 안집을 빠져나갈 방도가 무엇이라고?"

달아올랐던 몸이 식어 한기마저 들었다. 구월의 다그침에도 석산은 침착했다.

"주인 영감이 내게 약속했다. 혼인을 하면 나가 살면서 세공을 바치도록 허락해주겠다고."

"그게 정말이냐?"

"정말이다."

"욕심이 부엉이 같은 심술보가 어쩐 일로? 정말 너한테 약속했단 말이냐?"

"정말이다. 오래전부터 분명히 그래준다고……. 한데 솔거 노비에서 외거 노비로 사는 곳을 바꾸는 게 전부가 아니다."

"그럼 무엇이 남았다고?"

"나가 살면서 속량을 준비하는 게다."

"속량?"

"면천을 기다리는 게다."

"면천?"

해사한 얼굴과 날씬한 몸피에 이런 무서운 꿈이 숨어있을 줄 상상조차 못했다. 구월과 석산의 정분을 눈치챈 주변 사람들은 하나같이 계집과 사내가 바뀌었다고 놀려댔다. 그 졸랑이들을 끌어와서 온몸이 담덩어리인 석산을 보여주고 싶었다. 말 한마디 한마디가 너무 위험해 차마 밖으로 내돌릴 수 없는 게 애석할 뿐이었다.

"불가능한 일은 아니란다. 세조 임금 시절에는 반란을 진압하는 데 공을 세우면, 명종 임금 때는 왜구와 싸워 군공을 세우면 노비 문서를 불사르고 면천해주었단다."

석산의 목소리가 낮고 은밀해졌다. 구월도 덩달아 목이 잠겼다.

"우리도 난리와 전쟁에 뛰어들자고?"

"그건 운수와 사정이 맞아떨어져야 가능한 일이고, 당장에 우리에게 맞춤한 방편을 찾아야지 않겠느냐?"

"믿을 수 없구나! 세상에 그런 게 있단 말이냐?"

"성종 임금 때 충청도 진천 땅에 임 모라는 사노비가 있었는데, 어느 해 가뭄이 들어 고을 사람들이 기근에 빠지자 그가 곡식 이천 석을 바쳐 사람들을 도왔다지. 그랬더니 조정에서 알고 갸륵히 여기사 임 모를 면천해주었다네."

"그래, 그거 참 갸륵한 이야길세! 그런데 이천 석? 이천 석이 누구네 집 똥개 이름이냐?"

"물론 임 모야 특별한 경우지. 하지만 지금껏 돈으로 속량해 면천한 자들이 적지 않았다는 이야기를 들으니 희망을 품을 만하지 않느냐?"

"희망?"

"그래, 희망……!"

그런 말은 처음 들었다. 구월의 주위에선 그런 말을 하는 사람이 없었다. 말이 없으니 그것도 없었다. 희망, 그리도 낯선 바람은.

"난 예전부터 너랑 함께할 희망을 품었단다. 같이 열심히 일하고, 맛있는 걸 나눠 먹고, 얼뚱아기도 많이 낳아서 행복하게 살고 싶었지."

"그렇게 하면 되잖아. 이제 소원대로 못할 게 뭐냐?"

"지금으론 안 된다. 행랑채 단칸방에서 누구의 재산인 채로는 안 돼!"

"난…… 너만 있으면 괜찮은데."

사랑에 빠진 구월은 한없이 어리석어져 석산만 있다면 어디서 무얼 해도 좋았다. 구월에게는 다른 무엇도 아닌 석산이 희망의 전부였다.

"네 맘은 안다. 허나 그게 아니다."

석산의 눈빛은 슬펐지만 표정은 단호했다.

"자유롭지 않으면 희망 같은 건 없다. 주인의 호령이 떨어지면 당장에 명운이 바뀌는 하루살이로 살아서는 내일 같은 걸 꿈꿀 수 없다. 내일이라도 내가 팔려 가면 어쩌겠니? 우리의 자식들까지 여기저기 팔려 가면 또 어쩔 테니?"

구월은 아무 대답도 하지 못했다. 이편도 저편도 두렵기는 매한가지였기 때문이다. 그리고 그때 아무 대답도 하지 못한 것을 마지막 순간까지 후회했다.

"넌 걱정 마라. 나한테 계획이 있다."

그토록 자신 있게 구월을 어르고 달래던 석산이, 그 빛나던 얼굴이 지워졌다. 한순간에 낯설고도 무서운 얼굴이 눈앞에 드리웠다. 얼마나 악물었던지 죽어 벌어진 입안에 어금니들이 전부 부서져있었다. 죽어서도 감지 못한 눈에 핏줄이 터져 피눈물이 고여있었다. 희망으로부터 절망까지가 얼마나 다밭은지 알리기 위해 지옥에서 찾아온 귀면(鬼面)이었다.

오래 들여다보았다. 깐깐하고 검질기게 여겨보았다. 가냘프나 견고한 거미집도 한 가닥 가로줄에서 비롯된다. 가로줄을 치기 위해서는 바람이 불어주어야 한다. 그 바람에 최초의 실을 날린다. 하지만 바람은 하늘의 일, 마냥 요행을 기다릴 수 없는 거미는 지난번 쳤던 집을 거두며 마지막 한 줄을 남겨놓는다. 산길에서 느닷없이 얼굴을 휘감는 실오리는 바로 그런 것이다. *끄나풀*, 한 가닥의 실마리.

하나하나 주위를 이어나간다. 여러 개의 가로줄이 모이는 지점을 얼기설기 엮어 매달릴 자리를 만든다. 끈기를 갖고 치밀하게 작업한다. 허공에 짓는 집일지라도 내닫기 위해선 딛고 선 자리가 튼튼해야 한다. 이리저리 움직여 네모의 윤곽을 잡고, 안팎으로 움직여 소라 껍데기 모양의 망을 만든다. 얇고 성기지만 빠져나갈 수 없는 그물을 엮어야 한다.

비로소 바깥에서 안으로 들어가면서 거미줄을 칠 차례다. 이게 진짜다. 진짜 무기다. 어느 때보다 빈틈없이 빠르게 움직여야 한다. 앞다리로 안쪽을 향해 쳐둔 거미줄 자리를 재고 뒷다리로

바깥쪽에 친 둥근 거미줄을 가늠하면서 일정한 간격으로 나아
간다. 망설임과 미련은 뒤탈이 된다. 안에서 밖으로 쳤던 소라 껍
데기 모양의 줄은 끊어서 다시 먹는다.

거미줄이 모두 짜여도 끝나야 끝난 것이다. 마지막까지 긴장
을 늦추지 않고 위장그물을 드리워 먹잇감을 혼란시키고 천적으
로부터 스스로를 보호한다. 그리고 사뿐사뿐 돌아서 나오는 것
이다. 더 이상 무력한 먹잇감으로 세상의 그물에 걸리지 않고.

수사

"좌랑 나리! 이 사건이 도적에 의한 살인이라 하셨습니까?"

"그래, 그리 말했지."

"허나 도적에 의한 살인은 검험을 면제하는 것이 거시기, 그 책에 쓰여있다는 원칙이 아닌가요?"

시형도를 들춰보던 오작이 고개를 갸웃거리며 물었다. 전방유가 의미심장한 웃음을 지으며 대답했다.

"새매도 오래면 꿩을 잡는다니, 『무원록』의 무 자가 있는 건지 없는 건지 몰라도 미립이 트이는구나!"

"그러니까 말입니다요, 도적의 짓이 아니니 초검에 복검까지 하지 않았겠습니까?"

"좌우의 이웃들이 말하는 바나 범죄 현장의 어지러운 모양새를 보면 도적의 습격을 받은 것 같은데 검험을 하게 된 것은 무슨 연유겠는가?"

그때 전방유와 오작의 문답을 지켜보던 율생이 불쑥 나섰다.

"그건 초적들이 난리를 일으킨 게 아니라 강도가 재물을 약탈하면서 주인을 살해한 경우에 해당하니 『신주무원록』*의 지침대로 즉시 검험을 하지 않았겠습니까?"

눈치 없는 어리보기 같더니 제법 공부를 열심히 했나 보았다. 말단의 실무자인 의원과 율생만 똘똘해도 검험을 진행하기가 훨씬 수월하기에 전방유는 흐뭇했다.

"그렇다네. 사건 현장이 속한 숭신방의 관원이 초검한 검시장과 한성부의 복검안이 각각 형조에 도착했지. 상복사에서 두 기록의 이동(異同)을 살핀즉슨, 어떠하던가?"

"다를 바 없이 동일합니다. 수족과 타물(他物)에 의해 구타당한 흔적이 있지만 결정적인 사인은 쾌물(快物)**에 의한 것으로 추정된다고……."

율생이 검시장과 복검안을 번갈아 보다가 반짝 고개를 쳐들었다.

"초검과 복검에 상이함이 없다면 굳이 형조에서 삼검을 할 까닭 또한 없지 않습니까?"

"그렇지. 다음 절차로 입안(立案)***을 발급

* 세종 때 최치운 등이 『무원록』에 주해를 더하고 음훈을 붙여 편찬한 법의학서.
** 매우 날카로운 물건.
*** 관청에서 발급하던 증명서.

하고 매장을 허가하면 그만이지."

"그런데 삼검을 해야 한다면…… 뭔가 새로운 문제가 드러난 게 아니겠습니까?"

"새로운 문제라면 대체 무엇이겠는가? 자네가 한번 추리해보게나."

전방유가 던지니 어리보기 율생이 냉큼 물었다. 능구렁이 오작은 무슨 속셈인지 좁쌀눈을 때룩거리며 시형도를 뚫어져라 들여다보고 있었다.

"영 짐작이 가지 않는가?"

"아무래도 모르겠습니다."

"며칠 전 추판(秋判: 형조 판서)의 사인교가 괴한에게 가로막히는 소동이 있었다네. 괴한의 정체인즉슨 억울함을 호소하기 위해 상경한 피살자의 자식들이었다지. 아비의 죽음이 단순한 강도 살인이 아니라고 말이야."

"친인척이 나서서 억울함을 호소하는 일이야 형사의 상사인 것을, 삼검이 허락된 데는 또 다른 연유가 있지 않겠습니까?"

알쏭달쏭한 표정을 짓고 선 율생에게 전방유가 다시 한 뭉치의 문서를 던져주었다. 초초(初招)와 갱초(更招)*였다.

"아, 범행을 현장에서 목격한 간증이 있군요!"

* 검관이 법률로 정해진 절차에 따라 피살자의 근친이나 피의자·목격자 및 그 고장의 향임 또는 이웃들을 불러서 사건의 발단·동기·진행 상황·결과, 원한의 유무, 피살자 생존 시의 상처, 범행에 사용한 도구의 대소, 도구의 습득 여부에 관하여 자세히 심문하는데 처음한 것을 초초, 거듭한 것을 갱초라 함.

66

"피살자와 지구간인데 피살자와 함께 술을 마시고 집으로 돌아가는 길에 강도를 만났다고 증언했지."

"간증이 상사람도 아니고 선전관이라니 증언을 의심할 까닭이 없었겠습니다."

"애당초 그 확신에서부터 문제가 생겨났는지도 모르지. 사람이 하는 말보다 그가 입은 옷을 믿으니 말일세."

"자기 친구가 강도를 당해 참혹하게 죽었는데, 그것도 나라의 녹을 먹는 벼슬아치가 거짓 증언을 하다니요? 그럴 리가 없지 않습니까?"

율생의 목소리가 순수한 분심으로 하도 높고 청아하여 전방유와 오작은 동시에 웃음을 터뜨리고 말았다. 웃기는 둘 다 웃었는데 율생의 귀에는 오작의 주제넘은 탄성만 들렸나 보았다. 비위가 상한 율생은 주먹을 불끈 쥐고 일어나 소리쳤다.

"어디서 더러운 입을 벌리는가? 천한 놈이 감히 공인을 능멸하느냐? 네가 치도곤을 당해야 정신을 차리겠는가?"

하지만 참혹한 시신과 원혼도 두려워하지 않는 오작에게 그깟 풋내기의 으름장이 통할 리 없었다.

"아이고, 이런 글방도련님이 어쩌다 율생이 되셨을꼬?"

그다음 일들은 거의 동시다발로 일어났다. 움찔하는 시늉조차 않고 비아냥대는 오작을 향해 율생이 주먹을 날렸고, 뒷걸음쳐 살짝 피한 오작이 짐짓 허방다리를 짚은 듯 비틀거리다 율생의 발부리를 찼고, 무예는커녕 심신의 연마와도 거리가 먼 듯한 율생은 맨바닥에 패대기쳐진 개구리 꼴이 되었다.

공무를 집행하러 나서기 전에 난판을 벌이는 수하를 호되게 나무랄 만도 하련만 전방유는 헛기침을 하며 한눈을 파는 걸로 중재를 다했다. 앞장서 가던 의원이 달려와 넘어진 율생을 일으켜 세웠다. 살벌하고 험한 바닥에서 이 정도면 가벼운 텃세에 불과하다. 당하는 만큼 빨리 배울 것이다.

"기운이 뻗치니 헛소동이 생기는구나. 고의가 아니래도 발들이 꼬여 엉킨 건 네놈 잘못이니 어서 사과해라."

전방유가 오작에게 명하니 눈치가 도갓집 강아지 같은 작자가 납작 엎드려 머리를 조아렸다.

"아이고, 오뉴월 장마에 흙담 무너지듯이 다릿심이 풀리는 걸 보니 칠성판에 드러누울 날이 얼마 남지 않았나 봅니다요. 율생 나리, 부디 늙다리의 실수를 너그러이 용서해주십시오!"

셋 중의 둘이 짝짜꿍이를 하니 남은 하나는 알고도 속아줄 수밖에 없었다. 애당초 주먹을 먼저 날렸을뿐더러 그 주먹이 허공을 친 것으로도 모자라 너주레한 딴지에 나자빠졌으니 민망하기도 했다. 실수라니 실수로 받으면 반타작은 된다.

"송구합니다, 나리. 공행을 앞두고 헛소동을 벌였습니다."

율생은 전방유에게 사과하는 것으로 오작에게 사과받은 것을 엇셈했다. 젊은 자존심과 나름의 결기가 제법 재미났다. 전방유가 물었다.

"자네 성씨가 어떻게 된다 했던가?"

"안음 임가입니다."

"오, 혹 임세담의 가계인가?"

안음 임씨는 율학훈도였던 세담 이후로 율과 합격자를 줄줄
이 배출한 명가였다.

"직계는 아니고 방계입니다."

율생 임가가 열적은 듯 목소리를 낮췄다. 법률을 해석하고 죄
인의 형량을 조율하는 중요한 일을 하면서도 율생들은 하급 대
우를 받기 일쑤였다. 칼 가지고 오면 칼로 대하고 떡 가지고 오면
떡으로 대하는 것이 인지상정이니, 세상의 무시에 대응해 법전
을 대충 공부하고 함부로 판단해 형률이 달라지는 폐단이 종종
발생했다. 그래도 알아주는 율학의 명문 출신이라면 허투루 법
을 배우지는 않았을 것이다.

"자네는 왜 법을 공부했는가? 가업을 잇기 위함인가?"

"오로지 그렇지는 아니합니다. 시시비비를 바르게 가려 민인을
교화하기 위함입니다."

"옳고 그름이 가려지면 사람들이 착해진다고 믿는가?"

전방유의 질문에 율생은 뜨악한 표정을 지었다.

"당연하지 않습니까? 사람의 본성은 날 때부터 선량하니 다
만 교양과 습관에 의해 차이가 난다는 게 공맹의 가르침이 아니

더이까?”

“나보다 자네가 문관의 양재(良材)로구먼. 한데 율생으로서는 썩 좋은 기상이 아닐세.”

“무슨 말씀이십니까?”

“우리가 살옥 사건을 수사하는 게 정의를 세우는 일이라고 착각해서는 안 되네.”

전방유의 입꼬리가 싸늘하게 비틀어졌다. 그가 검험에 특별한 자질을 보이는 까닭은 딴 데 있지 않았다.

“앞으로 자네가 만나게 될 건 거짓일세. 무수한 거짓들이, 잘 장치된 기만들이 자네를 속이려고 달려들 걸세. 정의를 세우기 이전에 거짓에 속아 넘어가지 않는 법부터 깨달아야 하지.”

순정의 시절을 지나 스스로를 속이는 방법을 깨달았다. 아무도 믿지 않으니 속이고자 하는 자들이 보였다. 명백한 죄와 합당한 벌 이전에 무엇이 있다. 정의는 부정(不正)의 부정(否定)일 수밖에 없으리니.

미제로 남을 뻔했던 어영청 무장 변사 사건을 해결한 후 형조 내에서 전방유를 보는 시선이 달라졌다. 적어도 드러내놓고 비웃거나 무시하는 일은 더 이상 없었다. 하지만 여전히 소가 뒷걸음질하다 쥐를 잡았다고 쑥덕공론하는 이들이 있었고, 전방유도 자신에게서 발견된 느닷없는 재능에 어리떨떨한 상태였다.

그럼에도 불구하고 한 가지는 명확했다. 그는 들었다. 죽은 사람의 말을. 시체를 들추고 시취를 견디며 그 말을 듣기 위해 귀를 기울였다. 죽은 자는 말이 없다고 했다. 그러나 자세히 듣고 정확히 보면 반드시 들을 수 있다. 그것만이 죽은 자를 위로할 뿐 아니라 산 자를 구할 수 있는 길이다.

"나리, 또 뵙습니다요."

전옥서의 오작이 반가움의 표식으로 누런 이를 드러낸 채 씩 웃었다. 어영청 사건을 시작으로 현장에서 그와 손발을 맞추었다. 전방유에게 죽사립 쓴 오작이란 별명이 붙은 것도 그즈음이었다. 해당 고을의 군수가 초검하고 이웃 고을의 군수가 복검해 자액(自縊)*으로 결론 내려진 청상과부 박 씨 사건을 뒤집은 것도 둘의 합작이었다.

열일곱에 이미 병자였던 남편에게 시집 와 열아홉에 과부가 된 박 씨는 스무 살에 스스로 들보에 목을 매었다고 했다. 청상과부가 자액했다면 정조와 절개를 지키기 위해 남편을 따라간 것일 터, 고을 유림의 천거로 시집인 김씨 가문에 열녀정문이 내려지는 것이 예정된 수순이었다. 하지만 입안까지 발급받아 시신을 매장하기 직전 박 씨의 친정 오라비가 격쟁을 하는 바람에 수사가 원점으로 돌아갔다. 부모와 오라비 등 육친이 주장하기로 박 씨는 절대 스스로 목숨을 끊을 성격이 아니고, 애당초 혼담이 오갈 때 김씨 집안에   *스스로 목매어 죽음.

서 신랑 자리가 병자임을 숨겼으니 사기 혼사의 피해자로서 언감생심 열녀의 명목을 구할 리 없다는 것이었다.

전방유가 삼검을 위해 시신이 안치된 김씨네 가택을 찾았을 때 시집 식구들은 장례 준비를 하고 있었다. 몇 번씩이나 혼절을 거듭했다는 시모는 아예 빈소 곁방에 자리보전하고 드러누워 있었다. 병풍을 걷고 관을 내와 시신을 보고자 하니 한바탕 난리가 났다.

"시신이나마 어찌 양반가의 부녀를 외간 남자에게 함부로 내보인단 말이오? 하물며 머지않아 만인의 사표가 될 정절부인을!"

시숙이란 자가 맨발로 뛰어나오고 숙조부란 자가 삿대질을 하고 시동생이라는 자가 빈소를 가로막았다. 여인의 검험에는 으레 소동이 뒤따르기 마련인데 천민이나 상민도 아닌 반가의 부인이라면 말할 나위가 없었다. 『무원록』에서는 이런 경우 상대가 뇌물을 준대도 어두운 곳에서 검험하도록 허락해서는 안 된다고 명시까지 해두었는데, 대개는 회유하거나 읍소하지 강렬히 저항하는 일은 드물었다. 시집 식구들의 반응을 보자니 초검과 복검이 제대로 진행되었을 리 없었다. 전방유는 배꼽 아래 한 치 다섯 푼 자리에 힘을 그러모으고 소리쳤다.

"격쟁에 하문하시어 재검을 명하셨기에 집행하는 것뿐이거늘 어찌 무엄하게 어명에 맞선단 말인가?"

친속과 이웃 부녀자 서넛에게 검험을 참관하도록 하고 관을 열었다. 시일이 지난 고로 신원적(新圓寂: 갓 죽은 이)을 검험할 때만큼은 아니겠으나 다행히 염습하기 전이라 시신의 상태와 상흔을 비교적 온전히 확인할 수 있었다.

"내가 들보에 끈을 걸고 목을 매단 걸로 보입니까?"

스무 살의 박 씨는 예상보다 육덕이 있고 두상도 컸다. 친정 오라비가 주장한 대로 명랑하고 낙천적인 성격에 어울리는 외형이었다. 하지만 겉때로 정절부인의 자질을 판단할 수 없음은 자명한 바, 전방유와 오작의 눈길이 허공에서 부딪혀 빛날 때에는 그들에게만 보이고 들린 증거가 있었다.

"등 뒤에서 불현듯이 덮쳐와 숨통을 조였지요. 놀라 눈이 부릅떠지고 숨이 모자라 입이 절로 벌어지더이다."

숨통 위에 선명하게 남아있는 끈의 흔적을 살피며 전방유가 시신의 말을 해석했다.

"숨통 위를 졸라 자액했다면 입이 닫혀있고 이가 혀끝에 닿아있거나 혀를 물고 있을 것인바, 이 시신의 형상은 그와 반대이니 늑살(勒殺)*을 의심케 하도다."

"나리, 이것 좀 보십시오."

오작이 끈자국의 주변에 어지럽게 흩어진 손톱자국을 가리켰다.

"시신의 손톱 또한 확인하라."

"열 손가락의 손톱이 모두 깨져있습니다."   *남에게 목을 졸려 사망한 것.

"남에게 목 졸려 죽은 사체는 목 아래 끈이 감돌아 교차하고, 아울러 손가락과 손톱으로 긁은 흔적이 있을지니……."

자액을 가장한 늑살의 가능성이 점점 커졌다. 전방유는 침착하게 숨통을 조른 끈과, 목을 감아 교차된 끈의 횟수와, 온몸에 마찰된 흔적을 살폈다. 오작을 움직여 상흔이 검붉거나 붉지 아니하고 단지 흰색임을 확인했다. 이미 죽은 상태에서 매달렸으므로 기혈이 통하지 않아 붉지 아니했던 것이다. 정수리 또한 단단하지 않으니 스스로 목을 맬 때 기운이 모두 위로 치뻗는 경우와 달랐다.

"나는 죽어서 들보에 대롱대롱 매달렸소. 어이없기 한량없으나 그나마 죽기 전에 산 채로 매달리지 않은 것을 다행으로 여겨야 할까요? 그때 자액으로 위장했다면 영영 판별하기가 어려웠을 테지요."

장엄한 비극의 축제를 연출하던 사람들이 한순간 굳은 듯 멈췄다. 전방유는 그들의 눈구멍에서 흘러나오던 눈물까지 쏙 말려들어가는 것을 보았다.

"사건을 원점으로 돌려 자액이 아니라 액살(縊殺)* 사건으로 수사할 것이다!"

증거가 보강되고 재조사와 재심문이 시작되었다. 마침내 드러난 진실은 아름답기보다 추악했다. 정절부인을 배출한 열녀가가 되고자 시집 식구들이 작

*목을 졸라 죽이고 달아맨 경우.

74

당해 며느리를 죽인 패륜의 내막이 만천하에 드러난 것이었다.

봉구사*, 인상사**, 독약사***, 화소사****……. 죽는 방법도 갖가지였다. 부녀자 폭행, 음주 중의 시비, 금전 문제, 산송(山訟)***** 문제, 상거래와 도박 중의 시비, 신분 간 다툼과 종교 문제……. 만 가지 사건에 만 가지 원인이 있었다. 살인 사건을 일으킨 범인 중 열의 여덟아홉이 죽은 이와 '아는 사람'이었다. 오로지 돈을 뺏을 목적으로 덤비거나 광증을 난데없이 살기로 내쏟은 '모르는 사람'은 열의 한둘뿐이었다.

전방유는 무수히 목격했다. 익사를 시켜놓고는 투수(投水)******를 주장하고, 종을 때려죽이고는 자살했다 신고하고, 두들겨 패 죽이고는 병이 들어 죽었다고 우겼다. 부모가, 자식이, 형제가, 부부가, 이웃이, 죽마고우가, 직전까지도 닭똥 같은 눈물을 흘리며 상실의 슬픔을 호소하던 이들이 입술에 침도 바르지 않고 거짓을 말했다. 탐심이, 분노가, 질투가, 시기심이, '아는 사람'들을 '모르는 사람'보다 무서운 살인자로 만들었다.

점차로 전방유는 살아있는 사람들의 말을 믿지 않게 되었다. 그들은 자신의 이해득실을 위해 자신마저 속일 수 있는 이들이었다. 차라리 죽은 자의 말에, 남아있는 시신의 웅변에 귀를 기울였다. 집요하게 사실을 파헤치다 보면 마침내 진실에 닿으리라 믿었다. 죽음처럼 변하지 않는 어

*몽둥이로 맞아 죽음.
**흉기로 상처를 입어 죽음.
***극독으로 인한 죽음.
****불에 타 죽음.
*****묘지에 관한 송사.
******자기 스스로 물에 빠져 죽은 것.

떤 것에.

전방유는 아침에 수세를 하고 들여다보는 거울 속 얼굴이 시신의 그것과 닮아간다고 생각했다. 감때사나운 오작의 꼬락서니와 마주칠 때면 흠칫 놀라곤 했다. 거울을 들여다보기는커녕 언제 한번 수세를 했을까 싶은 작자이니, 그는 자기가 어루더듬는 시신의 얼굴이 얼마나 자기와 닮았는지를 알지 못할 것이었다.

"자아, 북망객 납십니다요!"

시신을 덮은 거적을 열며 오작이 외쳤다. 오만상을 찌푸린 채 지켜 섰던 율생이 입을 틀어막고 후다닥 튀었다. 당삽주의 뿌리 창출(蒼朮)과 쥐엄나무 열매를 말린 조각(皂角)의 향으로 가렸다고는 하지만 시취를 완전히 지울 수는 없었다.

해월(亥月: 음력 10월)이라 시신의 상태는 좋은 편이었다. 겨울 석 달에는 사오 일이 지나면서 살색이 누르게 변하고 보름이 지난 후에야 얼굴과 입과 코, 두 겨드랑이와 가슴 부위가 변색하기 마련이었다. 차가운 습지에 두고 거적으로 싸 묻어 바람과 햇빛을 피하면 더욱 온전했다. 더울 때라면 하루만 지나도 검푸르게 변하고 스멀스멀 냄새를 풍기기 시작한다. 사나흘이 지나면 피부와 살이 문드러지고, 입과 코에서 걸쭉한 오물이 흐르고, 머리 거죽에서 머리털이 툭툭 떨어져 나간다. 그럴 때 죽은 자의 말은 자욱한 안개 저편에서 소리치는 듯 혼돈했다.

"시형도에 자상은 몇 군데로 기록되어있는가?"

전방유가 묻자 오작이 시키면 손가락을 들어 하나하나 헤아렸다.

"모두 일곱 군데입니다요."

"일곱 군데라……. 흐음, 생각보다 많은 수로군."

"생각보다 많다니 무슨 말씀이십니까?"

뒤집어진 비위를 자존심으로 이겼는지 어느새 율생이 곁에 와 있었다. 얼굴은 해쓱했지만 앙다문 입에서 제법 결기가 느껴지니 대견했다.

"생각보다 많다는 건 출혈의 양에 비해 상처가 여럿이라는 뜻이지."

범행 현장에서 피는 흐르는 것이 아니다. 뿜어져 나와 치솟고, 튀어 올라 흩어지고, 뚝뚝 떨어지면서 흔적을 남긴다. 주변의 사물과 딛고 섰던 땅, 그리고 범인에게 스며든다.

"일곱 군데나 난자를 당하면 보통은 살덩어리가 피 웅덩이 속에 누워있기 마련인데 이 시신은 얼굴을 알아볼 만하고 의복도 제법 온전치 않은가?"

"그것에 무슨 연유가 있습니까?"

"당연한 말씀을! 처녀가 애를 낳아도 할 말이 있고 핑계 없는 무덤이 없다지 않습니까요?"

오작이 낄낄거리며 끼어들었다. 율생이 또 발끈할까 봐 전방유가 가로막았다.

"네놈은 쓸데없는 참견 그만하고 매실 떡이나 만들어라! 군졸
들이 구덩이를 제대로 파고 있는지도 살펴보고."

단순히 상부의 지시 때문은 아니었다. 참의와 정랑은 판서의
명령에 놀라 평소 개밥에 도토리 취급하던 전방유를 불러댔지
만, 삼문을 나서는 순간 남의 눈과 말은 다 잊었다. 사건 자체에
냄새가 났다. 시취와 피비린내에 더해진 수상한 비밀의 냄새였
다. 그래서 초검과 재검의 항목을 있어도 없는 셈 치고 원점으로
돌아가 검험하기로 작정했다.

구덩이를 파고 불을 지피는 것은 경직된 시체를 부드럽게 하
기 위해서였다. 그다음에 술지게미와 초를 뿌린 종이를 붙이면
거짓말처럼 눈에 보이지 않던 상처가 드러났다.

"육안으로 보이지 않는 상처가 있다는 걸 어떻게 아십니까?"

"시형도와 시신을 비교해 살펴보라. 표시된 자상의 부위 중에
치명적인 급소는 거의 없다시피 하지 않은가?"

정수리와 숨구멍과 두 귓구멍과 인후와 가슴과 명치와 아랫배
와 생식기는 속사(速死), 상처를 입는 순간 빨리 죽는 급소. 머
리 뒤꼭지와 가슴과 등마루와 양 갈비뼈는 필사(必死), 손상당
할 시 반드시 죽는 급소다. 속사 부위에 치명상을 입으면 사흘을
지나지 못하고 필사 부위에 그러하면 열흘을 넘길 수 없을지니
이처럼 즉사(卽死)한 경우라면 두말할 필요가 없을 것이다.

"사람의 목숨은 어이없이 끊기기도 하지만 한편으로 사람은 그리 쉽게 죽지 않도다."

"네, 분명 그런 것 같습니다만……."

"길바닥에 쓰러진 채로 방치되어 오랫동안 피를 흘렸다면 모를까 친구라는 자와 동행했다지 않던가? 그렇다면 필시 범행 현장에서 치명상을 입었을 터인데, 가슴이나 복부를 날카로운 흉기로 찔렸을 때는 바깥으로 출혈이 그다지 많지 않을 수 있지. 허나 내부 출혈은 심각해서 목숨을 잃게 만드는 것이다."

율생의 눈빛에 경이로움이 감돌았다. 그러나 젊고 강강한 그는 짐작조차 못할 것이다. 형조의 관리들이 퇴청 후 몰려 나가 저희들끼리 끈끈한 친교를 다지는 동안 전방유는 홀로 관방에 남아 율학과 의학 서적을 들이팠다. 수치와 고통, 그리고 외로움은 남다른 욕망과 남다른 열정을 키우는 법이다.

군졸들이 시신의 키에 맞추어 판 이(二) 척 깊이의 구덩이에 장작을 넣고 불을 지폈다. 그 안에 초를 뿌리고 여전히 판국을 읽지 못해 어리떨떨한 표정을 짓고 있는 시신을 눕혔다. 옷가지를 덮어두고 얼마간 지나면 경직된 몸이 노글노글해지면서 죽은 자는 산 자가 알지 못하는 이야기를 털어놓을 것이다.

"나리, 여기 매실 떡입니다요."

오작이 만들어 온 떡은 숨어들어 나타나지 않는 상흔을 찾을 때 쓸 법물이었다. 지게미와 초로 분별할 수 없을 때 백매를 짓

찢어 싸두고, 백매로도 확인이 되지 않을 때 다시 백매의 과육을 취해 파와 산초와 소금과 지게미 등을 함께 갈아 두드려 떡을 만든다. 그리고 그 떡을 불에 구워 손상된 부위에 지져보면 그를 죽음으로 이끈 결정적인 요인이 밝혀질 것이다.

"구운 떡을 가슴과 배의 피가 어려있는 부위에 붙여두어라. 실인이 될 상흔이 거기서 드러날 가능성이 크다."

오작의 손은 거칠고 더러웠지만 시신을 다루는 손길은 부드럽고 섬세했다. 끔찍한 일을 기꺼이 즐기는 기색이 꺼림칙하기는 하지만,『세원집록』의 말대로 머리카락 한 올의 차이가 나중에는 십 리 차이가 되는 데야 솜씨 좋은 오작을 내칠 방도가 없다.

그 책을 쓴 송나라의 송자는 또한 말했다. 소송을 다루는 일이 사람의 목을 베는 것보다 중요치 않고, 사람의 목을 베는 것이 처음 사건의 정황을 살피는 것보다 중요치 않으며, 처음 사건의 정황을 살피는 것이 검증보다 중요치 않다고. 그러나 사람들은 대저 원칙과 반대로 행동한다. 검증보다 정황에 휘둘리고, 정황보다 범인을 잡아 목을 베는 데 열광하며, 목을 베기 위해 소송을 다루는 데 몰두한다.

중국과 달리 조선에서 형벌을 집행할 때는 피의자의 자백인 지만(遲晚)이 반드시 필요하다. 늦을 지에 늦을 만, 말하자면 죄인이 자기의 죄를 인정하면서 너무 오래 속여서 미안하다는 뜻이다. 그토록 늦어지는 동안 가죽나무로 만든 신장이 장딴지를 친다. 도둑에게는 발바닥을 치다가 발가락을 뽑는 난장을 치고, 흉악범에게는 살점이 떨어져나가는 나무 도끼 삼모장을 친다. 미안하지 않으려야 않을 수 없다.

그쯤에서 검증은 물론 정황까지도 가물가물 잊힌다. 들이는 힘에 비해 수확이 박하기 때문이렷다. 얕은수가 판치는 경조부박의 세상에 사실을 통해 진실에 다가가려는 이가 설 자리는 어딘가.

"나리! 이것 좀 보십시오!"

오작의 흥분한 목소리가 홀로 탄식하는 전방유의 귓전을 때렸다. 재미든 흥미든 호기심이든 정의감이든, 연유야 어쨌거나 그들은 죽은 자의 말을 끝내 듣고자 하는 마지막 산 자였다.

"이 모양은……!"

전방유가 낮은 신음을 흘렸다.

"강도라고요? 어느 강도가 이런 솜씨를 돈푼을 뺏는 데 쓴답니까?"

"왜 그러는가? 무슨 특별한 점이라도 있느냐?"

오작이 눈을 희번덕이고 율생은 답답한지 가슴을 치며 오작을 다그쳤다.

"시형도를 다시 그려라. 시신의 머리끝부터 발끝까지를 꼼꼼히 살펴 칼자국을 헤아리고, 팔목과 손바닥의 상처를 확인하고, 상처 하나하나의 길이와 너비와 둘레와 빛깔과 부어오른 정도를 세세히 기록하라!"

모든 것이 처음부터 다시 시작이었다. 자상은 일곱이 아니라 여덟이었다. 오작과 율생과 의생이 달라붙어 시신과 씨름을 하는 사이에 전방유는 뒷전에 밀쳐진 초초와 갱초를 펼쳤다.

뜨겁고
＼독하고
맑은

　다른 기온이 덮쳐오고 다른 냄새가 물씬하다. 울을 따라 도는
순간 다른 세계가 펼쳐진다. 문은 언제나처럼 활짝 열려있다. 문
지기의 명목을 지닌 자는 있으나 한밤중과 새벽의 개폐에나 관
여할 뿐이다. 어차피 돌쩌귀에 불이 나 닳아지도록 드나드는 이
들이 많기 때문이다. 한창 바쁠 때는 지게꾼들이 하루에도 스무
섬이 넘는 나락을 운반한다. 주문하러 오고 주문했던 것을 받으
러 오는 소상인과 댁하인들이 부지기수다. 지게미를 얻기 위해
궁싯거리는 빈자들 또한 헤아리기 어렵다.
　"기다리시는 동안 맛보시랍니다."
　꿩 무리에 꿩으로 섞여 들어온 윤 선달 앞에 주안상이 놓였

다. 농어지리에 삼해주, 미주 가효의 정석이다. 노장이 궁에서 나올 때 따라온 숙수*의 솜씨가 녹슬지 않았다. 국물 한 숟가락을 떠먹으니 청록과 은빛 바다가 입안에서 삼삼하다. 거푸 잡죄었으니 위해하여 다독일 모양이었다. 경륜가이자 수완가답게 마음을 미당기는 재주가 비상하다.

'어련하시겠소? 부처님 손바닥 위에 놓고 이리 굴리고 저리 쏘삭이는 재미가!'

속으로 투덜대면서도 밖으론 내지 않는다. 이 세계에서 제일 먼저 배운 것은 벽에도 귀가 있다는 사실이다. 비밀을 지키고자 감추고 숨기는 대신 보다 치밀한 비밀로 얽어맬 필요가 거기 있다. 허허실실은 노장이 가장 즐기는 계책이었다. 문지기가 딴청을 짓시늉하는 동안 매의 눈을 뜬 칼잡이가 드나드는 면면을 내탐하고 있음은 아는 이만 알고 모르는 이는 알아서 안 되는 일이다.

순식간에 병을 비우고 아쉬운 입을 쩍 다시는 순간 신방 엿보기라도 하던 양 노장이 들이닥쳤다.

"복수? 복수라!"

윤 선달의 보고를 받는 노장의 표정이 묘했다. 긴장했다가 침통했다가 끝내 아련해졌다.

"네, 복수를 하고 싶다고 했습니다. 원수를 갚기 위해 도움이 필요하답니다."

"미행을 금세 눈치챘다고 했겠다?"

*음식을 익히는 손이라는 뜻으로 잔치에 필요한 음식을 만드는 요리사.

"말을 맞춰두었던 은장이의 여편네보다도 먼저 낌새챘습니다."

"탁발하는 영담과 만난 사실은 인정하던가?"

"지리산에서 왔다기에 혹시나 하여 접근했답니다."

"천가는 어찌 알고 접촉했다던가?"

"시장을 오가는 맞바리 중에 청파에 산다는 자들을 눈여겨보았답니다. 천가네 집이 배다리 아래 만천변에 있다는 이야길 듣고 뜨개질했더랍니다."

흠, 노장이 이맛살을 깊게 찌푸렸다. 누구에게 어떻게든 꼬리를 밟힌다는 게 탐탁할 리 없었다.

"자네가 보기에도 보통내기는 아닌 듯했다고?"

"그렇습니다. 호박옥의 내력을 묻는 대신 불에 구워보는 거며, 얕잡고 덤빈 머저리들일망정 사내 둘을 단번에 메다꽂은 실력이 예사롭지 않습니다."

일격에 하나, 일격에 다시 하나. 넘치고 모자람이 없는 기술이었다. 이기고 지는 승부를 떠난 평상심이었다. 기술과 마음이 모두 검약했다.

"해인이라? 그걸 언제 어디서 배웠단 말이더냐?"

윤 선달도 궁금했던 내력을 노장이 물었다.

"여주에서 도주해 동으로 남하하다가 설성산과 죽주산성을 지나 산중의 암자에 허접(許接)*하게 되었답니다."

*도망친 죄수나 노비 등을 숨기어 묵게 하던 일.

"여주에서 동남쪽으로 내려갔다고? 한양으로 올라오지 않고?"

노장의 가시눈이 다시 한 번 번쩍 했다.

한양으로 통하는 관문인 여주에는 열여덟 개의 나루가 있었다. 그중 조포나루와 이포나루는 마포나루, 광나루와 더불어 한강을 대표하는 나루이기도 했다. 뱃길을 따라 모든 물산과 인력이 오가니 도망을 치기로 작심한다면 나루부터 떠올리는 게 보통의 사리 분별이었다. 그런데 남들이 가는 반대편으로 갔다. 추격자들의 예측과 동선까지 고려한 것이다. 타고난 반골이거나 탈주의 본능이 남다를 터였다.

"암자에서 배웠다고? 가르친 자는 누구라던가?"

"오백 일 동안 불목하니 노릇을 하며 머무르던 중 암주(庵主)*에게서 무예를 배우고 약간의 무경을 읽었다고 했습니다."

"무과에 응시한 경험이 있는 자네는 알겠지. 오백 일 만에 순통할 무도라면 스승이 고매한 겐가 제자가 빼어난 겐가?"

"암주라는 중이 비범한 은둔자였던 건 사실인 듯합니다. 안성 즈음이라면 임꺽정의 근지였던 칠장사가 멀지 않을뿐더러 호란 때 승병 삼 천을 끌고 남한산성을 지원하러 가던 벽암대사가 패전 소식을 듣고 해산한 항마군** 또한 스며들었음 직한 지역입니다."

"굴에 든 뱀의 길이는 알 수 없으니 스스로 몸을 숨긴 고강한 무예자가 한둘이겠는가!"

*암자의 주인이나 암자에 거처하는 승려.
**외적의 침입과 같은 국가 유사시에 징발되어 전투에 참가하게 된 승군 조직.

노장이 감탄이거나 탄식인 짧은 숨을 내뱉었다. 돈과 요령으로 해결되지 않는 유일한 갈증이 초야에 묻힌 재사에 대한 욕심이었다.

"아무러한 고수라도 송아지 천자(千字) 가르치듯 했다면 되겠습니까? 문제자의 됨됨이 희귀하고 특별하니 저로서도 처음 보는 일입니다."

윤 선달은 여랑의 기세에 압도되어 좀처럼 눈을 뗄 수 없었던 자신을 떠올렸다. 염통을 꺽짓손에 세게 잡힌 듯 가슴패기가 저렸다. 아프다기보다 낯선 자극이었다.

"갚음하겠다는 원수가 대체 누구라던가?"

"추쇄를 당했다니 노비안의 주인이라는 자가 아니겠습니까?"

"아니, 자네도 원수가 누군지 정확히 모른다는 건가?"

판을 움직이는 막후의 조종자를 직접 대면해 털어놓겠다고 했다. 직담하지 못한다면 오른팔이든 왼팔이든 오른팔과 왼팔이 잘려나가거나 입을 찢긴대도 말할 수 없다고 했다. 험궂은 말을 눈썹 하나 까딱 않고 낮지만 분명한 목소리로 내뱉었다. 풀기 빳빳한 기세에 질려 더는 다그쳐 물을 수 없었다.

"데려오게."

"직접 만나시렵니까?"

"나를 만나야 입을 열겠다지 않나?"

"네, 알겠습니다."

노장의 결정을 실행하면 그만이었다. 임무가 끝나지만 무언가 새로이 시작되는 기분은 망상일 터였다. 그제야 노장이 잊고 있었다는 듯 질문을 툭 던졌다.

"여인의 이름은 무엇이라던가?"

윤 선달이 밭은 숨과 함께 그 이름을 내뱉었다.

"……구월이랍니다."

은밀한 용무를 마치자 노장은 술도가의 주인 노파로 돌아왔다. 윤 선달이 비운 술병을 턱 끝으로 가리키며 노장이 물었다.

"늙은 몸은 굼뜬데 늙은 마음은 조급하도다. 우물가에 애버들이 났다기에 지난해보다 며칠 일찍 떴는데 맛이 어떠한가?"

"독막*에서 빚어지는 수백 수천 독 중에 여기 양호**의 술맛과 겨룰 데가 어디란 말입니까?"

설핏 오른 술기운에 평소 같지 않은 따리를 붙였으나 노장의 얼굴엔 미소 한 자락 스치지 않았다. 아부를 받는 자가 아부인 줄 몰라 헤벌어지는 게 아니다. 인간이라는 어리석고 약한 짐승은 아부라는 걸 엄연히 알아도 달콤한 말과 부드러운 혓바닥에게 풀어진다. 노장은 드문 예외이자 별격이었다.

'독한 노인네!'

입 밖으로 낼 수 없는 속생각이었다. 진진한 안주가 아쉬워 한 병 더 얻어 마실 궁리가

*지금의 서울 마포구 공덕동에서 대흥동 사이.
**술을 빚어 도매하는 집, 술도가.

깡그리 가셨다.

"술을 만들어 먹고살며 끊어라 참으라 잔사설은 할 수 없네. 다만 술과 안주를 보면 맹세도 잊는다는 말을 잊지 말게. 우리의 소념(所念)이 취해 비틀거리면서야 이룰 수 없는 일이 아닌가?"

"명심하겠습니다."

윤 선달이 수굿이 머리를 숙였다. 타고난 욱성으로 당장엔 불평하지만 받들며 두려워하는 마음은 변치 않았다. 노장은 그의 은인이나 진배없었다. 노장이 아니었다면 관례를 치르기 전부터 발피*에 뒤섞여 다니며 술 먹고 사람 치고 계집질하다가 으슥한 골목에서 칼을 맞아 죽었을 것이다. 오늘을 잊고 내일을 모르는 패악이 아니고서야 과거에 꺼둘린 채 단 한순간도 살아내지 못했을 테니.

"올해 삼해주 주조는 이로써 끝입니까?"

"진월(辰月: 음력 3월)이 지났으니 당연치 아니한가?"

단호한 말투에 지레 움찔했다. 지난해도 같은 질문에 같은 대답을 들었다는 기억이 떠올랐다. 술 한 병으로 눙치기엔 주눅이 단단히 잡혔나 보다. 협기로는 사대문 안에서 둘째가라면 서러운 호남자라는 평판이 어줍다. 단순한 기 싸움이 아니라 반지빠른 이해타산의 결과이기도 하다.

지난해 윤 선달은 노장에게 마포나루 근방 술도가들의 수상한 움직임을 보고하며 제 딴

*일정한 직업이 없이 못된 짓만 하면서 떠돌아다니는 무리.

엔 충심에서 비롯된 간언을 바쳤다. 호란이 수습되는 기미와 함께 시중의 수요가 급증하니 생산량이 제한된 삼해주의 주가도 급등했다. 바람 따라 돛을 달고 밀물 들 때 노 젓는 게 장사의 기본이다. 검정개 한패인 윤 선달도 몸이 달았다.

"주문이 밀려드는데 창고는 비어가니 대책을 강구해야 하지 않겠습니까?"

"진월이 지났는데 무얼 어째?"

노장의 가시눈이 번쩍한 걸 보고도 미어터진 욕심이 끝내 입밖으로 새었다.

"십이지(十二支) 마지막의 돼지날[亥日]에 밑술을 빚고 덧술을 하고 다시 세 번째 술을 더하기에 삼해주가 아니오리까? 이마마한 정성과 고역이면 술의 신께서도 능히 한 눈쯤 질끈 감아주실 터입니다."

"대체 무슨 소리를 하고 싶어서 똥 본 오리처럼 지절거리는가?"

기왕 눈엣가시가 된 마당에 모 아니면 도다 싶어 돌려다붙이지 않고 내뱉었다.

"예서 술을 구하지 못하고 허탕 친 단골들이 다른 술도가들과 거래를 트고 있습니다. 정월에 빚어야만 삼해주가 아니라 아무 해일에 빚어도 삼해주라고 부른 지 오랩니다."

"뭣이라?"

날카로운 눈빛과 사나운 독설보다 윤 선달을 얼어붙게 만든

건 굵은 지렁이, 노장의 이마 한가운데서 살아있는 칼자국이었다. 평시는 보통의 상처 자국에 불과했다. 어렸을 때 아장걸음을 하다가 모서리에 크게 찧거나 잘못 베여 만들어졌음 직도 하였다. 그런 것이 분노를 머금으면 돌연 솟치어 소금을 맞은 듯 꿈틀거렸다.

불호령이 떨어지리라 예상하며 자라목이 되려는 찰나 가시눈에서 기묘한 불티가 튀었다. 뜻밖의 일이었다. 노장의 주름진 얼굴에 좀처럼 보이지 않던 미소가 떠올랐다.

"지 서방! 밖에 있는가?"

"네, 대령하고 있습니다!"

"탁주를 만들 술밑거리를 구할 수 있는 최대한으로 준비토록 하게."

"네, 알겠습니다."

집사이자 양조 작업을 총지휘하는 지 서방은 윤 선달과 달리 노장의 명령에 토를 다는 법이 없었다. 계(契)의 사람들은 지 서방과 윤 선달을 노장의 왼팔과 오른팔이라고 불렀다. 윤 선달은 그 별명에도 내심 불만이었다. 노장은 바른손잡이가 아니라 왼손잡이이기 때문이었다.

시중에 삼해주 아닌 삼해주가 유통되는 동안 노장은 탁주를 담가 박리다매했다. 처음 두서너 달 동안 매출은 평상에 못 미치는 듯했다. 상황이 급변한 것은 더위가 한풀 꺾이고 색바람이

불 때부터였다. 아무 돼지날에나 삼해주를 빚는 술도가와 거래를 텄던 단골들이 슬금슬금 기어들어와 손바닥을 비비기 시작했다. 술맛이 진짜 삼해주에 미치지 못한다는 애주가들의 까탈과 차례의 제주를 준비하는 수요가 겹친 것이다. 양호에서는 청주로 뜬 술을 증류해 소주로 만들어 보관하는 묘방을 쓰고 있었는데, 청주와 소주를 섞어 만든 혼성주는 여름 술로 이름이 자자하던 터였다.

찾는 사람이 많아지니 품귀로 말미암아 값이 껑충 뛰었다. 가짜 덕분에 진짜의 가치가 드높아진 것이다. 어차피 삼해주는 저자의 술꾼들이 외상을 달고 흔히 마시는 값싼 술이 아니었다. 때마침 그들을 겨냥해 만든 탁주가 부드럽고 맛 좋기로 이름이 높아지니 두 마리 토끼가 말덫에 쏠깍 들어온 셈이었다. 지난해 매출은 양호를 벌인 이후로 단연히 으뜸이었다.

"소탐대실이니 세난 장사 말랬다!"

노장은 딱 한마디를 했다. 말끝에 하얀 지렁이가 고무락고무락 웃었다.

복수라는 말에 피가 꿀렁했다. 오랜만이었다. 구저분한 일상에 들러붙어 썩어가던 피가 들썩거렸다.

"혹시 어디 편찮으신 건 아닙니까?"

담가놓은 누룩이 잘 붙는지, 고두밥이 충분히 쪄지는지, 용수*

는 깨끗한지를 일일이 살폈다. 여느 때처럼 심상하리라 했는데 지 서방은 용케 다른 기척을 알아챘다.

"왜? 이상이 있어 보이는가?"

"안색이 평시와 다르니 고뿔이 드는 조짐이 아닌가 하여 여쭙습니다."

방에 돌아와 경대를 끌어다 들여다보니 얼굴이 벌건 백발 노파가 핏발 선 눈을 홉뜨고 있었다. 지 서방의 말대로 외감(外感)**이 독하게 들기 직전의 낯빛이었다. 스스로만이 안다. 이 야릇한 열감은 바깥의 작용이 아니라 들끓는 심중의 요사다.

"들어오시오!"

문밖에서 느껴지는 인기척에 경대를 밀고 돌아앉았다.

"고뿔이 아니라면 상풍(傷風)***이신가?"

짭짜래하고 고소한 음식 냄새와 함께 노옹이 소반을 들고 들어왔다.

"아랫것을 시키지 어찌 손수 상을 들고 오시오?"

"산송장 취급 마소. 들라는 사람이 없어서 못 하지 아직도 쌀 한 섬쯤은 거뜬히 이고 지오!"

사내란 족속은 머리가 모시 바구니가 되어서도 냉수 마시고 이 쑤시며 트림한다. 앉고 설 때마다 끙끙 앓는 소리를 하는 형편을 뻔히 알기에 퉁바리를 놓을까 하다가 입을 다

* 싸리나 대오리로 만든 둥글고 긴 통. 술이나 장을 거르는 데 쓴다.
** 고르지 못한 기후 때문에 생기는 감기 따위의 병을 통틀어 이르는 말.
*** 바람을 쏘여서 생기는 병. 열이 있고 땀이 나며 바람을 싫어하는 증세가 나타난다.

문다. 그에게도 한때 두 섬을 포개어 지고 하루에 백 리를 가던 시절이 있었음을 떠올렸기 때문이다. 기억은 연민의 밑힘이다.

"온종일 까마귀 둥우리 안에서 뱅뱅거리는데 무슨 바람을 쏘이고 병이 들었겠소?"

"그 마음에서 윙윙거리는 게 바람이 아니라면 무엇이오?"

대거리는 투박했지만 피차 안팎이 다름을 알고 있었다. 반나마 늙는 동안 서로를 알던 시간이 모르던 시간보다 길다.

"잡쉈보오."

노옹이 접시를 밀었다.

"오늘 대구 물이 좋아서 좀만 일찍 왔으면 지리를 해낼 수 있었을 텐데, 이즈음 생물의 선도는 어제가 옛날이지 않더이까? 아쉬운 대로 별법을 써보았소."

서설이 간곡하니 쓴입에도 밀어 넣지 않을 도리가 없다.

"입에 맞소?"

"짭조름하니 괜찮군요."

"그건 조리개요. 간이 센 조리개보다 이것부터 맛보았으면 좋았으련만, 전유어도 들어보오."

노릇노릇 구운 대구전이 코밑으로 다가왔다. 마지못해 한 점 베어 물었다.

"자, 올해 삼해주도 맛봐야지 않겠소? 아무 생각 없이 먹고 마시고 푹 주무시오. 뼛속에서 잉잉대는 바람도 잦아들 게요."

"밥상은 혼자 받아도 주안은 겸상을 하는 게 상궤가 아니오리까? 제가 한 잔 칠 테니 받으시오."

소매를 걷고 술을 따른다고 색줏집 논다니 취급받을 시절은 지났다. 이제 와 새삼스레 내외할 사이도 아니다. 노장이 따르고 노옹이 받았다. 노옹이 따르고 노장이 다시 받았다.

"잘 익은 것 같소?"

"여느 해보다 날짜가 일러서 걱정했는데 지난겨울이 푹해서인지 다행히 딱 맞소!"

머리가 쩡한 한겨울부터 십이지 가운데 가장 붉고 밝은 피를 지닌 돼지의 날마다 백일 동안 빚은 술이었다. 겨우내 노장의 손은 젖고 붇고 얼어 있었다. 명황색이거나 송화색 같은 삼해주는 맛이 달고 깔끔하나 만만찮은 강주(强酒)였다.

"구월이라는 여인을 만날 작심이시오?"

윤 선달에게선가 지 서방에게선가 노옹도 구월의 이야기를 들은 모양이었다. 계와 양호의 드러난 우두머리가 노장이라면 보이지 않는 곳에서 조목조목을 챙기는 뒷배가 노옹이었다. 성격과 역할은 달랐지만 목표와 지향을 함께하는 일체였다.

"만나보려 하오."

"지금껏 계를 운용해온 규칙에서 벗어난 일이라는 건 알고 계시오?"

"알고 있소."

술기인지 열기인지 불그레 달뜬 노장의 얼굴을 노옹이 물끄러미 들여다보았다. 세자궁의 장정(掌正)*과 사옹원의 선부(膳夫)**로 만났을 때는 붕배(朋輩)***라는 것만이 공통되었다. 남녀가 유별하고 소속이 다르니 친밀히 지낼 소이가 없었다. 오가는 길에 먼 발치에서 보기를 노장, 아니 박 상궁은 음전한 중년이었다. 노옹이라고 불리기 전의 오 숙수 역시 그 정도의 반늙은이였을 것이다.

"안주도 자시며 드시오."

어느새 잔을 비운 노장이 자작을 하니 노옹은 접시들을 앞으로 밀었다. 몇 년 사이에 머리가 세고 주름이 깊어져 노장은 오갈 데 없는 파파노인이 되었다. 빳빳했던 어깨가 굽고 허리까지 고부장한 듯하다. 노옹도 꼭 그 모양일 터였다. 같은 경사로 삶이 기운 건 함께 겪은 일의 무게가 천근만근이기 때문이리라.

"구월의 복수가 우리의 복수가 될 수 있다고 보시오?"

"사연은 들어봐야 알겠지만 보통이 아닌 자의 복수라면 보통을 넘어서지 않겠소?"

노장의 주름진 목으로 술이 꿀렁꿀렁 넘어간다.

"무엇이든 할 것이오."

빈 잔을 내려놓는 눈이 불탄다.

"썩어빠진 세상을 뒤엎기 위해서라면, 어떻게든 할 것이오."

무작스레 악물고 살아온 세월에 어금니가

*세자궁에 속하여 문서의 출입, 자물쇠의 관리, 세자궁 내의 기강을 바로잡는 일 따위를 맡아보던 종7품 궁인직 벼슬.
**사옹원에서 음식의 조리를 맡아보던 종7품 잡직.
***지위나 나이가 서로 비슷한 벗.

96

모다 빠지지 않았다면 잇새에서 빠드득 소리가 났을 것이다. 마시지도 않았는데 취하는 기분에 노옹은 체머리를 흔들었다.

박 상궁이 위중하다고 했다. 급사하지 않는 이상 궁 안에서 죽을 수 있는 자는 임금뿐이라 서둘러 가마를 대령해 병구를 옮겼다. 인사불성에 휘주근한 모양새가 급병이자 중병 같았다. 정해진 대로 북문을 빠져나가 질병가를 향하니 그 후로 박 상궁을 봤다는 사람이 없었다.

달포가량 지나 오 숙수가 사옹원에서 내쳐졌다. 부풀어 올라 고름집이 생긴 살갗이 터지니 진물이 흘렀다. 옴이거나 풍조창이거나 무슨 피부병이든 수라를 마련하는 숙수에게는 용납될 수 없었다. 사옹원에서는 그의 손이 닿았던 모든 기물과 도마와 식칼까지 챙겨 안기며 등을 떠밀었다.

염려했던 것보다 쉬웠다. 의심과 감시의 그림자가 뒤밟는 기미도 없었다. 다만 석 달 장마에도 개부심이 제일이라기에 주의를 늦추지 않았다. 아무도 안부를 궁금해하지 않고 거개가 죽었으리라 생각할 즈음 더 이상 박 상궁과 오 숙수가 아닌 채로 다시 만났다.

"아이고! 아이고!"

만나서 처음 한 일은 호곡이었다. 시구문을 빠져나와 신당을 지나 무쇠막에서 왜인(倭人) 야장을 찾을 때까지 한마디 말 없이 앞장섰던 노장이 다리를 뻗고 곡했다.

"아이고! 아이고!"

생살을 긁고 비벼 억지 물집과 헌데를 만들었던 노옹이 가슴을 쥐뜯으며 곡했다. 인적이 끊긴 솔숲 한가운데 도도록한 구덩이 앞에서 미치광이처럼 울부짖었다. 행여 봉분처럼 보일세라 흩뿌린 솔가리를 움켜쥐고 몸부림쳤다. 무심한 솔바람이 인간사를 외면하며 건듯 불었다. 젖은 볼이 서늘했다.

충성스럽고 정직한 자가 배신하는 경우는 두 가지다. 충직함의 이해관계가 배신당하거나 충직함 자체가 배신당할 때, 그는 돌아선다. 이해관계에 의한 충직함이라면 대간사충(大姦似忠)이라, 간사한 사람은 아첨하는 수단을 교묘히 부려 마치 충성하는 사람 같아 보일 수 있다. 그의 배신은 마음의 변화 없이 그저 반대 방향으로 몸을 돌리는 일에 다름 아니다. 그러나 타산이 없는 충직함 그 자체가 부정당하면 충심은 역심이, 직심(直心)은 복수심이 된다.

멀리 당겼다 놓은 화살이 빠르게 또 멀리 간다. 박 상궁은 하나뿐인 동생이 불귀객이 된 다음에야 소식을 들었다. 왕가뭄이나 중병과 노환으로 방출되기 전까지는 돌아갈 일 없는 사가(私家)와 멀리하는 것이 궁인의 도리라 여겼다. 오 숙수는 내시들조차 세우는 양자도 없이 평생을 독신으로 살았다. 공인에게 사심이 깃들면 안 된다는 것이 막막조(邈邈調)*라는 뒷소리를 듣던 그의 원칙이었다.

*강직하고 고집이 센 사람을 비유적으로 이르는 말.

도리와 원칙은 타산보다 무력했다. 세자빈

이 임금에게 개새끼[狗雛]라는 욕을 듣고 역강(逆姜: 역적 강 씨)이라고까지 불리게 되는 사건이 터졌을 때 정작 충직을 외치던 자들은 입을 다물거나 다른 말을 했다. 스스로 사심을 경계하고 충심을 의심했던 이들만이 끝까지 남은 죄로 이생에 지닌 많지 않은 것들 중 가장 중요한 것을 잃었다.

"아닙니다!"

아니기에 아니라고 답했다.

"모릅니다!"

모르기에 모른다고 답할 수밖에 없었다. 세자빈과 말하는 자에게 죄를 주겠노라는 임금의 경계로 인해 빈궁은 이미 유폐된 것이나 진배없었다. 그런 지경에 수라상에 오른 전복구이에 독이 들었다며 다짜고짜 세자빈의 궁인과 수라간 나인들을 잡아 족쳤다. 담벼락을 문이라 내미는 방법이란 억지와 강다짐밖에 없었다.

오해라면 풀리리라 했다. 대궐 안에 있는 사옥(私獄)에 갇혀 환관의 심문을 받을 때는 며느리를 미워하는 시아버지의 용심이 빚어낸 의심증인 줄만 알았다. 억울한 매를 맞으면서도 성붕지통(城崩之痛)*을 겪은 걸로 모자라 모함까지 받는 상전을 감싸고자 기어이 부인하고 반박했다. 거짓이라면 밝혀지리라 믿었다. 하지만 임금의 잘못을 논계해야 마땅한 신하들이

*자기를 지켜 주던 성이 무너지는 고통이라는 뜻으로, 남편의 죽음을 맞은 부인의 슬픔을 이르는 말. 여기서는 소현 세자를 잃은 강빈의 심경을 가리킴.

도리어 임금의 속마음을 읽고 반지빠르게 나섰다. 그들은 역적이 궁인들 사이에 몰래 숨어 있다며 목소리를 높였다.

"조속히 왕옥(王獄: 의금부)에 회부하여 그 죄를 밝히고 바로잡아 귀신과 사람의 울분을 통쾌하게 하소서!"

궁인과 나인 여섯이 삼성추국(三省推鞫)*을 당했다. 이제는 상전을 지키기 위해서가 아니라 패륜의 죄인이라는 누명이 원통해서라도 자복할 수 없었다.

국문 중에 박 상궁의 양녀인 유덕과 오 숙수의 조카인 난옥이 하루 사이로 죽었다. 난옥은 일찍 죽어 오래도록 고통받지는 않았으나 유덕은 압슬과 낙형으로 무릎이 부서지고 단근질 당해 익은 살로 죽었다. 그들의 나라를 다스리는 정치에는 진실은 물론 사실까지도 중요치 않았다. 옥사의 실상이 끝내 밝혀지지 않자 무고한 죽음에 대한 의심이나 애도 대신 죄인을 찾아내지 못한 것을 통탄했다. 살을 씹어 먹고 가죽을 깔고 앉아 마땅한 죄인이 곤장을 참아내고 입을 다문 채 죽어버렸으니 통분한 마음을 금할 수 없다며 충성스런 고래고함을 질러댔다.

"그날의 맹세를 잊었소?"

그때 모두가 깊다랗게 파묻혔다. 구덩이 안에 든 것은 양녀와 조카의 해골이 아니라 충심이자 직심이라 믿었던 어리석음이었다. 노장이 빈 술잔을 채우며 무릎을 문지른다.

*인간의 기본적인 도덕을 저버린 강상 사건(3강과 5상을 어긴 범죄)에 대해 임금의 특별 명령에 따라 의정부·사헌부·의금부의 관원이 합석하여 추국을 행함. 삼성추국을 받아야 하는 죄인을 삼성죄인이라 한다.

100

"배맹하려는 생각이 털끝만큼이라도 있다면 여기까지 오지 않았소. 공모하고 원호하면 노출을 피하기 어려울 텐데 계의 역량이 훗일까지 감당할 수 있을까 저어될 뿐이오."

아둔하나 막강한 권력에 오직 반역하기를, 뒤늦은 젯밥을 지어 바치며 피로써 맹세했다. 돈이 있어야 사람을 모으고 사람이 모여야 행동할 터였다. 노장이 지녔던 패물을 내놓고 노옹이 가산을 정리해 독막에서 청파로 가는 길목인 애고개에 양호를 냈다. 중국에서는 예부터 재봉은 여자의 일이고 요리는 남자의 일이랬다. 다만 신묘한 이치를 따르는 양조는 스스로를 다스리기에 능한 여자의 일이라기에 노장을 앞세우고 노옹이 뒷받침했다.

"술이 제대로 익었소. 한판 칼춤을 추기에 맞춤할 때요."

번쩍거리는 가시눈을 향해 노옹이 잔을 들어 건배했다.

"껌죽껌죽 망석중의 군걱정일 뿐이오. 춤꾼이 그리 말하는데야!"

복수는 양날의 검이니 한쪽은 상대를 베고 다른 한쪽은 휘두른 당자를 베기 마련이다. 허나 두렵지 않았다. 이미 한번 죽었으니 다시 죽어도 아쉬울 게 없다.

뜨겁고, 독하고, 맑은. 좋은 술의 조건이 그들의 맹세와 같았다. 분노로 뜨겁고, 원한으로 독하고, 망아(忘我)*의 단심으로 맑은. 조금조금 늦봄의 밤이 깊어가고 가만가만 두 늙은이가 취해가고 있었다.

*어떤 사물에 마음을 빼앗겨 자기 자신을 잊어버림.

도깨비 자식

아이는 정월 그믐밤에 잉태되었다. 달빛은 물론 별빛조차 없는 천암지흑의 날이었다.

작은년이가 그 날짜를 정확히 기억하는 건 다음 날이 머슴날이었기 때문이다. 낮전에는 온 동네가 떠들썩하도록 걸립을 놀았다. 저녁에는 상머슴 곁머슴 꼴머슴에 사내종 계집종까지 모든 일꾼들이 동내사랑과 과붓집 안방에 끼리끼리 모여 앉았다. 맘껏 한껏 허리띠를 풀어젖히고 상전이 내린 술과 송편으로 배를 불렸다. 안주로는 진안주와 마른안주가 번갈아 나왔다. 훈주에 훈채를 집어넣어 삶은 돼지고기는 냄새 없이 부드러웠다. 먹고 마시는 얼굴들도 부드레했다. 다음 날 아침엔 비질이나 물시중이

조금 늦어도 경치고 포도청 갈 일이 없었다. 술이 술술 절로 넘어갔다. 사내 계집 가리지 않고 주량에 따라 거나하게 취했다. 밀밭만 지나가도 주정하는 자들은 홀짝술을 마셨다. 짝 없이 홀로 누운 겨울밤만큼이나 술이 긴 치들은 억병으로 부어 마셨다.

"술이랑 안주 다 좋은데 딱 하나 아쉬운 게 눈깔안주구나!"

말 타면 경마 잡히고 싶은 게 사내라는 족속이랬다. 입맛을 짝짝 다시며 계집이 부어주는 술을 아쉬워하는 군소리에 사랑방의 화제는 단번에 육담으로 게걸스럽게 흘렀다.

"시어미 범 안 잡은 사람 없다더니, 손끝 하나 까딱 안 하면서 왕년에 바느질 길쌈으로 들날렸다나? 마흔아홉 번만 더하면 백 번 듣는 이야기야!"

사람은 쉬어 꼬부라져도 시집살이는 나날이 젊어갔다. 독이 오른 며느리가 째보 시어미 인중 길다고 흠뜯어 말하기 시작하니 안방은 순식간에 시 자들의 흉으로 난리판이 되었다. 시아비, 시아주비, 시누이, 시동생, 한 다리 건너 동서와 시집에서 놓아먹이는 개까지 끌려 나와 씹혔다.

궤란쩍은 잡류의 개방정에 점잖은 상전들께서 술과 안주까지 대는 까닭은, 말하자면 입 아픈 소리로 천것의 연놈들이 예쁘고 사랑스럽기 때문일 리 없었다. 이월 초하루의 머슴날은 명분상 한 해 농사에 진력할 일꾼들을 위로하고 격려하는 의식이었다. 한층 곰파면 앞으로 입 닥치고 뼛골 빠지게 일하라고 어르고 달래는 행사였다. 노동의 운명에 사로잡힌 이들에게 빠져나갈 방도란 없었다. 쫓기듯 입속으로 음식과 술을 쓸어 넣고 빠르게 취해갈 뿐이었다.

작은년이는 안골 과수댁 막내딸의 구석방에서 동네 처녀 애들과 모여 놀다가 먼저 자리를 걷고 일어났다. 본래 구석방에 주어진 음식은 떡과 식혜가 전부였다. 허나 막내는 역시 빠꼼이였다. 과수댁 눈을 피해 미리 빼돌려 챙긴 농주 덕에 처녀 애들도 머슴날 기분을 낼 수 있었다. 잔나비 잔치라도 주거니 받거니 하는 재미가 진진했다.

뒷전에서 홀짝홀짝 받아 마신 술로 아리딸딸해질 무렵 기분을 확 잡치는 얘깃거리가 불거졌다. 큰아기들의 수다에 빠질 수 없는 혼사에 대한 이야기였다. 작은년이는 그때부터 뒷전으로 조금씩 물러앉다가 소피를 보러 가는 척 방을 빠져나왔다. 도중에 자리를 뜨면 말거리가 되어 씹힐 걸 뻔히 알지만 멀뚱멀뚱 앉아 있기보다는 나았다.

누가 쫓아오기라도 하는 듯 허둥지둥 고샅을 빠져나왔다. 큰길에 이르러서야 핑계를 대고 나온 오줌이 진짜로 마려웠다. 빨리 집에 가서 누려고 발길을 재촉했다. 잔걸음에 부대낀 오줌보가 순식간에 팽팽히 부풀어 올랐다. 뒷간을 찾아 돌아가기에는 너무 멀리 온 길이었다. 집까지도 아직 먼 길이었다. 하는 수 없이 길섶의 덤불 뒤에 쪼그리고 앉았다. 치맛자락을 걷어 올리니 아랫도리가 금세 써늘해졌다.

"아이, 추워라!"

그해 겨울은 유난스레 추웠다. 대한이 소한의 집에 놀러 갔다가 얼어 죽은 걸로도 모자라 소한이 대한의 집에 몸 녹이러 갔다가 동태가 될 지경이었다. 입춘이 코앞인데도 죽은 첩의 귀신같이 쌀쌀맞은 봄바람 한 자락 불어올 낌새가 없었다. 하늘이 얼었으니 땅도 괭잇날조차 박기 어려울 지경으로 꽝꽝 얼어붙었다. 허나 뛰어서 오지 못하면 걸어오고 걸어오지 못하면 기어라도 오는 게 계절이었다. 어느덧 농가에서는 오작오작 농사 채비에 분주했다.

오줌발이 물씬물씬 훈김을 지피며 뻗었다. 작은년이는 부르르 진저리를 쳤다. 갈 겨울도 올 봄도 모다 싫다. 봄은 험하고 고달픈 농사일과 함께 온다. 들밥을 지어 나르고 잠실을 청소하고 채마밭을 일구는 일만으로도 궁둥이에서 비파 소리 난다. 그리고 이번 봄에는 작년에 시집간 소꿉친구 반이가 아이어멈이 된다.

온 동네의 절반쯤은 안다. 벌써부터 사돈집에서 삼신상과 첫국밥 차릴 재료를 반이네에 보내왔다. 아무리 시어머니가 정성을 들인대도 친정어머니 수발처럼 편치는 않을 테니 산후 몸조리는 친정에서 하라는 것이었다. 삼신메 한 그릇 차릴 거리가 푸짐한 쌀 한 섬이었다. 국거리로는 미역에다가 갖은 어물과 찬육*이 실려 왔다. 반이 어멈은 입이 귀밑까지 찢어졌다. 봄이 오면 반이가 낳은 얼뚱아기를 쳐들 *반찬거리로 쓰는 쇠고기.

고 가동가동 어르는 소리로 삼간초가가 들썩일 테다.

밖에 나갔다 들어올 때마다 작은년이의 어미는 한숨을 쉬었다. 질투와 분노가 뒤엉킨 맵고 독한 탄식이었다.

"뭐라? 머리를 밀고 때려죽인대도 싫다고? 가죽 냄새 풀풀 풍기는 갖바치랑 평생 한집에서 살 수는 없다고? 헛똑똑이 주제에 입빠르기는 제일이라!"

초립을 쓰고 단령을 입고 갖신 신은 신랑이 초례청에 들어서는 모습을 본 순간, 작은년이는 자기 팔자가 난마처럼 얽히고 꼬이는 것을 느꼈다.

"말도 안 돼! 무슨 갖바치가 저래?"

단짝패의 서방에 대해 처음 한 말이 그처럼 씨부렁씨부렁하는 군소리였다. 신랑감이 다리병신이라는 소문을 듣고 딸 대신 계집종을 시집보냈다는 얄궂은 야담은 들은 적이 있다. 하지만 작은년이와 반이처럼 친구 간의 팔자가 뒤바뀌는 건 어디에도 없는 이야기였다. 그것도 오롯이 작은년이가 앙탈과 강짜를 부려 제 복을 제가 걷어찬 셈이었다. 참깨가 기니 짧으니 하는 동네 사람들이 두고두고 쑥덕질을 하기에 안성맞춤이었다.

팔자라면 팔자고 인연이라면 인연일 것이었다. 처음 혼삿말이 들어왔을 때, 작은년이는 신랑감이 갖바치라는 말을 듣자마자 펄쩍펄쩍 뜀질을 했다. 같은 팔천(八賤)*이라도 주인집에서 독립해 살

*조선 시대 여덟 천민. 사노비, 중, 백정, 무당, 광대, 상여꾼, 기생, 공장(工匠).

며 신공을 바치는 외거 노비와 언저리도 안 되는 백정을 어찌 비교할 수 있을까 싶었다.

어미는 가칠한 작은딸의 성질머리를 누구보다 잘 알고 있었다. 새앙각시가 되어 궁에 들어간 큰년이가 곰이라면 작은년이는 여우였다. 어쨌거나 한번 아니라면 아닌 닭고집은 두 딸년이 똑같았다. 매파는 하는 수 없이 어미조차 타이르기를 포기한 작은년이 대신 울타리 너머로 움펑눈을 돌렸다. 인물은 좀 못해도 심성은 훨씬 나아 보이는 처자가 때마침 그곳에 있었다.

작은년이는 혼사를 서두르는 반이네와 고분고분 부모의 결정을 따르는 반이를 싸잡아 비웃었다. 좋은 혼처를 놓치면 평생토록 후회막심일 거라고 매파가 야단을 때렸지만, 제아무리 잘나봤자 가죽신 짓는 갓바치가 작아도 콩 싸라기 커도 콩 싸라기일 터였다.

그러그러하였는데, 진심으로 놀랐다. 초례청에 들어서는 신랑은 풍채와 행신만으로는 양반 자제의 귀뺨을 왕복으로 후려칠 귀골이었다. 미끈한 키대에 훤한 인물을 가진 신랑이 교배석에 자리하자 사람들은 눈이 휘둥그레져 쑤군거리기 시작했다. 수모의 부축을 받아 방에서 나온 반이는 신랑과 맞절을 하던 중에 곁눈질로 신랑의 모습을 훔쳐보고 삐져나오는 웃음을 참지 못했다.

"저런! 아무리 좋아도 신부가 웃으면 곤란하지. 초례청에서 웃으면 첫딸을 낳는다네!"

주변의 지청구를 받으면서도 반이는 혼례가 치러지는 내내 허파에 바람이 든 것처럼 실실거렸다. 첫딸이든 딸 쌍둥이든 저런 사내의 자식이라면 감지덕지라는 듯했다.

사내 인물값은 소문난 잔치의 비지떡이랬다. 그렇게 깎아내릴 여지라도 있으면 좋았을 테다. 갓바치 신랑은 잘생기기만 한 게 아니었다. 깎은선비 같은 생김새와 달리 손끝이 매워 재산을 모으는 데도 재주가 홍길동이었다. 반이 어미는 사위가 진전(황무지)을 개간해 만든 열 섬지기 농장이 해마다 생겨난다고 게거품을 물었다. 아비는 요즘 세상엔 돈이 양반이고 벼슬이라고 맞장구쳤다.

맨주먹으로 살림을 일으킨 이일수록 노랑이에 구두쇠이기 십상이었다. 그런데 갓바치 새신랑은 씀씀이가 크고 인정까지 후했다. 곳간에서 인심 난다는 말이 틀리지 않았다. 반이 부모는 갓바치 사위를 천금같이 떠받들었다. 덩달아 반이는 복덩이 딸이 되었다.

반이가 복덩이라면 작은년이는 애물단지였다. 삽시간에 설 쉰무 같은 노처녀 취급이었다. 허나 작은년이에겐 제 눈을 제가 찌르고 제 발등을 제가 찍은 죄가 있었다. 누구도 원망하지 못한 채 억울하고 분한 마음만 골수에 사무쳤다.

'두고 보라지! 어떻게든 갓바치보다 신분 높은 사내를 낚아챌 테니!'

말이 씨가 된다는 것은 속설일 뿐이다. 그런데 으드득 이를 갈며 악심으로 내뱉는 말은 움씨 같은 것이었다. 뿌린 씨가 잘 나지 않을 때 다시 뿌리면 독한 싹은 기어이 움텄다. 봄이 오려면 한참이나 남은 정월 그믐의 깜깜나라에.

작은년이가 아랫도리가 어는 것도 잊은 채 괴로운 상상에 빠져있을 때였다. 문득 저편 길 쪽에서 쇳소리가 섞인 헛기침 소리가 들렸다. 화들짝 놀라 끌어안았던 치마를 덮어 내렸다. 하지만 때는 늦었다. 오줌발을 끊으려야 끊을 수가 없었다. 팽팽하게 부풀었던 오줌통은 이제 반절이 겨우 비었다. 아무리 달빛 별빛 없는 깜깜밤중이라도 마른 덤불 사이로 허옇게 드러난 엉덩짝과 쏴아 쏟아지는 힘찬 소리까지 감추기는 어려울 터였다.

'이 야심한 시각에 누굴까? 처음부터 지켜본 건 아니겠지? 혹 엉큼하게 훔쳐보았대도 설마 내가 누군지는 모르겠지?'

작은년이는 부끄럽기에 앞서 재수 옴팡지게 없다는 생각에 화가 났다. 정체 모를 인기척이 사라지기까지 온몸이 꽁꽁 얼어붙도록 기다렸다. 그동안 맘속으로 알고 있는 모든 이들에게 알고 있는 모든 욕을 쏟아냈다. 네오내오없이 퍼부은 그 악담이 길미까지 새끼 쳐서 돌아오는 데 오랜 시간이 걸리지 않았다.

작은년이의 배가 부풀어 오르기 시작한 건 반이가 낳은 딸따니가 백일 지나 뒤집기를 할 무렵이었다. 거북이 모양으로 엎어

겼던 아이가 버둥거리며 머리를 들더니 몸통을 틀어 홀딱 가로 누웠다. 그 모양으로 작은년이의 부푼 배는 운명을 홀랑 뒤재비 꼬았다. 낮은 싸리울 너머로 둥둥 아이 어르는 소리와 쿵쿵 가슴 치는 소리가 번갈아 들렸다. 그리고 재 너머 주인집에서는 마나님이 앙앙 포악을 떠는 소리와 영감마님이 끙끙 속 앓는 소리가 연이어 들렸다.

"종년과 배 맞기가 누운 소 타기라지만 어쩌자고 자식뻘 되는 어린년을 건드리오? 내가 정경부인 작첩을 탐했소, 호의호식 영화를 누리길 바랐소? 그저 아무 데서나 품방아 찧고 다니지만 않으면 된다지 않았소? 사람이 갑자기 변하면 불상사가 일어나는 법인데 젊어서도 안 하던 짓을 늘그막에 웬일이오?"

마나님은 평소의 품위, 체통, 예의를 모조리 집어치웠다. 본데 없이 막된 천녀처럼 늙은 남편을 향해 삿대질하며 악다구니했다. 마나님은 아기씨 때부터 친정아버지의 외방출입에 진력이 난 터였다. 화병이 더친 친정어머니가 세상을 떠난 뒤 친정아버지가 서모라고 소개한 이만 서넛이었다. 배다른 형제자매라는 것들은 여남은에 이르렀다. 그래서 마나님은 신방에 들어 첫날밤을 치르던 중 속곳 끈을 틀어잡고 새신랑에게 맹세를 받았다. 평생토록 시앗질은 절대 하지 않기로 조상님들의 신주를 걸고 서약했다.

발가벗고 달려드는 도깨비는 부적을 써 붙여도 효험이 없다고 했다. 조상귀신도 막지 못하는 것이 사내의 발정인가 보았다. 딱 두어 달만 참으라 했다. 하필이면 그때 마나님은 늦둥이 아들을 출산해 몸조리를 하던 중이었다. 노산에 산욕이 예사롭지 않아 각방거처를 하노라니 걸근거리는 영감을 달랠 길이 없었다. 그래 봤자 길어야 두 달이었다. 영감이 아무리 서문경*을 위덮을 정력가라도 출가시킨 자식까지 둔 늙은이가 되어 엉뚱한 사고를 칠 줄은 몰랐다.

쏘아 놓은 화살이요 엎지른 물이었다. 아무리 영감의 수염을 쥐고 흔들며 발악해도 소용없었다. 작은년이의 배는 겹치마에 스란치마로도 가려지지 않게 부풀어 올랐다. 좋으나 싫으나 마나님은 당장에 소가(小家 : 첩의 집)를 차려 대령해야 할 지경이었다.

영감마님은 버럭 호통 한번 치지 못하고 끙끙 된똥을 싸고 앉아 있었다. 입이 열 개 있어도 할 말이 없었다. 외입에 대한 마나님의 결병이 예사롭지 않은 건 첫날밤 속곳 끈으로 줄다리기를 할 때부터 알았다. 마뜩잖은 데가 없지는 않았으나 집 안에서 큰소리 나는 게 싫고 그럭저럭 속궁합도 맞아서 공처가를 자처하며 살았다. 어디선가 금슬 좋은 원앙계라고 칭송받기도 했다. 언젠가는 몸가짐이 단정하고 지조가 굳은 금옥군자라는 소리를 얻어듣기도 했다.

원앙 시늉하고 군자연하는 것도 나쁘지는

*『수호지』와 『금병매』에 등장하는 호색가의 대명사.

않았다. 문제는 거죽이 아닌 바탕이었다. 본래 영감마님은 생겨먹은 대로 살지 못해 포한이 맺힌 양반이었다. 생긴 것은 우락부락한 도깨비 상으로 어릴 때부터 글 읽기보다 무예를 좋아했다. 헌데 집안에서는 체면상 무변은 안 된다고 극구 문과 보기를 강요했다. 한 번 실수는 병가의 상사라 한 번 떨어지고 다시 과거를 준비했다. 삼세번에 득한다고 다시 떨어져 또 과거를 준비했다. 결국 칠전팔기에 등 떠밀려 시험만 여덟 번을 본 끝에 문과 끄트머리에 간신히 이름을 올렸다. 허나 그 실력에 청직은 고사하고 실관(實官)조차 되지 못해 임시 벼슬을 전전하는 형편이었다.

오랑캐가 쳐들어온다는 소식이 들려올 즈음엔 의병을 모의했으나 흐지부지 짓시늉에 그쳤다. 엄처시하에 집안의 경제권과 결정권을 뺏겨 곳간에 쌀가마가 얼마나 쟁여져 있는지 딸년의 혼담이 어떻게 진행되는지도 몰랐다. 군자의 탈을 쓴 도깨비로 영감마님은 극락에서 수레를 끄는 말처럼 맥없이 살았다.

언젠가 적토마처럼 싸움터 한가운데를 내달리는 꿈을 꿨다. 화살과 총알을 뚫고 말달리는 공상은 짜릿짜릿했다. 그것을 대신할 만한 자극은 씨수말처럼 음수를 내쏘고 나가떨어지는 것뿐이었다. 결국, 사달이 났다.

구종 잡히는 종아이마저 머슴날을 쇤답시고 나오지 않은 그믐날이었다. 한양으로 벼슬살이 가는 죽마고우를 환송하는 주연에서 영감마님은 거나하게 취했다. 향교에서 함께 배운 동학들은 삼십여 명에 이르렀다. 그중 참석자는 결국 벼슬자리깨나 꿰어 차고 떵떵대는 치들이었다. 그들은 한목소리로 위태로운 나라를 걱정하고 백성의 형편을 근심하고 학문의 높이를 경쟁……하지 않았다. 어느 줄에 서야 현질(顯秩 : 높은 벼슬)에 오르고, 어느 자리의 봉록이 얼마쯤 되며, 농장과 노비를 늘리기 위해선 어떻게 해야 하는가는 정보를 나누느라 주연은 자못 요란뻑적지근했다.

영감마님도 몇 마디 치부의 요량과 처세의 비결을 풀어놓았다. 재산을 말할 때는 수량을 부풀리고 처신을 말할 때는 은근한 허세를 부렸음은 물론이다. 동학들을 만나고 돌아설 때면 지기지우를 사귀는 즐거움……이 아니라, 나보다 잘된 놈에 대한 시새움과 못난 스스로에 대한 자격지심으로 가슴이 뻐근했다. 한마디로 그날 영감마님의 기분은 뒷간 기둥처럼 더러웠다.

병이 있을 때, 일식과 월식이 있을 때, 덥거나 추울 때, 큰바람이나 큰비나 큰 뇌성이 있을 때는 안방 문고리조차 잡지 말라고 했다. 십 년 공부보다 열 달 태교가 중요한데, 그것도 아비가 하룻밤 교합할 때 마음을 바르게 가지는 것보다 못하다는 책의 가르침을 철석같이 신봉하는 마나님 덕택이었다.

그 깊고 우울하고 지독하게 춥던 밤, 영감마님은 난데없이 구석방 문고리를 잡아당겼다. 과식과 과음으로 부풀어 오른 배만큼이나 팽창한 음심에 기댄 채였다. 달빛도 별빛도 없어서였다. 작은년이의 엉덩짝은 어둠 속에서 보름달보다 환했다. 꽝꽝 얼어붙은 하늘과 땅 때문이었다. 오줌발에서 피어오르는 훈김이 토끼 똥을 태워 지피는 봉화같이 영감마님에게 신호를 보냈다. 천지 사방이 너무 고요했기 때문이었다. 주변에 아무 인기척이 없었기 때문이었다. 그날이 마침 머슴날 전야여서 작은년이의 집이 비었기 때문이었다. 영감마님이 벌인 그날의 사달은 영감마님 자기만 쏙 뺀 세상 모든 것들의 탓이었다.

"그러니까 이 모두가 도깨비장난이라는 게지!"

영감마님이 마나님 앞에 변명이랍시고 내놓은 말이 그러했다. 제가 저지른 짓에 욕먹기 싫으니 애먼 도깨비에게 덤터기를 씌웠다. 그 표정이 감쪽같아 하마터면 마나님이 속을 뻔했고 영감마님도 스스로 속을 지경이었다.

작은년이가 누룩을 끓여 마시고 간장을 퍼마실 때 마나님은 잉어와 남과(南瓜 : 늙은 호박)를 달여 마셨다. 작은년이가 칡넝쿨로 허리를 조이고 된비알에서 몸을 굴릴 때 마나님은 강보에 싸인 옥동자를 난초 물로 목욕시키고 명주 누비두렁이에 감싸 품었다. 그런데도 귀한 그릇은 쉬 깨지고 꾸부렁한 나무가 선산을 지키기 마련인가 보았다. 작은년이의 배 속에 든 아이는 기어이 명줄을 놓지 않고 엉뚱한 데서 탈이 났다.

뱃구레만 불려놓으면 찜부럭 한번 부리지 않고 쌔근쌔근 잘

자던 늦둥이가 불현듯 열병에 걸려 펄펄 끓더니 닷새를 못 넘기고 죽었다. 죽은 자식 불알 만지기로 불러다 놓은 의원은 건강한 갓난이가 잠을 자다 급사하는 일이 종종 있다며 그 까닭은 삼신할미나 알 수 있으리라 했다. 졸지에 늦둥이를 잃은 마나님은 슬픔보다 분노로 몸서리를 쳤다. 아무에게도 화를 돌릴 수 없기에 누구에게라도 화를 터뜨려야 했다.

"하늘에 해가 두 개 뜨면 나라가 망하고, 기르던 개가 머리 두 개 달린 새끼를 낳으면 집안이 망하는 법이 아닌가?"

마나님은 매의 눈을 희번덕이며 희생물을 찾았다.

"이게 다 도깨비 종자가 수명을 당겨 가져가버린 탓이렷다!"

그때까지 겹살림할 궁리에 은근히 들떠있던 영감마님은 그 한마디에 단박 꼬리를 내렸다. 욕망은 진정한 시련이 닥쳐오기 직전까지 유효했다. 새 계집의 야들야들한 속살만큼이나 매혹적인 것이 원앙계의 안락과 금옥군자의 칭송이었다. 말하자면 영감마님은 지금까지의 삶에서 선택을 하거나 결정을 내릴 때마다 그러했듯 이 모든 소란이 다만 귀찮았던 것이다.

영감마님이 모르쇠를 잡고 뒷전으로 물러앉자 마나님은 소매를 걷어붙였다. 그해 핀 봄꽃이 지기 전에 작은년이의 주인이 바뀌었다. 일사천리로 성사된 거래를 통해 저화 오백 장에 멀고 먼 삼남 지방의 향반(鄕班)*네로 팔려가게 되었다. 갑작스러운 매매 소식에 작은년이네 집이

* 시골에 내려가 살면서 여러 대 동안 벼슬을 못하던 양반.

발칵 뒤집힌 것은 물론 노촌(奴村)* 전체가 뜰썩뜰썩했다. 마나님이 작은년이를 사돈에 팔촌에 이웃 아낙의 친정집…… 그러니까 아무런 연고도 없는 타관에 팔아넘긴 건 누가 보아도 눈엣가시를 제거하겠다는 의도였다. 게다가 나라법으로 정한 저화 사천 장은 고작하고 어리거나 늙지 않은 여종의 매매가인 저화 육백 장에도 못 미치는 몸값으로 거래가 성사되다니 모두가 놀라고 두렵지 않을 수 없었다.

이처럼 유례없는 흥정이 이루어지는데 배 속의 아이는 아예 셈이 되지 않았다. 여종이 아이를 낳으면 종모법에 따라 아이는 노비의 신분으로 상전의 재산이 되었다. 그래서 양반들은 자기 소유의 사내종을 양녀(良女:양민 여자)와 혼인시키기 위해 기를 썼다. 계집종은 그 종자가 누구 것이든 더 많이 새끼치기만을 바랐다. 그런데 마나님은 엄청난 손해를 감수하면서까지 영감마님의 씨를 품은 작은년이를 내치기로 작정한 것이다.

겁간을 당해 수태한 것만으로도 모자라 부모 형제와 헤어져 타지로 팔려가게 된 작은년이는 너무 큰 충격을 받아 애티증**에 걸리고 말았다. 영감마님을 원망할 수도, 마나님에게 애원할 수도, 누구에게 호소할 수도 없는 처지에 놓인 작은년이는 주먹손으로 애꿎은 앙가슴만 팡팡 쳐댔다.

"음……머어……히이이……잉……!"

흉금의 원한을, 울분을, 설움과 후회를 토

*종들이 사는 마을.
**임신 중에 갑자기 말을 못하는 증상.

116

로하고자 입을 벌리면 소 울음소리와 말 울음소리가 났다. 어쨌거나 입이 있어도 말할 수 없고 말해봤자 소용없었다. 애초에 노(奴)와 비(婢)는 사람으로 헤아려지지도 못하고 마소처럼 입의 개수로 헤아려지는 존재였다.

팔려간 작은년이는 가을걷이한 나락을 키로 들까불대다가 멍석자리에서 몸을 풀었다. 그 지경에도 송아지나 망아지가 될 수 없는 아이는 입안의 모래집물을 올칵올칵 토하며 사람의 소리로 앙칼지게 울었다.

"응애응애!"

그해는 유난한 풍년이었다. 쥐의 발에 고양이 손마저 아쉬운 때에 작은년이는 몸을 푼 지 사흘 만에 다음 날 밥살을 장만할 방아를 찧으러 나섰다. 한번 고삐를 놓친 삶은 회복되지 않았다. 몸조섭을 못한 작은년이는 허로를 앓다가 염발의 호박잎처럼 시들어 죽었다.

도깨비의 자식, 그 아이만 남았다. 싼홍정에 헐값으로 샀을망정 본밑에 손해를 봤다는 생각에 작은년이의 새 주인은 약이 올라 펄펄 뛰었다. 어린것을 키울 일까지 따지면 떡도 떡같이 못 해먹고 찹쌀 한 섬만 다 없어진 셈이었다. 때마침 몸을 푼 지 두이레가 지난 여종이 있어 동냥젖이나마 얻어먹지 못했다면 어느 야산의 호랑이 밥이 되어버렸을지 모른다.

밥을 제 손으로 떠먹을 수 있을 때부터 밥값을 하기 위해 일했다. 물 긷고 불 때고 소를 먹이고 똥지게를 지고 가래 그릇을 치웠다. 방 한 칸 따로 없이 아궁이 앞 외양간 구석에서 새우잠을 자고 봉두난발에 막누더기로 사철을 났다. 걸음마도 말도 배우지 못했다. 그럼에도 불구하고 발은 일행천리요 말은 청산유수였다. 아쉬웠기 때문이었다. 간청해야 최소한이나마 받을 수 있었기 때문이었다. 인간세계에 닿는 순간부터 시작된 지독한 결핍이 엄한 선생이었다.

그런 지경에도 석삼년이 지나 뜻밖의 매수자가 나타났을 때 주인이란 작자는 아이종을 금자동으로 기른 듯 생색을 냈다.

"다들 꺼림칙해 내치라는 것을 길에 돌도 연분이 있어야 찬다고 생각해서 거두었다오. 저 튼실한 덩어리 좀 보오. 저게 어디 열 살도 안 된 애놈 몸이오?"

한 섬 겨우 넘을 아이종의 몸값을 석 섬이나 호가하고 주인은 욕심스럽게 꺼덕거렸다.

아이는 그 순간을 잊을 수 없다. 이름 없는 도깨비 자식에서 윤 선달로 불리게 될 때까지도 생생했다. 한양에서 심부름을 왔다는 이는 바가지를 쓰거나 말거나 일체의 흥정 없이 호가 그대로를 지불했다. 타끈스러운 주인이 분하고 섭섭한 표정을 지었다. 이럴 줄 알았으면 값을 더 높여 부를걸, 아쉬워하는 기색이 역력했다.

"가자! 이모님이 기다리신다."

심부름꾼이 아이의 손을 끌어 잡았다. 그의 손은 부드럽고, 데 거나 베인 듯 매끄럽고 우둘투둘한 상처가 느껴지기는 했지만, 따뜻했다. 잔인한 장난질로 태어나 축복 대신 눈총을 받으며 자란 도깨비 자식은 난생처음 인간으로 취급받았다. 발바닥에 허공 대신 땅이 느껴졌다. 단단하고, 선명했다.

비밀과 / 거짓말

　청루홍등이며 방외색을 아예 모르는 도덕군자는 아니었다. 젊은 한때 동류의 귀공자들과 어울려 치기와 객기로 한량연하며 꺼들거린 적도 있었다. "말을 달리고 닭싸움을 붙이며 술 마시고 여색을 즐기는 것은 남자가 서른 안에 웅장한 마음을 풀기 위해서"라는 옛사람의 말을 믿었다기보다 부처다 젖먹이다 놀려대는 소리를 듣기 싫어서였다. 하지만 관직에 오르고 솔가하여 상경한 후로는 기회며 관심이 모두 사라졌다. 행여 아름답고 세련되고 우아하기로 이름 높은 한양의 기생을 마주할 일은 이번 생에 없을 줄 알았다.

　"나리께서 저를 찾으셨나이까?"

아찔한 사향내와 함께 남갑사 치마에 모초단 저고리를 입은 여인이 사뿐히 방 안에 들어섰다.

"자네가 옥연인가?"

아름다움도 권력인가 보았다. 해라체를 쓸 상황에 하게체가 절로 나왔다. 전방유는 자신의 비굴한 수성에 당황하며 자조했다. 홀로는 놓치는 대목이 있을세라 동행한 율생에게 민망스러웠다. 하지만 옥연과 만나는 것은 정식 심문이 아니니 위신을 세우다 반감을 살 필요는 없었다. 전방유는 최대한 부드럽게 옥연의 협력을 구할 생각이었다.

"형조에서 오신 좌랑 나리께서 소첩을 찾으신다니 기억에 없는 죄로 가슴부터 떨리나이다."

말은 그리하지만 옥연은 전혀 두렵거나 긴장한 기색이 아니었다. 지그시 바라보는 검은 눈동자는 물론 길고 짙은 속눈썹 한 올 떨리지 않았다.

"두려워할 필요 없소이다. 형조는 사천왕이 사는 데가 아니라 우리 같은 사람들이 사는 곳이라오!"

율생 임가가 실없는 흰소리를 지껄였다. 그의 잘못이라기보다 젊은 혈기의 농간질이다. 옥연의 아름다움은 색스러움을 넘어 귀기까지 띠고 있었다. 전방유는 자칫 옥연의 미색에 압도되어 보아야 할 것을 보지 못할까 봐 정신을 바짝 차렸다.

'보통 계집이 아니구나! 허나 고운 얼굴과 향기로운 육신도

숨을 멈추는 순간 냄새를 풍기며 썩어가는 가죽 주머니일 뿐인 것을!'

사내가 아니라 검관으로서 전방유는 세 가지 원칙을 되새겼다. 눈을 크게 뜨고, 입을 굳게 다물고, 무엇이든 함부로 손대지 않는다.

"지난번 김원위가 찾아왔던 날을 기억하는가?"

"아, 선전관 나리 말씀이십니까? 월초에 들르셨는데 이년의 정신이 흐리멍덩하여 초닷새였는지 초엿새였는지……."

옥연이 국화잠을 꽂은 쪽머리를 갸웃거리자 율생이 훈수를 두었다.

"초닷새가 아니라 초엿새라오!"

"이제 기억나네요. 초엿새 날에 다녀가셨습니다. 저녁에 단골 손님의 연회가 약조되어있어 낮술을 잡숫고 해가 지기 전에 일어나셨지요."

"동행이 있었던 것은 기억나는가?"

"네, 오랜 친구가 상경하셨다며 함께 오셨습니다. 그런데 선전관 나리와 친구분께 무슨 변고라도 생기셨는지……?"

푸르도록 검은 눈동자가 뚫어져라 자신을 바라보고 있었다. 전방유는 현자들이 왜 도를 넘는 아름다움을 죄악시하며 경계했는지 깨달았다. 의지와 신념마저 무력하게 만드는 막강한 힘이 욕망이다. 아름다움은 욕망을 부추기고 허덕지덕하면서도 욕망에 얽매이게 한다. 하물며 아름다운 여인이 자신의 무기를 다루는 법을 알고 있을 때는 그 위험도가 더해진다. 바로 지금의 옥연처럼.

"이 집을 나서고 얼마 지나지 않아 거리에서 피살당했네."

"피살이라시면?"

"칼을 맞고 죽었다는 거요."

율생이 다시 추렴을 들었다. 옥연이 답답하고 불편한 것을 제가 더 견디지 못하는 듯했다.

"아!"

옥연이 충격을 받은 듯 외마디 탄성을 질렀다.

"설마 두 분이 모두⋯⋯?"

"김원위는 무사하고 친구 김태길만 그 자리에서 죽었다네."

"불행 중 다행이라 해야 할까요? 어쩌다 그런 끔찍한 일이 벌어졌는지 모르겠습니다."

전방유는 옥연을 똑바로 바라보며 물었다.

"자네가 살아있는 김태길을 마지막으로 본 사람 중 하나라네. 피살자와 김원위가 다툰다거나 이상한 낌새를 채지 못했나?"

"이상하다고 느낀 점은 조금도 없었습니다. 두 분은 오랜만에 회포를 나누며 즐거이 술을 자시고 가셨습니다. 선전관 나리께서 평소보다 술을 많이 드시긴 했지만 다툼이나 불쾌한 일은 없었습니다."

옥연의 말이 사건의 정황과 일치하고 진술에 일관성이 있으니 더 캘 것이 없었다. 그럼에도 불구하고 전방유는 선뜻이 자리를 박차고 일어나지 못했다. 행여 미색에 홀려 물어야 할 것을 묻지 못한 것은 아니지만 궂은고기를 먹은 양 왠지 꺼림칙했다.

"아둔하고 미욱한 계집이라 티끌만큼의 도움도 되지 못해 죄송스럽습니다."

전방유가 지칫대는 잠깐 사이에 방문 밖에서 기척이 나니 옥연이 자리를 고쳐 앉았다.

"염치없는 말씀을 올리자면, 하필 오늘 원행에서 돌아온 서방이 집 안으로 들지 못해 서성이고 있습니다. 비루한 형편을 헤아려주신다면 다음번 뵈올 일이 있을 시 제가 발 벗고 달려가겠나이다."

전방유와 율생이 사랑문을 빠져나올 때 갑사를 바른 사창으로 그림자 하나가 획 지나갔다. 붉은 옷자락과 갓신 뒤꿈치밖에 보지 못했지만 풍채가 늠름하고 준수했다.

"기부 중에 가장 높은 지위가 별감이라더니 장안의 멋쟁이를 기둥서방으로 두었나 보지요?"

헤벌쭉했던 입을 그제야 다물며 율생이 힘껏 침을 모아 퉤 뱉었다.

"팔자에 없는 화초기생 구경은 잘 했으나 시간 낭비에 헛수고를 했습니다."

종로의 기방을 나와 동쪽으로 방향을 잡았다. 연화방으로 가는 발걸음이 자연스레 대로에서 벗어나 뒷골목으로 접어들었다. 고관대작의 교자와 가마가 지날 때마다 길가에 엎드리는 일이 성가셔 하관과 평민들이 터놓은 소로였다. 세칭 피마동이라 불리는 골목에는 주렁주렁 매달린 사등롱이 여기저기 눈에 띄었다. 여러 빛깔의 깁으로 거죽을 씌운 둥근 등롱은 장국밥이며 모주나 막걸리를 파는 장삿집의 표식이었다. 등짐장수와 봇짐장수를 비롯해 육조를 기웃거리며 벼슬 사냥을 하는 엽관배 등속이 골목의 단골이랬다. 피마동의 장삿집 가운데는 밥과 술만이 아니라 색까지 파는 곳도 있다지만 형조의 돌림쟁이인 데다 건달 친구도 없는 전방유로서는 영영 모를 별세상이다.

"사건 현장을 다시 돌아보시렵니까?"

골목을 지나는 내내 말없이 골똘한 전방유에게 율생이 물었다. 전방유가 숙였던 고개를 반짝 쳐들고 율생의 표정을 뜯어보며 답했다.

"자네 표정이 왜 그리 거북한가? 가기 싫어 그런가?"

"아니⋯⋯. 솔직히 말해 내키지는 않습니다. 검험을 했던 날에는 밤새 악몽에 시달렸는데 거길 또 간다니 꺼림칙할 수밖에요."

풀 죽은 율생의 말에 전방유가 피식 웃었다.

"걱정 말게. 다음 목적지는 아래대라네. 김태길과 기방에 동행했던 김원위의 집을 찾아봐야겠네."

"김원위를 직접 찾아간다고요? 옥연이야 간증도 아니고 이웃도 아니니 공술(供述)*을 받을 수 없어 찾아갔지만, 김원위는 불러서 물어보면 될 것을 어인 일이십니까?"

"김원위의 집을 찾는댔지 김원위를 만난다고는 하지 않았네."

"네?"

종묘를 지나 동부 배오개에 접어들자 전방유는 다시 입을 다물었다. 창경궁 후원에서 발원한 이교(二橋) 물길 앞에 이르러 걸음을 멈추고 사방을 둘러보았다. 율생은 영문도 모르는 채 전방유를 좇아 주위를 두리번거렸다.

'어디로 건넜을까?'

비틀거리는 취객들의 발자취를 따라 좇는 상상의 발걸음이 흔들렸다. 왼팔의 쓰임새가 이런 데 있으니 전방유가 율생에게 물었다.

"자네가 김원위라면 어느 다리로 물길을 건너겠는가?"

"집이 흥인문과 광희문 근처라면 당연히 이교로 건너야지요. 황교(黃橋)는 에돌아가는 길이려니와 궁궐과 가까우니 갈지자를 그리다가 문군사(門軍士)**의 눈에라도 띄면 혼찌검이 나지 않겠습니까?"

"그래, 자네가 일러준 대로 건너야겠군."

종묘 앞 효경교 이하로 성 밖 왕십리까지가

아래대였다. 훈련원과 하도감이 있어 장교와 군사들이 주로 살았고 채마밭을 가꾸는 사람들이 많아 훈련원 배추와 왕십리 미나리가 유명했다. 때는 한겨울이라 푸른빛은 간데없고 이교를 건너자마자 펼쳐진 아래대의 풍광은 추위에 목을 움츠린 행인들로 스산했다.

"아뿔싸!"

비로소 율생이 전방유가 싱겁이를 시늉한 까닭을 알아챘는지 자리에 멈춰 섰다.

"이교를 건너면 지척간이 집인데 어찌하여 연화방까지 갔을까요?"

"그러게 말일세. 어쩌자고 집을 코앞에 놔두고 반대 방향으로 가서 죽었을까?"

"나리, 더 이상 우생을 놀리지 마시고 시원하게 말씀해주십시오. 그럼 김원위와 김태길은 이교를 건너지 않았다는 겁니까? 그렇다면 어떻게, 대체 왜 연화방까지 갔다는 겁니까?"

"그건 나도 모르겠네."

"나리!"

"내가 아는 건 자네도 아는 것일세. 기방에서 나와 우리가 지금 걸어온 길이 김원위와 김태길이 가야 마땅한 귀갓길이지. 물길을 건너는 다리는 두 개, 이교가 아니면 황교인데 자네 말대로 황교는 돌아가는 길인 데다 궁궐 근처라 일반 백성들도 통행을 부담스러워하지. 그러니까……."

"고개를 넘어 물길을 건너기 전에 무언가 사달이 생긴 게지요? 그래서 길을 벗어나 연화방까지 끌려갔던 모양입니다!"

흥분한 율생의 호들갑에 전방유가 아리송한 표정으로 고개를 갸웃했다.

"무슨 사달이 생겼는지, 끌려갔는지 도망쳐갔는지 제 발로 나아갔는지는 알 수 없는 일이네. 그 모두를 알고 있는 사람이 있는데 더한 추측이 필요하겠나?"

검험을 마치고 형조로 돌아가 밤을 패며 살펴보니 김태길 사건은 검안 양식부터가 엉망이었다. 범행과 살인을 저지른 정범과 사건과 깊이 관련이 있는 간범의 성명을 쓰는 난이 비어있는 거야 범인을 강도로 추정했으니 어쩔 수 없었다 치자. 범인을 목격하거나 알고 있는 간증란에는 김원위의 수결이 분명한데, 간증이 한 명이면 네 명을 조사해야 할 이웃난에 달랑 한 아무개의 이름 하나만 적혀있었다. 살해당한 사람의 친족인 시친란은 여주까지 연락이 미치지 못해 비어있고 다분히 형식적인 옥졸 아무개의 수결만이 선명했다.

초초와 갱초의 사정은 더했다. 간증을 불러 사건의 발단과 동기와 진행 상황과 결과를 묻는데, 이웃인 한 아무개야 그렇다 치더라도 현장에 함께했던 김원위의 진술이 허술하기 그지없었다. 김태길에게 원한을 품을 만한 사람이 있느냐고 물으니 사는 곳이 달라 모른댔다. 김태길이 살아있을 때 몸에 병이나 상처가 있었느냐고 물으니 오래 떨어져 살아서 모른댔다. 범인이 강도라면 무엇을 빼앗으려 했으며 어쩌다 칼로 찔렀는지, 칼이 큰지 작은지를 물으니 알지 못하고 보지 못했단다.

모든 심문에 모르쇠를 잡는 방패가 대취하고 만취해 기억을 잃었다는 것이었다. 아무리 낮술에 취하면 제 부모를 몰라본대도 두주불사를 자랑삼는 무인이 정신을 잃을 정도였는지 의심스러웠다. 게다가 명기가 기예가 아닌 술로 손님을 취하게 한다는 건 치욕이나 봉변에 가까웠다. 한눈에도 코가 우뚝한 옥연이 고주망태를 분벽사창에 들였을 리 없다. 순간 전방유의 머릿속에 희미한 의혹의 빛살이 스쳐 지났다.

"아까 기방에서 뭔가 불편한 느낌이 없었나?"

"어떤 느낌 말씀이십니까?"

근터리를 대지 못하니 말할 수 없었다. 근거와 구실이 없는 의혹은 전방유가 금기로 삼는 일 중 하나다.

"분명 제 발로 걸어 나왔는데 왠지 내쫓기는 기분이긴 했습니다."

율생이 멋쩍게 웅얼거렸다. 젊은 사내에게는 저보다 강하고 잘난 수놈에게 밀려난 감정이 여타의 감각에 앞설 테다.

"별말 아닐세. 자네가 오늘 여러모로 애썼군."

전방유는 하려던 말을 토막 내어 삼켰다. 나름으로는 전방유를 돕는다는 명분을 앞세웠으나 율생의 말참례는 주제넘은 짓이었다. 그럼에도 불구하고 전방유가 제재하지 않은 것은 율생보다 율생을 대하는 옥연의 태도가 흥미로워서였다. 수차례 율생이 끼어들어 말을 보태었음에도 옥연은 율생에게 단 한 번도 눈길을 건네지 않았다. 오직 전방유를, 그 자리의 권력자만을 똑바로 바라보았다. 기생으로서 옥연이 취한 오연한 자세는 도도하고 거만하다 할 테다. 한편 인간 혹은 여자로서 옥연의 오연함은 당당하고 담담한 마음가짐으로부터 비롯되었다 할 수 있다. 확신범이거나 사랑에 빠진 여자만이 취할 수 있는 자세였다. 허나 전자와 달리 후자는 죄가 아니니 벌줄 방도가 없었다.

다음 날 형조의 아문이 열리자마자 김원위가 불려 왔다.

"그대가 김태길 살인 사건의 간증인 선전관 김원위인가?"

"그, 그렇습니다."

예상대로 김원위는 걸때가 실한 무장이었다. 중년의 나잇살도 있겠지만 불룩한 아랫배가 술과 고기를 꽤나 즐기는 듯하고, 눈 밑의 와잠이 도톰하고 눈가와 입술이 거무튀튀한 것이 호색가의 기질을 드러내고 있었다. 애써 태연을 가장하고 있지만 거친 숨소리와 마른침을 삼키는 모습이 잔뜩 신경을 도사린 것 같았다.

"간증은 피살자 김태길과 어떤 사이인가?"

"김태길의 고향이 여주고 저는 이천이라 소년 시절부터 알고 지내던 사이입니다."

"그리 오래된 친구를 눈앞에서 잃었으니 상심이 크겠구먼."

무릇 간증을 다룰 때는 처음부터 닦달하며 족치는 것이 하수다. 고수가 잡도리하는 방식은 마소의 고삐를 잡듯 때로 늦추고 조이면서 놓치지 않게 단단히 틀어쥐는 것이다.

"네에⋯⋯."

김원위가 두꺼운 입술을 실룩이며 고개를 떨어뜨렸다.

"강도를 당하며 타상과 찰상을 입었다더니 어떠한가? 환부는 어디쯤인가?"

"아, 네, 그러니까 여기랑 여기⋯⋯."

설핏 긴장을 늦춘 김원위가 옷을 걷어 팔꿈치와 정강이를 내보였다. 전방유는 팔다리에 드러난 어혈과 멍을 훑어보며 곁눈으로 김원위가 보여주지 않는 상흔을 살폈다. 모든 수사는 거기 있어야 하는데 없는 어떤 것과, 있지 않아야 하는데 있는 무엇을 찾아내는 일로부터 시작한다.

"김태길의 얼자들이 찾아갔을 때 무슨 연유로 만나주지 않았나?"

"본 것이 없으니 할 말도 없을뿐더러 무관의 몸으로 친구를 구하지 못하고 혼자 살아남은 것이 민망스러워 그랬습니다."

"정말 술에 취해 아무것도 기억나지 않는가?"

"기방을 나와 피마동 골목을 지날 때까지는 어렴풋이 떠오르는데 이후로는 몸과 정신을 가누지 못하는 지경이었습니다."

"그런데 어찌 김태길을 죽인 범인이 강도였다고 진술했는가?"

"정신을 차려보니 길바닥에 태길이 피를 흘리며 쓰러져 죽어 있고 노자를 넣었던 주머니가 사라졌으니 강도의 소행이라고 짐 작하게 되었습니다."

"결국 정신을 잃어 강도를 당하는 장면이며 흉기는 보지 못했으나 정황상 강도인 듯하다는 게로군?"

"네에……."

초초와 갱초의 진술과 마찬가지로 김원위는 술을 핑계 삼아 모르쇠를 잡고 있었다. 당연히 술고래도 취할 수 있다. 하지만 종 로에서 연화방까지 떠메어져 간 게 아니라 제 발로 걸어갔다면 뼛속들이 취하지는 않았을 테다. 게다가 보통 사람도 아닌 무관 이 눈앞에서 피가 튀고 생목숨이 죽어나가는데 내내 곯아떨어 져있었다는 건 이치에 어긋난다. 그렇다면 오랜 친구가 죽어나가 는 모습을 목격하고도 망증을 해대는 이유는 하나뿐이다. 끔찍 한 살인보다 더 두려운 겁박이 당시는 물론 지금까지도 김원위 의 입을 막고 있는 것이다.

'무엇일까? 그 힘은!'

시답잖은 문답은 이쯤에서 끝이었다. 전방유가 위증과 망증을 잡도리하는 방식은 욕설과 윽박지름이 아니라 빠져나갈 수 없는 정황 증거였다.

"기방을 나와서는 집으로 가는 길이었나?"

"네, 그렇습니다."

"종로의 기방에서 피마동 골목을 지나 아래대로 가려면…….
내가 어제 걸어보니 배오개를 넘어 물길 앞에서 이교를 건너야
하던데, 그날도 김태길과 함께 이교를 건넜는가?"

"아니, 그게……."

김원위의 탁한 눈동자가 풀어지며 흔들리기 시작했다.

"그럼 황교를 건넜는가?"

"그게 아니라……."

"이교 물길을 앞에 두고 무슨 일이 벌어졌는가? 어찌 된 연유
로 길을 벗어나 연화방 골목까지 갔는가?"

전방유가 사정없이 죄어치니 김원위는 어리벙벙한 채로 꿀 먹
은 벙어리가 되었다.

"여보아라! 저자의 몸을 수색해 주머니를 찾아내라!"

삽시간에 군졸들이 달려들어 김원위의 몸을 뒤졌다. 떼어낸
주머니를 건네받은 전방유가 아가리를 뒤집어 살피고는 불호령
했다.

"손때가 묻고 길이 든 걸로 보아 새로 만든 주머니가 아니로다.
왜 강도가 김태길의 주머니만 떼어가고 자네 것은 그냥 두었나?
이런 정황만 두고 보노라면 자네가 친구의 재물을 노리고 강도
와 공모했다고 의심하지 않겠는가?"

"아, 아닙니다! 그건 절대 아닙니다! 놈들이 노린 건 태길뿐이
었기에……."

김원위가 자신의 무고함을 주장하며 늘어놓는 군사설을 들으며 전방유가 빙그레 웃었다.

"그래, 그건 알겠네. 오직 김태길을 목표로 자네는 해치고 싶지 않았던 범인에게 결박되었으니 팔목에 구렁이 같은 멍이 감겨있지. 목동맥의 급소를 눌려 기절한 건 언제쯤인가? 놈들이 김태길을 죽이기 전인가 후인가?"

김원위가 혼비백산한 얼굴로 먹피가 맺힌 목을 잡은 채 엉덩방아를 찧었다. 눈앞에서 펼쳐졌던 칼부림은 지옥 같거니와 그 장면을 눈앞에서 본 듯 그려내는 검관은 지옥사자 같았다.

"괜한 고문으로 몸 상할 것 없이 보아 알고 있는 것만 모두 말하게. 오늘 자네의 진술 덕분에 범인이 하나가 아니라 여럿이라는 사실은 확인했네. 피살자를 난자하고 목격자를 결박하고 급소까지 누르려면 항우장사라도 혼자 힘으론 불가하지. 그런데 그 패거리의 우두머리가 혹시, 여인인가?"

전방유의 말에 김원위가 불침을 맞은 듯 펄쩍 뛰었다. 김원위는 이제 거짓을 주장할 염을 완전히 잃은 듯했다. 그는 홀린 듯 얼없는 얼굴로 혼잣말을 중얼거렸다.

"아무래도 도깨비장난에 걸려든 게야……!"

저항은 없었다. 그토록 흉악한 범죄를 저지른 범인이 체포될 때는 의외로 얌전했다 하였다. 마치 형리가 들이닥치기를 기다렸다는 듯 쓰던 장부책을 옆 사람에게 맡기고 조용히 따라나섰다는 것이었다. 조촐한 차림새에 태연자약한 표정이 장안을 떠들썩하게 했던 살인 사건의 범인이라고는 상상할 수 없었다고 했다.

"배오개의 나무장이라니 등잔 밑이 어둡다는 속담이 딱입니다요!"

오작이 혀를 내두르며 감탄했다. 숯내와 한강이 합류하는 삼밭나루에서 익사 사고가 발생해 검험을 나갔던 전방유는 돌아오는 길에 소식을 들었다.

"나리와 제가 기방에서부터 아래대까지 피살자와 간증의 자취를 쫓던 날에도 범인은 종로에 있었다는 게 아닙니까?"

율생이 어이없다는 듯 고개를 절레절레 흔들었다.

"아이구야, 어쩌면 곁을 스쳐 지나갔을지도 모릅지요!"

웬일로 개와 원숭이 같은 오작과 율생이 죽이 척척 맞았다. 자칫 범인을 잡지 못한 채 미제로 남았을 사건을 해결했다는 성취감과 자부심이 그들을 들뜨게 한 것이었다.

"나리가 김원위를 심문하며 '혹시, 여인인가?' 하셨을 때 저는 너무 놀라 속이 울렁거렸습니다. 대체 그걸 어찌 아셨습니까?"

"간증이 추궁을 받던 중 흐리마리한 기억이나마 계집인지 사내인지 알 수 없는 자가 죽인 것 같다는 말을 흘린 기록이 초초와 갱초에 있지 않던가? 수리수리한 주정뱅이의 눈을 아무도 믿지 않았지만, 변복한 계집을 사내로 착각해 말할 수는 있어도 계집같이 곱상한 사내를 보았다고 계집이라 말하지는 않지."

"아하, 그 중요한 단서를 다들 흘려듣고 말았습니다. 역시 나리는 듣고 봄이 남다르십니다!"

율생의 감탄이 민망스러워 전방유가 덧붙였다.

"여자 혼자 저지른 범죄라기엔 상흔이 너무 많고 수법이 잔인한 것도 초검관의 판단을 흐트러뜨린 요인이었을 것이다."

범인이 여인이라는 말을 듣자 김태길의 얼자들은 당황실색하여 서로 마주 보았다. 이미 그들끼리 의심하며 으밀아밀했던 인물이 있었던 게다.

"아비의 집에서 변란 중 혼란스러운 틈을 타 여종 하나가 도망쳤습니다. 그년이 한양으로 숨어들었다는 소문을 들었는데, 아뢰기 황공하게도 인평 대군께 신역하는 내비(內婢)* 중에 의심되는 여종이 있습니다."

"살인의 현장이 동부 연화방이니 대군궁에서 멀지 않군."

간증의 진술에 시친의 진술이 더하여 수수께끼가 풀렸다. 마침내 김태길의 사노였다가 도망쳐 내수사에 투속(投屬)**한 구월이 범인으로 지목되었다.

"참으로 두억시니 같은 년이구먼요. 궁노가 아니라 개백정이라야 마땅치 않습니까?"

오작이 끈끈한 가래침을 한껏 모아 퉤 내뱉었다.

*궁궐 안에서 일하는 여자 종.
**도망간 노비가 관가에 자수하고 귀족이나 세력 있는 자에게 기대어 예속됨.

'과연 모질고 사나운 귀신이거나 무도한 인간이어서 저지른 살인일까?'

오작과 율생에게 내색하지는 않았지만 전방유는 범인을 잡고도 흠쾌한 기분이 아니었다. 범행 동기와 원한의 내용을 알 수 없고 사건의 진행 상황도 여전히 모호했다. 동행한 무관은 대취했고, 어린 도둑이 주머니를 떼어 길을 벗어났고, 으슥한 골목에서 원한을 품은 노비를 만나 살해당했다. 이 모두가 우연일 수도, 치밀한 계획일 수도 있었다. 다만 추포되는 순간까지 시장에서 맞바리들과 흥정을 하며 땔나무를 사고팔았다는 범인의 천연스러운 태도가 가슴을 무지근하게 했다.

'무엇이든 찾아야지. 무언가를 찾아내기 전까지는 무엇을 찾고 있는지 결코 알 수 없으니!'

수사의 법칙을 다시금 되새기며 전방유는 그 무엇을 향해 발걸음을 내딛었다.

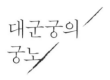

대군궁의
궁노

사건이 처음 주강(晝講)*에 등장한 것은 임금이 즉위한 지 반
년이 지난 중동(仲冬: 음력 11월) 초엿새였다.

햇무리가 어린 날이었다. 송준길을 비롯한 여러 신하가 입시
해 『중용』을 강하고 현안을 논했다. 김자점을 유배하는 일과 궁
중의 내불당을 엄금하는 일에 대해 논의한 후 파하기 전 사헌부
지평이 아뢰었다.

"사헌부에서 구월의 옥사를 논하여 형조의 낭청으로 보냈습
니다. 그런데 해조(該曹: 해당 관청)에서는 범
인을 붙잡아놓고도 책임을 지지 않고 동네
안의 여러 사람을 붙잡아다가 힐문하며 시간

*조선 시대 경연특진관 이하
가 오시(午時)에 임금을 모시
고 법강을 행하던 일.

을 보내고 있다고 하니 당초 상소한 뜻에 어긋나옵니다."

수사가 지체되고 있었다. 애당초 괴이한 사건이었다. 대낮에 도성 한복판에서 살인이 났는데 현장에서 잡힌 범인이 없었다. 심지어는 피해자와 동행해 사건을 목격한 간증이 있는데도 한동안 오리무중이었다.

"살인범을 추포했다 하지 않았는가?"

왠지 임금의 기색이 편치 않았다. 자칫 노상강도로 처리되어 미제로 빠졌을 사건이었다. 죽은 자의 자식들이 나타나 억울함을 호소하면서 재수사가 시작되었고, 형조 좌랑의 활약으로 내수사에 투속해 궁노가 된 구월이 범인으로 밝혀졌다. 하지만 구월을 추포하고도 문제는 남아있었다. 아니, 어쩌면 구월의 체포가 새로운 문제의 시작이었다. 구월이 다른 데가 아닌 인평 대군궁에 속해있었기 때문이다.

"일개 여종이 단독으로 저지른 일이라기에는 의심되는 바가 한두 가지가 아니옵니다. 대군궁의 수노(首奴)*를 불러다가 추문하면 도당을 지은 주범이 누군지 알 수 있을 것입니다. 청컨대 해조에 명하여 수노를 옥에 가두고 추문케 하소서!"

형조에서 작성한 문부를 살펴본 사헌부에서는 수사가 제대로 진행되지 않고 있다고 파악했다. 검관이 올린 발사(跋辭)**의 각종 항목이 한입으로 패거리가 움직였음을 외치고

*관아에 딸린 관노의 우두머리. 관노 중에서 나이가 가장 많아 사정에 밝은 사람이 맡았다.
**검험관이 살인의 원인과 경과 따위를 조사하여 조사서에 적어 넣는 의견서.

있었다. 인평 대군의 궁노인 범인이 도당을 지었다면 공모의 가능성이 가장 큰 궁가부터 살피는 게 당연지사 아닌가? 그런데 그 당연한 일을 아무도 하지 않고 있었다.

"그러한가? 허나 형조에서 대군의 집 안에서 추포할 뜻이 없다고 한 게 아닌데 어찌 해조를 책하겠는가?"

임금의 반박에 사헌부 지평이 목청을 가다듬고 고했다.

"송구하옵니다. 그렇다 해도 형조에서는 대군궁의 노비를 능히 추포할 수 없다는 뜻을 아뢰지 않은 채로 시행한 셈이니 해조의 당상 낭청은 그 책임을 면치 못할 것입니다. 청컨대 살펴주시옵소서!"

말하자면 형조에서 임금에게 사정을 보고하지 않은 채 독단적으로 대군궁의 눈치를 보며 머뭇대었다는 것이다. 일체의 흠결이 있을 수 없는 임금에게는 흠결투성이의 신하가 있을지니, 모두가 눈 가린 채 하는 아웅 놀이라도 법식은 있었다. 임금은 사헌부의 주청을 물리칠 방도가 없음을 깨닫고 하명했다.

"상소대로 하라!"

임금이 마지못해 허락하자 간관이 이어 아뢰었다.

"선전관 김원위와 긴태길이 서로 친구라 하는데 김원위는 태길이 여인에게 죽게 된 때에 눈으로 보고도 구하지 않았습니다. 인정과 사리에 비추어볼 때 어찌 이와 같은 일이 있겠습니까? 청컨대 김원위를 쫓아내십시오!"

양사(兩司)*의 협공이 드셌다. 사간원의 주장인즉슨 구월의 단독 범행이라면 현장에서 말리거나 막지 않은 김원위는 신의를 저버린 비겁한 자라는 것이었다. 하지만 여인이 범행을 저지를 때 간증이 단순히 겁이 많아 몸을 사린 게 아니라는 사실은 모두 알고 있었다. 김원위는 어엿한 무관 벼슬을 가진 자였다. 임금이 말했다.

"여인 하나가 손을 쓸 때에 어찌 어려워서 구하지 못한 것이겠는가?"

기다리던 답을 얻은 간관이 냉큼 대받았다.

"궁가의 세도를 두려워하여 구하지 않은 것입니다!"

승정원 승지가 뒤이었다.

"허나 그 사정이 엄연하다 하더라도 서로 아는 사이에 죽음을 보고도 구하지 않았으니 대충 쫓아내고 말 죄가 아닙니다. 청컨대 가두어놓고 죄를 물으소서!"

임금의 표정이 어수선했다. 아무도 입 밖으로 꺼내지 않았지만 단순한 살인 사건에 대한 언왕언래가 아님은 자명했다. 임금이 무거운 입을 열었다.

"윤허한다."

임금은 전왕이 죽은 지 닷새 만에 왕위에 올랐다. 사 년 전 세자가 죽은 지 사십 일 만

*조선 시대에 사헌부와 사간원을 아울러 이르던 말.

에 봉림 대군에서 세자로 격상되었다. 죽은 세자와 함께 이방의 땅에 볼모로 끌려가 팔 년여를 살았다. 전쟁이 일상이었고 일상이 전쟁이었다.

보지 말아야 할 것을 보고 참지 못할 것을 참아낸 소년의 곁에 친구라곤 세 살 터울의 동복아우뿐이었다. 호란이 나자 부왕은 그에게 아우를 데리고 강화도로 가라고 명했다. 열일곱 살짜리 둘째가 열네 살짜리 셋째를 끌고 바다를 향해 달렸다. 길 위에서 사세가 위급해져 어가가 남한산성으로 들어갔다는 소식을 들었다.

낯선 길 위의 임시 장막 안에서 형제는 한 이부자리에 누워 잠을 청했다. 둘째와 셋째는 어릴 때부터 잠자리에서 반드시 이불을 같이 덮었고 하루도 떨어져 지내지 못했다. 같은 콩 싸라기라도 손위라기에 한밤에 둘째는 잠에서 깨었다. 곁의 아우는 정신없이 곯아떨어져 있었다. 이불 밖으로 불쑥 빠져나온 손이 애처로웠다. 그 손을 이불 안에 다독여 넣고 돌아서 두서너 명의 노복을 이끌고 행재소를 향해 달렸다. 밤바람 속에 휘날리는 말 갈기가 뺨을 때렸다. 어려서부터 장난을 모르는 애어른이었던 그는 자신의 운명에 얹힌 이상스러운 무게를 느꼈다.

중도에 만난 전령이 어찰을 전했다. 행여 남한산성으로 들어올 생각 말고 강화도로 피난하라는 명이었다. 소식을 보내온 동쪽 하늘이 붉었다. 꿀꺽꿀꺽 삼키는 눈물이 뜨거웠다. 돌아오는 길에 동이 텄다. 부윰한 아침 안개 속에 작은 사람이 떨고 서있었다.

"형님!"

그때의 떨리는 목소리를 그는 평생 잊지 못했다.

"나를 두고 가지 마오! 나를 버리지 마오!"

눈물범벅이 된 얼굴이 와락 닥쳐왔다. 안개에 젖은 축축한 손을 맞잡고 강화도를 향했다. 천연의 요새라던 강화도는 한 달 남짓에 함락되었다. 땅에는 어육 같은 사체, 하늘에는 귀를 찢는 울부짖음. 까치발로 간신히 아비지옥을 견뎠다.

"불쌍하신 우리 저하!"

벽제에서 대궐 앞까지 백성들이 거리를 메우고 통곡하며 일시 귀국한 세자를 반기는 동안 인질은 순환되었다. 청조(淸朝)에서는 처음에 인평 대군을 인질로 보내 봉림 대군과 바꾸고, 원손을 인질로 보내 세자와 바꾸자고 했다. 하지만 인평이 심양에 들어가자 봉림을 보내지 않았고, 원손이 강을 건너자 세자를 돌려보내라고 재촉했다.

어지러운 무지갯빛 그늘이 여러 차례 해를 꿰고 우박과 지진이 쏟아져 흔들리던 해였다. 임진강의 물빛이 붉게 변하고 수락산이 무너지고 궁궐의 나무가 바람에 쓰러졌다. 불길하고 또 불길했다. 오랑캐들의 약속은 사막의 햇빛처럼 요사스러웠다. 세자가, 큰형님이 심양에 돌아오면 봉림과 원손을 놓아주리라 했지만 아무것도 믿을 수 없었다. 그럼에도 불구하고 이방의 심처에서 손을 맞잡고 고국의 소식을 나눌 때 형제는 잠시 즐거웠다. 눈물과 한숨마저 함께여서 행복했다.

장성해서도 잠시 서로 떨어져있게 되면 그리워하는 마음을 버리지 못했다. 부끄러운 일이 많았다. 불안하고 외로운 날이 많았다. 일국의 왕자라기에 다른 누구에게도 드러낼 수 없었다. 그들의 우애는 비밀의 한 뿌리에서 자랐다.

이튿날 승정원에서 임금의 뜻을 신하들에게 전했다.

"형조의 당상과 낭청 등을 추고*함에 대한 어지(御旨: 임금의 뜻)를 전합니다. 형조에서 공사(公事)를 가지고 왔기에 그 일을 상세히 살피고 하명하셨습니다."

사헌부와 사간원에서 형조의 관원들에 대한 죄과를 따지기에 일단 수긍은 했으나 임금의 마음이 어지러웠다. 형조가 아니라 궁가의 위세가 문제이니 입장을 밝히지 않을 수 없었다.

"형조에서 작성한 공사를 살펴보니 도당을 맺은 죄인 구월이 여전히 바른대로 고하지 않고 있으며, 사건의 현장 근처에 사는 행실이 흉악한 자들을 추문했으나 그들 또한 모두 감추거나 숨기고 있다. 상황이 이러한 고로 대간들이 대군궁의 장무(掌務)**와 수노를 추문하면 주범이 누구이며 어찌 꾸민 일인지 알 수 있으리

144

라고 상소했지만, 형조의 입장은 이와 달라서 구월을 추문하면 자연히 도당을 지은 노비들의 이름이 드러나리니 대군궁의 장무와 수노는 연후에 추포하는 것이 좋으리라 하였다."

파고들수록 비틀리고 꼬였다. 무뢰배에 의한 강도 살인으로 처리될 뻔한 사건을 원한에 의한 살인으로 밝혀낸 게 얼마 전의 일이었다. 하지만 범인이 잡혀 수월히 해결될 듯했던 사건은 다시 미궁으로 빠졌다. 형옥에 갇힌 범인 구월이 조가비처럼 단단히 입을 다물어버린 것이다.

"형조가 비록 말을 분명히 하지 못했으나 이는 내가 헤아려 살피지 못한 잘못이다. 추고하지 말라."

형조는 수장이 여러 번 바뀌어 부내가 어수선한 터였다. 이시방이 사은사로 떠나면서 공석이 된 판서 자리에 김광욱이 임명될 예정이었다. 임금은 형조에서 대군궁에 대한 수사를 미룬 까닭이 대군과 자신의 각별한 관계를 헤아렸기 때문이라고 생각했다. 그래서 양사의 공격에 맞서 형조의 과실을 자신에게 돌린 것이었다. 그러나 형조의 입장은 물론 사실 또한 달랐다. 사흘 후 형조의 계가 올라왔다.

"사헌부의 상소에 의하면 구월이 김태길을 베어 죽였을 때 근방에서 수상한 자들이 목격되었는데 인평 대군궁에 속한 노비로 추정된다고 합니다. 구월의 살인에 궁노들이 도당을 지어 함께했음이 확실하다니 곧장 형리를 보내 연루된 자를 체포하려

하였습니다. 그런데 대군궁의 수노가 답하기를 구월과 작당한 궁노가 누구인지 알지 못한다며 아무도 내어주지 않으니, 하는 수 없이 저희는 구월에게 물어 궁노의 이름을 밝힌 뒤 체포하기로 했던 것입니다."

사헌부에서는 형조가 대군궁의 눈치를 보며 복지부동한다고 비난하지만, 형조가 대군궁에 숨어있을 공범을 체포하려 시도하지 않은 바 아니다. 그런데 대군궁의 수노가 정확한 아무개 아무개의 이름을 가져오지 않으면 단 하나도 내줄 수 없다고 앙버티니 함부로 궁가를 짓밟고 들어갈 수는 없었다는 것이다.

전왕의 시절부터 인평 대군의 궁노들은 방자하고 드세기로 타의 추종을 불허했다. 천한 신분에게 금지된 무늬 있는 비단옷과 중국 명주옷을 입고 대로를 활보하다 적발되는가 하면, 우금(牛禁)*을 어기고 소를 밀도살하다가 사십여 명이 일시에 전가사변(全家徙邊)** 당하기도 했다.

금년에만 조정에서 공론한 것이 두 차례였다. 동대문 밖의 시장을 인평 대군이 모조리 차지하고 있다는 지적이 나왔다. 인평의 궁가에서 도성 안팎에 집을 지을 때 십 리 안에서 돌을 가져올 수 없는 금령을 어기고 도성의 수구인 두모포에서 함부로 돌을 캤다는 간언도 있었다.

"이는 어둠 속의 일이 아니옵니다!"

사간원에서 쌍수를 들었다.

*소를 잡는 것을 금함.
**조선 시대 죄인을 그의 전 가족과 함께 평안도나 함경도 등의 변방으로 옮겨 살게 한 형벌.

"사헌부에서 상소한 바대로 장무와 수노를 추문하면 궁노의 주범을 얻을 수 있다는 말은 진실로 합당하나이다. 대군궁의 장무와 수노를 체포해 엄히 묻고 도당을 지은 주범을 드러낼 수 있도록 통촉해주시옵소서!"

임금의 입장이 난처했다. 구월이 끝까지 입을 열지 않는다면 실마리를 찾을 곳은 대군궁뿐이었다. 하지만 그들은 누구의 노와 비도 아닌 하늘 아래 유일무이한 아우인 이요(李㴭), 인평 대군의 궁노들이었다. 신하들은 그것을 알면서도, 그것을 알기에 더욱 집요하게 공격했다. 한동안 긴장이 흐른 후 임금의 교지가 내려왔다.

"대군이 비록 잔피하고 용렬하나 반드시 노비 무리를 포용하고 옹호함으로써 이러한 곤욕을 받지는 않으리라. 고쳐 살피고 행하는 것이 옳다!"

글자 하나하나에 서릿발이 서있었다. 임금은 대군이 살인범 무리를 옹호한다며 몰아붙이는 듯한 신하들의 태도에 진노한 것이었다.

백주에 도성 한가운데서 벌어진 일이기에 작당한 자들을 찾기 어렵지 않을 줄 알았다. 구월을 추궁해도 입에 자물쇠를 채우고 버티니 인근의 수상한 자들을 체포해 족쳤다. 한 아무개와 그의 아내 득금은 밑도 끝도 모른다고 했다. 득금이 한때 흉악한 손버릇으로 근동에 이름이 짜했다지만 과거의 일만으로 아이어

멈을 잡아 가둘 수는 없었다. 김가와 박가와 과부 춘이를 데려와 가뒀으나 낯도 코도 모른다고 했다. 그들은 오래지 않아 풀려났다. 범행 현장 근처에 산다는 이유만으로 매를 치고 으를 수는 없었다.

대신 댁 송아지 백정 무서운 줄 모른다는 말이 그르지 않았다. 문제가 대군궁에서 비롯됨은 모두가 알고 있었다. 분명 살인자를 도왔거나 함께 모의한 궁노가 있음에도 궁가에서 내놓지 않으니 수사에 진전이 없을 수밖에 없었다. 인평 대군의 위세만 믿어서는 차마 못할 일이었다. 그에 대한 임금의 사랑이 문제였다. 한낱 살인 사건이 뜻밖의 정치 문제로 비화되고 있었다.

"신등은 형조에 내리신 비답을 보고 괴로움을 피할 수 없었습니다."

사흘 후 사헌부에서 아뢰었다.

"죄인 구월은 잔악한 여인으로 대낮에 도심에서 주인을 베어죽이는 대담한 범행을 저질렀습니다. 어느 누구도 감히 예상치 못한 일이었기에 세상이 크게 놀랐습니다. 그러나 여인 혼자 저지른 일이라고는 볼 수 없기에 입이 있는 사람이면 누구나 궁노가 도당을 지었다는 이야기를 하니 대군궁의 장무와 수노를 잡아가두는 일을 그만둘 수가 없습니다. 그런데 전하께서는 '대군이 비록 잔꾀하고 용렬하다 해도 궁노의 무리를 포용하고 옹호함으로써 이러한 곤욕을 받지는 않으리라'는 말씀으로 교지를 내리시어 편안치 않은 기색을 보이시니 신등은 적이 애석하옵니다."

사헌부에서 읍소하듯 덧붙였다.

"어찌 우리 임금의 동생분께 감히 곤욕의 마음을 품겠습니까?"

임금의 분노에 신하들은 일시 몸을 낮추었다. 그러나 탄원하는 말씨에도 불구하고 인평 대군궁의 권횡을 비판하는 목청은 눅어지지 않았다.

"신등이 일찍이 듣기를 대군궁의 하인 무리가 세력을 믿고 폐단을 짓는 형상이 한둘이 아닙니다. 조금만 잘못이 있어도 대뜸치고 때리는데 여간 참혹하고 매서운 것이 아니어서 마을의 천민들이 벌벌 떨며 두려워한다 하니, 지금 이웃들이 살인 사건에 증인으로 서지 않으려 하는 형세가 진실로 그럴 만합니다!"

사헌부는 사간원과 더불어 언관인 양사일지나 분위기는 사뭇 달랐다. 사간원은 그때그때 사안이 생기면 모여서 상하 구분 없이 토론했다. 별일이 없을 때는 온종일 술을 먹는 부서로 알려질 만큼 자유로웠고 금주령에도 특별히 용인될 정도였다. 반면 사헌부는 상하 관계가 엄격하기로 유명했다. 평시에도 아랫사람이 윗사람보다 먼저 출근하고 문 앞까지 나와 상관을 맞았다. 종친과 문무백관을 규탄함은 물론 국왕에게 극간하는 것을 본령으로 삼았기에 턱 끝까지 치닫는 것을 어쩔 수 없었다. 그럼에도 역린을 건드리기만은 저어해 줄타기놀음이 살살했다.

"허나 대군께서 어찌 이 형세를 아시겠습니까? 장무와 수노의 무리가 가리고 덮어 항상 그럴듯한 말로 대군께 아뢰면, 어찌 대군께서 그것이 진실되지 않음을 헤아려 믿지 않으실 수 있겠습니까?"

대군은 몰랐을 것이다. 적어도 속았을 것이다. 유리병을 깨지 않고 병 안의 새를 잡으려는 노력이 필사적이었다.

"수사를 피하기 위해 궁노들이 제멋대로 둘러댄다면 대군께서 크게 노하시어 일이 궁실에 미치게 되고, 전하께서 또한 의심하시게 되니 형벌의 부적절함과 조정의 기강이 무너지는 일이 이로부터 말미암을 것입니다. 이야말로 신등이 두려워하는 바입니다. 청컨대 인평 대군궁의 장무와 수노를 가두어 엄한 벌을 내리도록 형조에 명하시고, 심문을 통해 주범을 밝히도록 해주십시오. 통촉해주시옵소서!"

사헌부의 주청은 간곡했으나 임금의 마음은 앵돌아져 있었다.

"너희들의 말이 이리저리 장황한 잘못이 크다. 물러나서 형조에 살펴 물은 뒤에 고쳐 와서 상소하라!"

헤아리고 싶지 않으니 헤아려 듣지 않을뿐더러 곱씹어 괘씸죄가 보태졌다. 사흘 후 임금이 답하기를, 뚜렷한 혐의도 없으면서 장무와 수노를 잡아들여 구월 외의 주범을 얻는다 운운하는 것이 불가하지 않은가 하였다. 임금의 강력한 반대에 사헌부가 당황했다.

"신등은 승정원에 내리신 교지를 보고 황송하고 두려워 몸 둘 바를 모르겠습니다. 엄중한 교지가 내려옴은 신등이 어리석게 굴어 자초한 바 없지 않으니 어찌 변명할 수 있겠습니까?"

사헌부 장령과 지평이 서둘러 해명했다. 그들의 과실이라면 형조의 관리에게 곡절을 들어 상소문을 작성하는 과정에서, 구월과 도당을 지은 궁노를 색출해 추포하는 일과 장무와 수노를 가두어 조사하려는 일이 각각 다름을 헤아려 밝히지 못한 것이었다. 둘을 뒤섞어 마치 장무와 수노가 구월의 공범인 듯 궁가를 모욕했으니 죗값으로 관직을 삭탈할 것을 명해달라고 읍소했다.

"사직하지 말라. 물러나 기다리고 논하지 말라!"

삭탈관직에 대한 읍소 또한 일상의 사죄 의식이기에 임금이 허락지 않았다. 용의 턱 아래에 거꾸로 난 비늘이 닿을락 말락 한 지경이었지만, 그래도 어쩔 수 없었다. 사헌부에서 물러서지 않고 이틀 후 또다시 청했다.

"대군궁의 장무와 수노를 체포하는 일에 서둘러 허락을 내려주옵소서!"

사헌부는 그들의 책무를 다하고 있을 뿐이었다. 그제야 임금은 친히 인평 대군을 불러 꾸짖었다고 털어놓았다. 그런데 형님 앞에 불려온 아우가 신임하는 아랫사람을 잃을 걱정에 빠져 마치 상중에 있는 듯하니, 구체적인 혐의가 있지 않고서야 어찌 당장에 잡아다 가둘 수 있겠느냐고 반은 호소하고 반은 다그쳤다.

"성상의 교지가 아래의 정황을 헤아려 살피지 못하신 듯합니다."

사헌부 집의가 카랑카랑한 목소리를 돋웠다. 이대로라면 대군을 비호하는 임금의 의지에 밀려 사건은 미제가 되어버릴 터였다.

"대낮에 도성 한가운데에서 사람을 죽이는 일을 어찌 여인이 홀로 벌일 수 있겠습니까? 듣기로 궁노들은 여럿이서 도당을 짓는다고 합니다. 그런 까닭에 무관인 간증조차 친구가 죽는 모습을 옆에서 지켜보면서도 두려워 겁을 낼 뿐 감히 구하려 들지 못한 것입니다. 잔악한 범인에게 아무리 무리를 캐묻는대도 순순히 사실을 토설할 리 있겠습니까? 대군궁의 수노에게 듣고자 하는 것은 수노가 무슨 죄를 지었는지가 아니라, 단지 그로 하여금 고발케 하여 살인을 공모한 죄인을 얻고자 할 따름입니다!"

간곡히 그리고 강경히 주청해도 임금은 끝내 결정을 내리지 않았다. 사건은 다시 형장으로 돌아갔다. 순순히 토설할 리 없다 해도 사실과 진실을 모두 아는 이는 구월, 그 기묘한 죄인뿐이었다.

고통을
묻다

"쳐라!"

처음은 붓 한 자루 굵기의 태(笞)로부터 시작되었다. 아무것도 묻지 않았다. 묻지 않은 채로 휘둘러 때렸다. 다짐과 맹세는 인간의 일, 그것을 흐너뜨리기 위해서는 인간이 아닌 무엇으로 만드는 게 먼저다.

단단한 회초리가 새된 비명과 함께 허공을 찢었다. 내리 떨어진 곳마다 각진 상처가 벌겋게 부풀어 올랐다. 잘고 질게 고기가 다져졌다. 노글노글 살이 짓이겨졌다. 침묵의 다짐이 아니라 고기 다짐이다. 핏빛 맹세는 악물어 찢긴 입술과 누더기 옷에 선혈로 배어난다.

"멈추어라!"

몇 대인지 세지 못했다. 절반이거나 남짓이리라 어림했다. 달초에 앞서 기선을 제압하기 위해 매타작부터 하리라는 건 예상대로였다.

"네가 저지른 죄가 무엇인지 알고 있으렷다! 그토록 흉악한 범죄를 저지르고도 살아남기를 바라느냐?"

힐문하는 목소리마저 귀에 익은 듯했다. 위세를 과시하는 엄중한 말투로도 권태를 숨기지 못한다. 살인 사건조차 일상다반사가 되면 건조로운 공무일 뿐이다.

"쳐라!"

두 번째는 어른의 가운데 손가락 굵기의 장(杖)이었다. 부푼 상처가 터져 피가 흐르기 시작했다. 그러나 이 또한 초벌매기에 불과하다. 본디 태장은 극한의 범죄에 대한 심문의 도구가 아니다. 죄에 대한 대가로 맞는 태와 장으로 살인죄를 다스리는 게 복초하기를 바라는 뜻일 리 없다.

계획한 바대로 진행되고 있었다. 하나 다른 점이라면 구월이 범인으로 지목되어 추포되고 만 것이었다. 윤 선달은 아무도 상하지 않고 잡히지 않는 완전범죄를 꿈꾸었다. 대거리하지 않았지만 구월의 안셈은 달랐다. 이 작고도 중대한 실수조차 구월의 구상에서는 어긋나지 않았다.

'매듭을 묶은 자가 매듭을 풀리라!'

윤 선달은 김원위에게 입을 다물도록 강다짐했지만 구월은 스스로 정체를 밝혔다. 희생이 두려워 막다른 길까지 몰이사냥을 해서는 안 된다. 궁지에 빠진 쥐는 고양이를 문다. 갑작스러운 도발에 놀라 당황한 윤 선달의 방울눈이 기억에서 껌뻑거린다.

이쪽이 말하지 않으려는 것을 저쪽도 알고 싶지 않은 게다. 거듭 끌어내 태장을 치면서도 대답을 기다리지 않는다. 애초에 투속할 때부터 치밀한 셈평이 있었다. 세간에서는 영의정 벼슬자리를 일인지상 만인지하라 부르지만 무릇 아래보다 지척인 게 옆이다. 생존하는 유일한 동모제로서 인평 대군만큼 기세등등한 권력은 조선 땅에 다시없었다. 한 발자국 더 나아가 세도의 몸통보다 호위하는 수족의 근력을 믿나니, 식초병보다 병마개가 더신 법이다.

문초관이 바뀐 세 번째부터는 적이나 분위기가 달라졌다. 정치의 시비를 따지고 임금의 잘못을 간하는 양사가 움직이기 시작한 터였다. 대간들은 임금이 성가셔서 견디지 못하고 두 손을 들 때까지 계를 그치지 않는 것을 저희의 충정으로 여겼다. 대론*이 들어갔다면 전과 다른 각오가 필요했다.

"정녕 네 손으로 살인을 했는가?"

첫 심문은 사실 확인이었다.

"왜 죽였는가? 언제부터 무리와 범행을 모의했는가?"

*사헌부와 사간원에서 하는 탄핵.

대답을 간구하는 기미는 없었지만 구색이나마 갖추지 않을 수 없을 터였다.

"지금껏 입도 벙긋하지 않았으렷다? 한마디도 않고 버티겠다는 겐가?"

새 문초관은 간벽이 있는 듯했다. 채수염을 파르르 떨더니 카랑한 목소리로 하명했다.

"저년이 입을 열 때까지 쳐라!"

비로소 신장(訊杖)이 등장했다. 밑이 둥글고 끝이 모난 신장은 합법적인 고문의 매일지니 정해진 대수가 따로 없다. 정황만 있고 증거가 없다면 자백할 때까지 몽둥이질한다. 엎친 데 덮치어 태장과 달리 볼기와 넓적다리 혹은 종아리가 아닌 데를 친다. 바야흐로 형문(刑問)*이다.

딱—!

정강이를 맞는 순간 숨이 꾸르륵 말려들었다. 날카로운 가시가 파고들어와 목젖을 뚫고 숨길을 거스르는 듯했다. 비명조차 터져 나오지 않았다. 격심한 충격에 눈알이 튀어나올 것 같았다. 검고 깊은 심해로 빠져들고 있었다. 단단하고 선명한 어둠이 물밀었다.

머리통을 제외한 팔다리와 몸뚱이가 의자에 묶여있어 곱드러지지도 못했다. 상말로 동틀이라 부르는 나무 형틀은 헐거운 생김에 비해 단호했다. 숨길을 역류한 비명을 대신해 삐걱거리면서도 아귀힘을 풀지 않았다.

*형장(신장)으로 죄인의 정강이를 때리던 형벌.

고스란히 맞았다. 온몸의 터럭이 하나하나 빠짐없이 고통으로 곤두섰다.

"독한 계집이로고! 하기야 보통의 간덩이라면 백주 대낮에 노상에서 칼부림을 하겠는가?"

손을 들어 신장을 멈춘 문초관이 혀를 내둘렀다.

"허나 간이 있다면 골도 있으렸다."

호랑이 개 어르듯 매타작 끝에 달랠 차례였다.

"생각해보라! 어차피 너는 죽을 목숨이다. 얼마 남지 아니한 쇠잔한 목숨을 고통에 고통을 보태며 이어야 하겠는가?"

망나니의 칼춤 아래 목을 베일 것이다. 피 웅덩이를 뛰어넘어 지옥으로 갈 것이다. 모든 것이 정해져 있다. 죽음, 그 미지의 자명함. 그곳에 이르기까지의 과정이 지리멸렬할 뿐이다.

"제가 한 일입니다."

기꺼이 감당할지니, 두려웠다면 기어이 예까지 오지 않았을 것이다.

"이제야 입이 열리는구나! 말하라! 값없는 매를 벌지 말고 모조리 털어놓아라!"

형문의 효과가 나타난다 싶었는지 문초관이 엉덩짝을 들썩거렸다. 그 잔망이 우습고 조금은 미안하기까지 했다.

"처음부터 끝까지, 제가 혼자 벌인 일이올시다!"

"뭣이라? 야차 같은 년이 감히 고관을 능멸하려 드는구나! 여봐라, 저년을 매우 쳐라!"

박달나무 몽둥이가 다시금 뼈를 때리기 시작했다. 아무래도 익숙해질 수 없을 뜨겁고 따가운 아픔이 정강이에서 머리꼭대기까지 우르르 달음질쳤다.

'견딜 수 있다. 견딜 만하다……'

생은 고(苦), 그러나 인간은 고통만으로 무너지지 않는다. 고통은 인간을 고립시키고, 고립되었을 때 인간은 허물어진다.

"죄인이 혀를 물려 합니다!"

"혀를 끊지 못하도록 재갈을 먹여라!"

말을 하지 않을 수 없다면 하지 못하게 해서라도 지켜야 할 약속이 있다. 포기할 수 없는 것이 있다. 혼절해서도 섬어나마 지껄일까 봐 스스로를 단속했다. 침묵의 빈자리에 핏물이 뭉클하게 들어찼다. 비리고 쓰렸다.

처음부터 끝까지, 혼자의 약속을 바쳤다. 계의 시험을 통과해 마침내 노장을 마주했을 때 구월은 난딱 무릎을 꿇고 외쳤다.

"원수를 갚으려 합니다. 도와주십시오!"

몸을 곱송그린 채 절하며 머리를 박았다. 난리 끝에 임금이 오랑캐 왕에게 바쳤다는 의식처럼 아홉 번 이마를 찧어 피라도 흘릴 터였다. 치욕적인 항복과 달리 기껍게 조아릴 것이다. 무엇에도 강제되지 않은 자발적인 복종이기 때문이다.

"원수?"

노장의 주름투성이 얼굴이 움찔거렸다.

"네! 원수를 갚고 싶습니다!"

염통까지 꿰뚫을 듯한 가시눈을 피하지 않았다. 또렷한 눈동자에 선명한 흰자위가 섬뜩했다. 뱀 앞의 개구리가 대략 그럴 테다. 물리기 전에 놀라고 질려 마비되어버리니 움쭉 한번 못한 채 먹잇감이 된다. 요컨대 기세 싸움이다.

"혼자서는 할 수 없는 일이기에 원조를 구해 예까지 왔습니다. 제발 내치지 말고 들어주소서!"

군은 혀를 필사적으로 움직였다. 고통의 굴길로 미끄러져가는 동안 흉중에 가둬두고 차마 못한 말이었다. 마침내 밑바닥이었다. 빠드득 이를 갈고 쓰디쓴 쓸개를 핥으며 곱새겨온 절규를 비로소 토해냈다. 더는 갈 곳이 없었다.

투명한 시간이 흘렀다. 추운지 더운지 몰랐다. 온몸에 소름이 돋는데 등살에선 진땀이 흘렀다. 모가 아니면 도, 주사위는 던져졌다. 옴켜잡은 동아줄이 성할 가망이 절반이라면 썩었을 가능성이 나머지 절반이다. 가능성을 줄이고 가망을 키우기 위해 몇 해를 몸부림했지만 결과는 알 수 없다. 들은풍월 얻은 문자대로 진인사대천명이렷다! 정녕 하늘이 복수를 허락한다면, 혹은 끝내 허락하지 않는다면……!

"이름이 구월이라고 했던가?"

"네, 그렇습니다."

"언제부터 대군궁에서 역을 졌나?"

"이태 전 늦봄을 지나 투속했습니다."

가시눈이 번쩍했다. 개가 개를 범이 범을 알아본다. 발톱을 감춘 채 무심히 던지는 질문으로 노장이 구월을 시험하고 있었다.

"사월 없는 곳에서 살고 싶어 들썩거릴 때로구먼."

"울력걸음에 봉충다리라기에 슬쩍 껴묻었습니다."

애젊은 계집의 대거리가 보통이 아니었다. 노장은 어이가 없어 헛웃음을 칠 수밖에 없었다.

뜬금없는 선문답이 올올이 날 선 탐색전이었다. 윤 선달을 통해 깜냥을 살핀 후 독대를 허락하긴 했지만 맞보기 전까지도 노장은 의심을 풀지 않았다. 아직 계는 조직을 꾸리고 다듬는 단계였다. 모태가 된 향도계와 더불어 크게 일을 벌이지 못했다. 기껏해야 도성을 휘돌아다니며 눈꼴신 양반들과 길싸움을 하고, 주인에게 묻지 않고 개돼지와 닭을 잡아먹고, 한양과 지방의 도적들을 연결시키는 다리 역할을 하는 정도였다. 그럼에도 언제부터인가 성내 사람들은 먼 산중의 호랑이 대신 가까운 이웃의 상두꾼이 온단 말로 우는 아이를 을렀다.

사납고 포악한 무리라 양반들의 눈엣가시였다. 관아에서는 덜 곪은 부스럼 간수하듯 각별히 주의했다. 그러나 노장이 향도계의 도가(都家)*를 인수하고

*향도꾼들의 집합소.

160

존위(尊位)*의 배후가 되기 위해 공들였던 목적대로 세상을 흔들지는 못했다. 위법하되 반역까지는 멀어 보였다. 주인을 배반한 노비와 부모를 배반한 패륜아 등 세상에 불만을 품은 자들을 모았지만 여전히 무언가 부족했다.

"그 또한 원수를 갚기 위해서인가?"

"……그렇습니다!"

노장이 묻고 구월이 답했다. 앙다문 입술과 빛나는 눈, 저주와 원한의 적심(賊心)이 표정과 몸짓에 명명백백했다.

늦봄을 지나 초여름에 접어드는 사월은 춘궁기였다. 묵은 곡식이 떨어지고 햇곡식은 익지 않은 보릿고개를 넘는 방법은 제각각이었다. 순진한 백성들은 산에 올라 송피를 벗겨 떡을 만들고 질경이며 밀기울과 칡뿌리 따위를 닥치는 대로 채취해 허기를 달랬다. 때를 노려 장리쌀을 놓았다가 추수기에 거두어들이는 빠꼼이도 있었다. 멀쩡한 농사꾼도 사흘 굶으면 도적이 될지니 골목골목에서 서툰 노략질 또한 벌어졌다.

요동치는 뱃구레처럼 사람들이 쏠렸다. 우왕좌왕하다가 결국엔 생존이라는 한 방향으로 몰렸다. 탐관오리의 가렴주구와 갖가지 부역에 시달리던 양인들이 허울뿐인 신분을 내던졌다. 짐승보다 못한 취급을 받던 사노비들이 도망쳐 나와 천민으로는 개중 낫다는 공노비가 되고자 앞다투어 투속했다. 재산을 잃은 양반들은 눈에 불을 켜고

*향도계의 최고 우두머리.

추쇄에 나섰지만 앉은자리에서 재산을 불린 궁가와 관아에서야 아쉬울 게 없었다.

배고픈 사월을 피하고자 백성들이 떠돌 때야말로 절뚝거리는 봉충다리로나마 올력걸음을 걷기에 가장 좋은 때였다. 사람의 숲에 숨으면 덕석이 멍석인 듯 꾸밀 수 있다. 구월은 치밀하게 계산하고 준비해 움직였던 것이다.

"그런데?"

반짝 고개를 쳐든 구월의 눈앞에 윤 선달이 말한 '지렁이'가 있었다. 노장은 보통의 노파가 아니다. 불뚝성이 치솟으면 소금을 맞은 듯 꿈틀거리는 이마 한가운데 자국을 주의하랬다. 윤 선달은 선심 쓰듯 귀띔질했지만 지레 오갈이 들면 눈 뜨고도 못 보는 당달봉사가 된다. 담찬 눈으로 바라본 그것은 살아있는 칼자국이 아니라 주름살에 묻힌 오랜 상처일 뿐이었다.

"궁가의 강세로도 모자란 게 있던가?"

"공에도 사가 있다지만 오롯이 저 하나의 복수에 궁방을 흔들 수야 있으오리까?"

"수노의 허락을 얻은 일인가?"

"외응할 세력이 갖춰진다면 마땅히 상응하리라 약조하셨습니다."

번쩍, 가시눈이 다시금 빛났다. 앞선 그것이 경계와 의심의 빛이라면 뒤엣것은 찬탄이었다.

"이 모두를 혼자 꾸몄는가?"

"혼자 시작한 일이고 마지막까지 혼자 감당할 일입니다."

구만 구천 두의 한숨과 창자가 끊어지는 분노를 감춘 냉연한 표정이었다. 산전수전을 모두 겪은 경난꾼으로 둘째가라면 서러운 노장마저 전율했다. 노장이 아쉬워하며 간구하던 그것을 가지고 있는 자가 마침내 나타났다.

신장은 한 번에 서른 대 이상 치지 못하게 되어있었다. 한번 친 후에는 하루와 이틀을 쉬고 사흘째에야 다시 칠 수 있었다. 법은 차근차근 잔인하다. 현실은 이렁성저렁성 법을 뛰어넘는다. 명문화되기 전까지 하루에 서른 대 이상을 맞고 연달아 끌려가 맞아 물고 난 자들이 숱할 테다. 선의의 고문이 있을 리 만무하다. 자백을 받아낸다는 명분이나마 없었다면 서른 대와 사흘의 규정도 생겨나지 않았을 것이다.

"독종이로고! 그래봤자 너만 손해다."

문초관의 비아냥거림을 마지막으로 스물두 대 넘어는 기억이 없다. 피떡이 된 산송장이 의미 없이 몽둥이찜을 당했다. 너덜너덜해진 채 옥방에 부려졌다.

"무엇으로 너를 믿으라는 게냐?"

수노도 노장도 한입으로 말했다. 세상에는 공것이 없다. 하나를 얻기 위해서는 하나, 혹은 간절한 만큼 덧보태어 내놓아야 한다.

이익이 큰 만큼 비밀이 많았다. 세도가 든든한 만큼 비밀은 잘 지켜졌다. 그러나 비밀한 만큼 위험이 큰 것도 어쩔 수 없었다. 인평 대군궁에는 더럽고 해로운 일을 말쑥하고 능숙하게 처리할 솜씨꾼이 필요했다. 아무리 이익이 크대도 궁가의 위신을 떨어뜨리는 옥의 티와 비단의 얼*은 피해야 마땅했다.

궁노 구월은 영리하고 빨랐다. 외어(外語)를 습득한 데다 셈이 정확하고 눈치가 비상해 밀무역에 한몫을 단단히 했다. 인평 대군은 예술가의 흥취와 더불어 요변덕이 있어서 주변에 돌발적인 사고가 자주 벌어졌다. 흔적을 남기지 말아야 할 위법과 부정의 일에 계집으로서 흔치 않은 무예의 재주를 갖춘 구월이 알뜰히 쓰였다.

무엇보다 구월은 명령 앞에 옳고 그름을 따지지 않았다. 수노가 구월을 눈여겨보기 시작한 것은 보기 드문 냉철성 때문이었다. 수십 년 동안 수백 수천의 궁노를 다스려온 수노의 눈에도 그것은 사뭇 기이해 보였다.

병자년에는 난리만 터진 게 아니라 우역(牛疫)이 돌아 온 나라에 퍼졌다. 펄펄 끓는 열과 함께 묽은 침과 고름 모양의 눈물과 콧물을 흘리며 소들이 쓰러졌다. 이윽고 소가 멸종될 지경인지라 조정에서는 도살을 엄금하기에 이르렀다. 소를 잡는 일을 살인한 것과 같은 죄로 적용하니 이후로 축산이 회복되어 번성했다.

* 겉에 드러난 흠.

쇠고기는 대뢰(大牢)라 하여 천자의 잔치에만 쓰고, 양은 소뢰라 제후가, 돼지는 태부가, 개는 선비들이 쓰던 것이라는 은나라의 규칙도 조선에는 안 통했다. 곡물 여섯 말을 가축에게 먹여야 고기 한 말이 생산되니 소는 밭을 가는 데만 써야 마땅하다는 훈계와, 생선찌개에도 쇠고기가 들어가는 한양의 요리법은 어울릴 수 없었다.

먹고자 하는 자들이 있으니 잡는 자들도 있었다. 금령이 엄할수록 더 교묘히 숨어서 팔았다. 구하기 어려운 만큼 부르는 게 값이었다. 비싼 만큼 고기는 야들야들 입에 짝짝 붙었다. 인평대군궁에 밀도살꾼들이 대거 투속해 두려움도 거리낌도 없이 소를 잡아 팔기 시작했다.

물론 법은 엄했다. 형조와 한성부와 사헌부에 각각 범법 행위를 단속하는 금리(禁吏)를 두어 밀도살을 색출했다. 발각되지 않는 것이 제일이지만 때로 광주리에 담은 밥도 엎어질 수가 있다.

"김철이 잡혀갔습니다!"

고기를 사고파는 과정에서 여러 손과 입을 거치다 보니 체포되어 고발당하는 자가 생겼다.

"잡아간 자가 누구라더냐?"

"한성부의 금리라고 합니다요."

"그자의 집이 어느 동네고 딸린 식솔은 얼마인지 당장 알아오라!"

수노는 대군궁의 가노들을 관리할 의무가 있었다. 대군의 재산에 일체의 손실이 있어서는 아니 될 일이었다. 반나절이 채 지나지 않아 성내에 풀어둔 염알이꾼이 금리의 뒤를 캐어다 바쳤다.

"남촌에 사는 박 아무개라고 합니다."

"남촌? 크게 어렵지 않겠군."

사방 십 리의 한양 도성은 신분에 따라 거주지가 나뉘어있었다. 사대부들은 북악산 밑 북촌에 살고, 양반과 경아전은 인왕산 기슭의 우대에 섞여 살고, 서소문 근방 서촌엔 중인과 상민이 어울려 살았다. 그 외에 군속과 군총이 상민과 섞여 사는 동대문과 광희문 일대의 아래대와 여러 신분이 잡거하는 남촌이 있었다. 남촌은 양택 풍수에서 최고로 치는 배산임수와 반대의 지형이라 세력 없고 가난한 양반과 무반이 주로 사는 동네였다.

"식솔은 어찌 된다던가?"

"여편네와 딸이 둘, 뒤늦게 본 젖먹이 아들이 하나 있답니다."

"그래? 잘됐군."

수노가 야릇한 표정을 지으며 고개를 끄덕였다. 다음 날 금리가 한성부에서 도(到)*를 표하던 시각에 남촌의 집에는 건달배가 들이닥쳤다.

"네 아비가 한성부에서 밥벌이를 하는 박가더냐?"

"그, 그러하온대 뉘신지……?"

마당 멍석자리에서 쌀을 까불던 큰딸이 놀라 말을 더듬으며 뒷걸음질하는 순간 전광석

*관리의 출근을 명부에 표시하던 기호.

화 같은 발차기가 날아왔다.

"아악!"

딸의 비명 소리를 듣고 집 안에서 아이를 업은 여인과 어린 계집이 튀어나왔다.

"무슨 일이오? 당신들은 대체 누구요?"

계집 하나가 사내 둘을 거느리고 마당 한가운데 버티고 서있었다. 다짜고짜 발로 차서 큰딸을 쓰러뜨린 건 험궂은 사내가 아닌 낭창낭창한 계집이었다. 놀라고 질려 어리벙벙한 사이에 이번엔 사내가 작은딸을 향해 뺨따귀를 날렸다. 그 결에 코피가 터져 사방으로 피가 튀자 어미의 눈이 뒤집혔다.

"이 불한당들아! 여기가 어디인 줄 알고 행패를 부리느냐?"

젖먹이를 매단 채로 달려드는 어미를 향해 다른 사내가 무쇠 다리를 쳐들었다. 아이의 머리통이 어미의 등 뒤에서 흔덕흔덕 위태롭게 흔들렸다. 뒷골목에서 단련된 발길질에 정통으로 맞으면 나뒹굴어져 어미와 젖먹이 둘 중 하나, 혹은 둘 다 내장이 터지거나 머리가 깨질 참이었다.

그때였다. 삽시에 계집이 끼어들어 사내를 가로막고 어미의 머리채를 휘어잡았다. 사내는 그만 쳐올리려던 다리를 엉거주춤 내렸다.

"네 서방이 퇴청하면 말씀 전해드려라. 금과 철의 친구들이 한성부 금리 나리 집에 방문했다가 못 뵙고 돌아갔다고!"

새파랗게 젊은 계집이 눈앞에서 어미를 겁박하니 두 딸은 억울하고 분해 눈물을 뚝뚝 떨어뜨렸다.

"딸년들이 곱상한데 무르익지는 않은 것 같구나! 좀만 더 익으면 꽤나 삼삼할 터인데!"

써먹지 못한 다리가 아쉬웠던지 사내가 입맛을 쩍쩍 다시며 큰딸의 턱 아래로 얼굴을 들이밀었다.

짝—!

순간 가죽을 치는 날카로운 살성이 울려 퍼졌다. 지켜 섰던 계집이 큰딸에게 지분대는 사내의 귀뺨을 득달같이 올려붙인 것이다. 생김새는 예사롭지만 무도를 익힌 손이라 각별히 매웠던지 수염이 듬성듬성한 사내의 볼따구니가 금세 벌겋게 부풀었다.

"이년이 보자 보자 하니까!"

행짜를 부리러 왔던 패거리끼리 싸움이 붙을 지경에 이르자 다른 사내가 나서 뜯어말렸다. 수노가 행동대를 내보낼 때 셋을 한 묶음으로 삼는 데는 속가량이 있었다.

"어이, 자네가 참으라고! 저년이 배알 꼴리면 내 편 네 편 갈라 치는 년인가? 돌아가서 괜히 한소리 듣지 말고 참는 게 아재비일세!"

승강이질하는 사내들을 뒤로하고 계집은 방울나귀처럼 고샅길을 빠져나갔다. 암팡진 뒷모양에서 찬바람이 쌩쌩 돌았다.

구월은 시키는 일만 하고 시키지 않은 일은 하지 않았다. 금리의 처자들을 구타하라는 수노의 명을 받잡고 나갈 때 객쩍은 희롱이나 노략질로 일을 키우지 않았다. 힘을 조절하지 못하는 사내들과 달리 자기 깜냥을 정확히 알았다. 발로 차고 뺨을 쳐 겁을 줄지언정 뼈를 부러뜨리거나 머리통을 깨 원한을 사지 않았다. 그리하여 수노의 신임이 점차 두터워지니 사박한 행태가 눈꼴시어도 궁노들은 구월에게 찍자를 부리지 못했다.

후일 형조 판서가 강강한 자로 바뀌어 인평 대군과 능원 대군에게 투속한 수십 명의 쇠백정을 전가사변시키라고 임금에게 청할 때까지, 형조와 한성부와 사헌부의 금리들은 저희 처자가 보복당할 것이 두려워 금패(禁牌)를 수령하지 않고 피하기에만 급급했다.

"원수를 갚으려 합니다. 도와주십시오!"

수노가 원하는 상(償)을 물었을 때도 구월은 한 자도 다르지 않은 말을 되뇌었다.

"네가 그리도 간절히 원한다면……."

수노의 최종 시험은 뒷골목에서 암중비약하는 계와 접촉해 원조를 구해오라는 것이었다. 저자에서 일어나는 일은 왈짜들이 가장 잘 처리하려니와 행여 사후에 튈 불똥을 분산시키려는 뜻이었다. 계에서 제안을 수용하는 경우에도 궁가의 제휴는 방비책이 될 것이다. 노장은 수노를, 수노는 노장을 만난 적이 없지만 비밀을 다루는 어둠의 큰손들은 서로의 속내를 제 손금 보듯 했다.

"궁가에서 사람을 쓰는 일이 너주레했을 리 없지만 너를 믿었다가 계를 위험한 일에 빠뜨리면 어쩌겠는가? 예부터 검은 머리 가진 짐승은 구제 말라지 않더냐?"

마지막 칠교의 패를 쥔 채로 노장이 구월에게 물었다. 이 조각만 맞추면 수수께끼는 완성된다.

"아무리 피가 뜨거워도 매 위에 장사 없다지 않은가? 뼈가 부수어지고 살점이 뜯겨나가는 지경에 어느 누가 끝끝내 신의를 지키려 입을 열지 않을 수 있겠는가?"

노장의 말에 구월의 말쌀한 입매가 비틀렸다. 회심의 미소였다.

"드물지만 없지는 않은 일입니다. 어르신의 따님이 바로 의리를 산같이 여기고 죽음을 홍모같이 여겼던 여랑이 아니었더이까?"

푸르도록 검은 머루눈이 반득 빛났다. 그믐밤에 달이 떴다. 황천길을 떠난 이들 말고 노장과 노옹의 사연을 아는 사람은 아무도 없을 줄 알았다.

'어떻게 거기까지 캐들었단 말인가?'

노장의 마음을 읽은 구월이 흐려지는 가시눈을 바라보며 뇌까렸다.

"청국과 왜국은 멀고 바다로 막혀있으니, 은과 가죽이 있는 곳에서 청인과 왜인이 만나지 않겠습니까?"

왜인이란 말에 뒤통수를 얻어맞은 듯했다. 무쇠막의 왜인 야장에게 유덕과 난옥의 암매장을 맡길 때는 조선말을 하지 못하는 것을 다행으로 여겼다. 그러나 혀를 자르지 않은 이상 벙어리는 아니라는 것은 깜빡 잊었다. 계의 족적을 수소문했던 실력이라면 죽은 궁녀들을 파묻은 특이한 경험자를 찾아내기가 불가능할 리 없다.

신장으로 자백을 받아내지 못할 시에는 다른 고문이 등장하기 마련이다. 꿇은 무릎 위에 널을 올려놓고 무릎을 짓밟아 바수는 압슬형, 양쪽 엄지발가락을 한데 묶어 모아놓고 발바닥을 치는 난장형, 숯불에 뜨겁게 달군 쇠로 발바닥을 지지는 낙형, 붉은 몽둥이로 몸을 찌르는 주장당문, 다리 사이에 몽둥이 두 개를 끼워 벌리는 주리……

문초는 사흘 후 다시 시작될 것이다. 처음처럼 새롭고 낯선 고통과 함께. 하지만 약속했기에 약속을 지킬 것이었다.

"처음부터 끝까지, 제가 혼자 벌인 일이올시다!"

거짓은 아니었다. 실로 그러했다.

호홀지간*

"이 시각에 어인 일이시나이까?"

향긋한 분내와 함께 옥연이 사뿐 마주 앉았다. 구름이거나 그림자처럼 문소리 발소리도 없었다.

"깨우지 말라 일렀거늘 일어났느냐?"

"미시(未時 : 오후 1~3시)까지는 청루의 대문을 두드리지 않는 게 화류항의 예의로소이다. 게다가 이년의 잠귀가 유별나게 얕지 않습니까?"

말은 그렇게 하나 옥연은 기쁜 빛을 숨기지 못했다. 부숭부숭한 눈두덩을 비비며 복사꽃처럼 활짝 웃었다.

"어인 일로 이년의 집까지 행차하시어 낮술

* 호홀지간(毫忽之間). 조금 어긋난 동안.

172

을 자시나이까?"

잠에서 막 깨어 찌뿌둥한 몸으로도 허리가 비틀어진다. 소매를 잡고 술을 치며 흘깃거리는 눈매에 교태가 묻어있다. 옥연의 마음을 알면서도 괜스레 비위가 상했다. 마음의 말을 전하는 몸이 꼭 그 모양새다. 천지 분간을 못하는 대여섯 살부터 평생을 훈련해 몸에 배어버린 아양과 요염이다. 잠시 잊었다가도 그 모습을 보면 화들짝 깨닫는다. 옥연은 기생이다. 그의 사내는 손님, 잘해봤자 기둥서방이다. 아무리 남다르다 우겨도 세상을 살며 세상의 말을 피할 방도는 없다.

"개가 똥을 먹고 술꾼이 술을 먹는데 이유를 따져 무엇 하리? 그냥 아침부터 목이 마르더라."

달콤한 거짓말을 주고받는 사이는 아니었다. 소태처럼 쓰디쓴 서로의 삶을 알고 있기 때문이었다. 옥연이 말없이 빈 잔을 채웠다. 눈치가 칠월의 귀뚜라미인 옥연이라면 수상한 기미를 낌새챘을지 모른다. 하지만 윤 선달은 토설하지 않았다. 자존심상 캐묻지도 않겠지만 물어도 답할 수 없었다.

입안에 술을 머금은 채로 윤 선달은 방금 전 시장에서 있었던 일을 떠올렸다.

"가자!"

한마디에 구월은 따라나섰다. 구구절절한 문답조차 필요 없는 간명한 세계에 속한 터였다. 허허실실을 일상으로 삼는 노장은 야음을 틈타는 대신 아침나절에 구월을 데려오라고 했다. 땔나무 장마당은 여염에서 아침밥을 짓기 전부터 열렸다. 동대문 입구에 펼쳐진 배오개 시장은 시전 상인과 보부상과 여리꾼이 뒤섞여 떠들썩했다. 한창 바쁠 때가 지나 섰던 자들이 앉을 때쯤을 노리며 윤 선달은 구월의 상점 근방에 잠복했다.

동대문 밖부터 평구역(平丘驛)*의 산야까지 궁가가 차지하는 바람에 나무꾼들이 드나들지 못한 지 오래되었다. 동대문의 시탄장(柴炭場)**을 인평 대군궁에서 장악했다는 사실은 공공연한 비밀이었다. 그러니 대군궁의 궁노가 시장에 나와 푼거리***를 다룰 리는 없었다. 남다른 능력이 있어 특별한 일을 맡았으려니 짐작했지만 윤 선달의 속가슴 한구석엔 낮잡는 생각도 없지 않았다.

'궁노가 한둘이 아닐진대 어이해 새벽부터 계집종을 장거리로 내돌리는가?'

언짢은 심기가 어디로부터 비롯되는지도 모르는 채 엉두덜댔다. 생나무, 마른나무, 말라가는 나무의 향내가 짙었다. 흙과 바람과 햇볕이 무르익어 깊어진 냄새였다. 그 틈새로 붉고 푸른 새벽빛이 가만가만히 번져갔다.

한참을 지켜보노라니 알 수 있었다. 구월은 주로 바리나무****의 거래를 맡고 있었다. 시

*조선 시대 경기도 양주에 속했던 남양주시 삼패동 평구 마을에 있던 교통·통신 기관.
**땔나무나 숯, 석탄 따위를 파는 곳.
***땔나무나 물건 따위를 몇 푼어치씩 팔고 사는 일. 또는 그 땔나무나 물건.
****마소에 바리로 실은 땔나무.

174

장에 마소수레를 보내는 집은 세력가이거나 부호인데 돈이든 권력이든 가질수록 무섭고 독한 게 정한 이치였다. 과천의 나무꾼에게서 화력 좋은 청계산의 땔나무를 모개로 사서 단골에게 제공하는 게 구월의 일이었다. 경과가 번거롭지 않고 시비가 없으니 야무진 일손을 인정받은 듯했다.

예상치 못한 재주는 우마차가 얼추 다녀간 후에 덧드러났다. 걸쳐 입은 저고리와 패랭이가 왠지 어색한 사내 두엇이 주위에서 얼쩡대다가 행인이 뜸해지자 구월에게 다가갔다. 그들은 몇 마디를 주고받더니 점내로 모습을 감췄다.

'청인(淸人)이로구나!'

감시의 눈으로 지켜봤기에 망정이지 건성질을 했다면 까마귀인지 까치인지 몰랐을 것이다. 비뚜름한 패랭이가 알머리에 미끄러진 건지 건달기에 비딱해진 건지 분간키 어려웠다. 은화를 화폐로 쓰는 청나라 상인들은 은이 풍부한 왜국과 교시하는 데 조선을 다리로 삼고 있었다. 이른바 사무역이고 밀무역인데 나라법의 제약을 받지 않으니 오고 가는 데 정한 물건이 따로 없었다.

정체가 불명한 한인(漢人)이 인평 대군의 집에 머무르다가 한양 한복판에서 술에 취한 채로 한림과 시비가 붙은 일마저 있었다. 인평 대군이 숨기고 내어주지 않아 법부에서 죄를 다스리지 못하니 끝내 편전에서 논하여 강제 출국시키기에 이르렀다. 단순한 식객이었는지 무언지 알 수 없으니 무기나 마약을 품어 왔대도 금할 도리가 없었다.

기다리는 시간이 지루했다. 한참 만인 듯 이내 다시 나온 그들은 거래가 만족스러웠는지 면면이 흐뭇해 보였다. 낮지만 빠르게 청어로 인사하는 구월의 낯이 전에 없이 밝았다. 까닭 없이 비위가 상해 "가자!"는 말을 들입다 첫마디로 퉁명스럽게 쏘아붙였다.

"청인들의 말은 어디서 배웠나?"

장마당 어귀를 벗어나 인적이 한적한 길에 이르러 윤 선달이 물었다.

"그저, 궁즉통이랄밖에요."

분수를 넘어 문자 쓰기가 무색한지 구월이 고개를 꼬며 답했다.

"『주역』의 그 말도 궁하여 통해 얻은 겐가?"

"궁즉통이 『주역』의 말입니까?"

"문과 부거안(赴擧案)*에 이름을 올려본 적은 없지만, 나도 귀동냥으로 그리 들었네."

당나귀가 양반 행세라고 민망한 지경에도 입에서는 다른 말이 새어 나왔다.

"본디 책에는 '궁즉변 변즉통 통즉구(窮則變 變則通 通則久)'라 적혔다더군. 궁하면 변하라. 변하면 통하고, 통하면 오래간다!"

수탉의 볏은 싸움의 방해물이다. 그럼에도 불구하고 허세는 수컷의 숙명일지니, 번연한 공격의 표적임에도 암탉 앞에서 더 크고 붉어진다.

* 조선 시대에 과거 응시자의 이름을 적던 책.

"궁하면 변하고, 변하면 통하는……. 바로 그겁니다!"

떨어뜨렸던 고개를 반짝 쳐들며, 구월이 웃었다. 입아귀가 비틀린 미소나마 본 중에 가장 환한 표정이었다.

"노걸대(老乞大)*를 구해 짬짬이 익혔습니다."

"허! 기이하고 신통하군. 하긴 외어는 궁한 만큼 쓰고 쓰는 만큼 느는 법이라니 밀수꾼이 역관만 못할 까닭이 없지!"

마음 한편에서 무뢰한이 계집종과 무슨 시답잖은 잡소리냐며 비웃었다. 그러나 다른 한구석이 즐거움으로 물드는 것도 어쩔 수 없었다.

"나리, 무슨 생각을 그리 골똘히 하시나이까? 술과 꽃을 앞에 두고 호걸이 할 행동이 아니옵니다."

머금었던 술을 발딱거리다 사레들려 기침을 쏟을 뻔했다. 옥연이 하얗게 눈을 흘겼다. 아무리 눈꼴사나워도 밉지 않게 타박해야 하는 서글픈 따리의 습관이다.

"식전바람부터 움직였더니 고단해서 얼없는 게다."

심상한 체하는 윤 선달에게 얼른 전복쌈을 집어 안주로 바치는데, 순간 옥연의 가슴이 싸했다. 뿌리 없는 번개처럼 번쩍한 느낌이었다. 윤 선달이 허황한 듯 골똘히 하는 생각거리는 아마도 여자, 그렇다, 여자가 있다!

옥연은 무당의 딸이었다. 관비의 딸로 태어나거나, 초년에 부모를 잃고 의지가지없거나,

*고려 말 혹은 조선 초부터 역관들이 사용하던 외국어 교본. 한어(漢語), 몽어(蒙語), 청어(淸語) 등이 있었다.

양갓집 딸이었으나 가난 때문에 팔려 기생이 된 동료들의 경우와 달리 어미가 제 손으로 다섯 살짜리 딸을 기가에 주었다. 무녀의 삶을 대물림하지 않겠다고 했다. 손가락질 받는 신세는 매한가지라도 기와집에서 가마 타며 살라고 했다. 어미에 대해서는 감정이 없다. 그리움이 있어야 미움이 있고, 미움이 있어야 그리움도 있을 테다. 다만 어미 얼굴마저 가물가물한 중에도 이따금 신령이 지핀 듯한 예감으로 지울 수 없는 바탕을 확인했다.

"빈속에 강술을 자시면 속 버리십니다."

불려 포를 뜬 마른 전복 안에 살포시 든 다섯 알의 잣, 짭짜름하면서도 고소하고 진한 듯 부드럽다. 감칠맛보다는 얕은맛이 옥연이 구뼈하는 사랑의 미미다. 기어이 물리도록 달콤하기보다는 오랫동안 입안에서 맴돌기를 바란다. 젓가락 끝의 전복쌈이 가늘게 떨렸다.

무당의 영신인 양 맥없이 있다가도 손님이 들면 기쁘게 받아들여 날뛰었다. 사창 아래 원앙 베개를 베고 비취 이불을 덮고 단잠을 잤다. 짧은 담뱃대를 손 가운데 벗 삼고 푸른 띠에 붉은 치마를 한들거리며 화류 세계를 누볐다. "천지는 만물의 여관이요, 세월은 백대의 과객"이라는 이백의 시를 즐겨 읊었다.

기생의 놀이는 사시사철 꼬리를 물어 대보름에는 청사초롱에 달구경을 하고 들놀음에 답교놀이를 했다. 이월 중춘엔 교외로

답청을 나갔고 삼월 삼짇날엔 뱃놀이를 즐겼다. 사월 초파일엔 관등에 불을 밝히고 오월 단오엔 흩날리는 배꽃 속에 그네를 탔다. 유월 유두의 푸른 물 구경이 진진했고 칠월 칠석엔 은하의 상봉을 관람했고 팔월 한가위 달구경에 취했다. 구월 중양엔 단풍 숲에서 향기로운 술을 마시고 시월 보름엔 첫눈을 구경하고 십일월에 매화 놀이까지 마치면 십이월 제석에 한 해의 마지막을 축하했다. 노는계집이라는 비칭에 더하고 뺄 것 없이 잘 놀았다.

선배들에게 알뜰히 배웠다. 꽃을 찾는 미친 나비, 탐화광접의 호색한들 속에서 불신은 기생의 숙명이었다. 사랑을 못 믿고 스스로도 못 믿으니 믿을 것이라곤 돈뿐이랬다. 이 남자 저 남자를 상대하면서 성명을 묻지 않는 법을 깨쳤다. 꾐꾐한 속삭임과 헛된 맹세를 믿느니 금은보화 노리개와 금수 문단 옷가지와 금비녀와 옥지환을 섬겼다.

어느덧 어미가 고마워졌다. 신벌을 받을까 봐 몸조심 말조심에 숨죽여 살면서도 창부보다 못한 취급을 받는 무당보다는 논다니 기생이 나았다. 낫다고 생각했다. 가끔은 자유롭다고 믿고 행복하다고 느꼈다. 적어도 윤 선달을 만나기 전까지는.

한양의 청루에는 나름의 법도가 있었다. 소왈 '외입쟁이 격식'이라 일컫는 그것을 모르는 채 돈만 믿고 거드럭거리다가는 악소패거리에게 멱살을 잡혀 쫓겨났다. 기생방에 들어가 상을 받왔대도 희떠운 실언을 하면 멍석에 말아 거꾸로 세웠다. 그러다 칼부림이 나기도 했다. 윤 선달에 대한 옥연의 처음 기억은 뜨겁고 미끄럽고 비린 피와 함께한다.

"여기가 촉성(진주)과 패강(평양)에 못하다면 서러운 낙양(한양)의 기가렷다! 냉큼 대문을 걸어 잠가라. 오늘 통명전(通明殿)*까지 달려보자!"

그날의 첫 손님은 삼남(三南)에서 둘째가라면 서러운 만석꾼의 서자였다. 무과 취재에 응시한다는 핑계로 노자를 두둑하게 챙겨 상경한 촌뜨기가 소문으로만 듣던 한양 기생집을 물어물어 찾아온 것이었다. 퉁상한 말투에 깨춤부터가 눈에 거슬렸다. 낯빛이 적제장군처럼 불그뎅뎅한 것이 대낮부터 한잔 거나하게 걸친 모양새였다.

"오는 손님을 막을 수는 없습니다. 나리가 동유했던 향기(지방 기생)들은 어떤지 모르오나, 한양의 기가에서는 기생이 한 명이라도 여러 패의 손님을 동시에 모시는 게 습속입니다."

주인 격인 코머리 기생이 점잖게 달래니 패거리는 멋쩍은 표정을 지으며 일단 내준 자리에 앉았다. 말로는 그리 단속했으나 옥연을 비롯한 화초기생 두엇이 나와 시중을 들고 코머리까지 오락가락했다. 척하면 삼천리로 시비꾼을 알아보고 비위를 거스르지 않기 위해서였다. 그렇다고 벌어질 일을 막을 수는 없었다.

"들어가자!"

곧이어 한 패가 들이닥쳤다.

"……?"

만석꾼의 서자를 비롯한 촌뜨기들은 인사를 받고도 멀뚱멀뚱 쳐다보기만 했다. 바깥손님이 들어가자면 먼저 들어있던 안손님이 허락하는 격식을 몰랐던 것이다.

"두롭시오."

할 수 없이 지켜 섰던 하인이 대신 대답했다.

"평안호?"

바깥손님이 다시 물어도 눈치라곤 발바닥인 안손님들은 저희 끼리 낄낄대며 딴전을 피웠다. 안손님이 받아 평안하냐고 되물어 줘야 인사가 끝날 텐데 대꾸가 없으니 나중 패들은 엉거주춤할 수밖에 없었다.

"평안헙시오?"

재바르게 옥연이 인사를 건너뛰어 나섰다. 이 또한 무례겠으나 바깥손님들의 얼굴에 불쾌감이 번지는 것을 낌새챘기 때문이었다. 새로 온 패거리 중에 단골이 있었기에 망정이지 손님만이 아니라 기생 또한 외입쟁이에게 예의를 잃는 행동을 하면 호된 응징을 당하는 지경이었다. 치마와 버선을 벗긴 채 맨발로 종로 거리로 내쫓아 망신을 주고, 심하면 기생집의 세간을 모조리 때려 부순 뒤 기생의 사과를 받고서야 새집을 사주었다.

문인에게 문사의 도가 있다면 무인에게는 협사의 도가 있다고 했다. 옥연에게는 지렁이에게 지렁이의 길이 있고 까막까치에게는 까막까치의 길이 있다는 말이나 진배없으나 유치한 허풍에 대한 염증을 감춘 채 손을 비비며 머리를 조아렸다.

옥연으로서는 최선을 다했지만 분위기는 싸해졌다. 앞서 격식도 모르고 덤벼들었다가 핀잔을 들었던 차에 이쯤에서 어색한 자리를 떠나면 좋으련만, 서자에다 촌뜨기에다 이를테면 낙방거자로 열패감에 사로잡힌 그는 끝내 우졸함을 드러냈다.

"이게 다 무슨 개뼈다귀 핥아먹는 소리야?"

할 말이 있으면 조심스럽게 "좌중에 통할 말 있소"라고 입을 떼는 법도는 멀리 구름 너머로 사라진 지 오래였다.

"귀때기가 새파란 녀석이 어느 안전이라고!"

단골인 궁가의 청지기가 대뜸 촌뜨기의 귀뺨을 올려붙였다. 철떡 차진 소리와 함께 간당거리던 머리가 획 돌아갔다.

"뭐, 뭐야? 이놈이 지금 나를 쳤어?"

용이 없는 바다에서 꼬리를 치던 메기가 생전 처음 당한 봉변에 볼멘소리를 내질렀다. 마루에 앉아있던 패거리들이 듣고 우르르 달려 내려왔다. 동네 무뢰배를 길벗 겸 호위로 데려왔는지 어느새 손마다 번쩍거리는 것이 들려있었다.

어떤 기생들은 무서워한다. 어떤 기생들은 구경 삼는다. 옥연은 무섭지도 흥미롭지도 않았다. 먹살잡이와 주먹다짐부터 시작해 칼과 망치까지 끌려 나오는 뒷골목의 개싸움이 다만 지겨웠다. 피가 터지고 살이 찢기는 모양을 눈앞에서 보아도 하품이 나고 배가 고팠다. 권태, 그것이 지어낸 나른한 생애가 맥없이 흐르고 있었다.

"아악!"

어린 기생들이 비명을 질렀다. 앞마당이 삽시간에 편쌈판이 되어 곧이라도 칼부림이 날 지경이었다. 뒤편에서 낮지만 묵직한 일갈이 터진 건 그때였다.

"아서라! 칼집에 들었을 때와 나올 때를 가리지 못하는 칼로 무엇을 베겠다고?"

돌아본 그곳에 그가 있었다. 날랜 몸짓으로 칼을 잡은 손목을 치고 매서운 발길질로 무뢰한을 하나하나 쫓아내면서도 흥분하거나 흐트러지지 않았다.

"바닷가 개가 호랑이 무서운 줄 모른다더니!"

한양 탁류의 된맛을 본 핫바지들이 어마뜨거라 황망히 도망친 후 새로운 패가 대청에 올랐다. 진진한 무용담이 안주로 오르니 술자리가 흥겨운 만냥판이었다.

"옥연이라 하옵니다."

술 한 잔을 치고 통성명을 청했다. 술을 들이켜고 안주를 씹는 잠깐이 뜻밖의 무량겁이었다.

"무사님 성함은 말씀치 않으십니까?"

조바심으로 채근하니 비로소 샌님 대하는 나귀 얼굴에 픽 김 빠진 웃음이 번졌다.

"윤 선달이라 부르면 그만이다."

물론 최고는 돈 많은 멋쟁이다. 높은 코에 모난 입, 누에 같은 긴 눈썹 아래 별 같은 눈동자를 가진 헌헌장부라면 더할 나위가 없다. 옥연의 이상도 기생들이 공통적으로 꿈꾸는 사내와 다르지 않았다. 기껏해야 돈과 미모 중에 무얼 앞세울까 궁리하는 정도였다.

그런데 별일이었다. 그날의 아수라에서 윤 선달을 마주치는 순간 옥연의 가슴을 덜컹인 것은 후회였다. 역겨움이었다. 부끄러움이었다. 아픔과 슬픔이었다.

삼오 십오 열다섯 살에 성인(成人)하며 머리 얹는 값을 높이는 걸로 가치를 셈한 일이 후회스러웠다. 비단옷을 입었을 때 몰랐던 배불뚝이에 주름투성이 몸을 배운 대로 얼없이 물고 빨았던 게 역겨웠다. 파과의 붉은 꽃잎을 보고도 아무 감흥이 없었던 것이, 도리어 후련해하며 넉살스레 해웃값을 흥정했던 게 부끄러웠다.

'불사이자사(不思而自思)*가 청승꾸러기들의 넋두리인 줄만 알았더니!'

마음이 쏠리니 기울기가 가팔랐다. 돈과 교환될 수 없는 사랑이 있음을 알았다. 욕정과 분

*생각하지 않으려고 해도 저절로 생각이 남.

별되는 사랑이 있다는 것을 깨달았다. 후회와 부끄러움 없이는 생각할 수 없으니 느꺼운 가운데도 아팠다. 시간을 되돌릴 수 없으니 슬프고, 세상의 처음으로 만날 수 없으니 또 서러울 뿐이었다.

"가봐야겠다."

윤 선달이 자리를 박차고 일어났다.

"갑자기 무슨 볼일이 생겨나셨는지요?

"아침나절에 못다 한 일이 있도다."

밑도 끝도 없이 애가 말랐다. 이 시각쯤이면 구월이 노장과 이야기를 마쳤을 터였다. 의금부나 포도청이 심어놓은 끄나풀이거나 물정 모르는 떠버리라면 혀를 뽑고 발뒤축을 자르라던 노장의 차가운 목소리가 귓불을 얼렸다.

"원수를 갚으려 하오. 도와주시오!"

윤 선달이 들은 세 번째 복수의 말이었다. 두 번째는 죽은 이종누이를 묻고 돌아온 이모가 사흘 낮 사흘 밤을 앓고 일어나 처음 한 말이었다.

"썩어빠진 세상을 엎어버리겠다! 복수하겠다!"

곧 죽을 병자의 모양새를 했던 이모의 눈에 기묘한 원기가 넘쳤다. 앉은자리에서 두 공기의 밥과 세 그릇의 국을 마시고 떨쳐 일어났다. 패물을 정리한 돈으로 집과 땅을 사고 집물을 들여 양호로 개조했다. 낮에는 술을 빚고 밤에는 사람을 모았다. 오묘한

물이 흐르고 불온한 기운이 넘쳤다. 계의 시작이었다.

용호 방목(龍虎榜目)*에 오를 욕심은 애당초 없었다. 설령 무과에 급제한다 하더라도 귀천(鬼薦)**이며 부천(部薦)***으로 감투를 쓰는 건 생판 남의 일이었다. 기껏해야 수천(守薦)****으로 문지기라도 할까, 그조차 자식을 버린 아비를 찾아가 핏줄을 증명하는 구저분한 절차를 거쳐야 할 터였다.

"기대하지 마라!"

무과에 응시하기 위해 연무하던 목검이 눈앞에서 부러졌다.

"우리에게 나라는 없다. 우리를 보호하지 않으니 지켜야 할 까닭도 없다!"

때로 뺨따귀보다 뒤통수가 아프다. 적보다 배신자가 증오스럽다. 팔 년 만에 귀국한 세자 내외를 정적(政敵)으로 치부하고 무자비하게 숙청한 늙은 임금을 통해 보았다. 권력을 가진 자에게 백성들은 발가락 사이의 때보다 못한 존재였다. 노예로 삼고자 피로인(被擄人 : 붙잡힌 사람)의 손바닥에 철사를 꿰어 굴비 두름으로 끌고 가던 오랑캐보다 백성들을 지키지도 못한 주제에 우두머리연하는 그들이 더 증오스러웠다.

"받아라!"

이모가 새 검을 건넸다. 지푸라기 허수아비

가 아니라 사람의 살과 뼈를 벨 수 있는 도검이었다.

"네가 밟아온 길을 잊지 마라!"

이모가 내민 날붙이를 받아 들었을 때 그의 귓전에 오래된 바람이 불었다.

"네 어미는 벙어리가 아니다. 너는 도깨비 자식이 아니다!"

한양에서 만난 이모가 한바탕의 통곡 끝에 그를 껴안고 속살거렸다. 너무 꼭 끌어안아 숨이 막혔다.

"엄마……!"

신음처럼 잠꼬대처럼 난생처음 그 이름을 불렀다. 부드럽고 따뜻한 품이 절로 불러낸 이름이었다. 이모의 몸이 흠칫 놀란 듯 굳었다. 품을 파고드는 그를 떼어내고 이모는 천천히 그리고 단호히 다짐했다.

"언젠가 네 스스로 증명할 날이 있으리라. 그때 갚아주어라. 잊지 말고 작은년이의 원수를 갚아주어라!"

일체의 애상을 끊어낸 자리에 엄마는 복수와 같은 이름이 되었다. 기억나지 않는 엄마와 엄마를 지워낸 것들에 대한 복수가 하나였다.

"나리!"

윤 선달이 돌개바람에 먼지 날리듯 떠난 뒷자리에 옥연은 어질증을 느끼며 서있었다. 아주 조금, 무언가가 잠시 어긋났다. 무엇인지 모르는 채로, 돌이킬 수 없을 듯이.

금을 / 얻다

불꽃이 튄다. 대장장이의 망치가 아래위로 들논다. 참나무 숯불에 달아오른 쇠붙이가 붉은 숨을 토한다. 웃통을 걷어붙인 대장장이의 가슴팍이 불끈거린다. 뭉툭하게 닳아버린 곡괭이 날, 무뎌진 낫과 호미가 말갛게 벼려진다. 바깥심부름을 나왔는지 늙은이는 부엌칼을 고르고 있다. 헐렁한 바지춤이 흔들릴 때마다 절그렁거리는 소리가 난다. 그래봤자 새 부엌칼에 저육 한 근 떠가면 그만인 푼돈이다.

슬슬 발걸음을 시장 안쪽으로 옮겨본다. 삿갓과 돗자리, 소쿠리 따위를 파는 잡화전은 멈춰 설 것도 없이 너주레하다. 짭조름한 냄새를 풍기는 어물전과 남새와 들나물을 쌓아놓은 채소

전은 흘깃 쳐다만 보고 지나친다. 어물전에 소금 장수들은 간혹 먼 길 떠날 요량으로 밑천을 수월찮이 챙겨온다. 하지만 황아장수와 마찬가지로 뜨내기들은 십 리 눈치꾸러기라 접근하기 쉽지 않다. 그러잖아도 장날마다 마주쳐 낯익은 소금 장수 하나가 꼬부장한 눈초리를 던지는 것이 심상치 않다. 우물고누 첫수의 비책이 따로 없으면 물 건너는 호랑이처럼 조심하는 게 상책이다.

곡물전 못 미쳐 달곰쌉쌀한 냄새가 퍼져 나오는 곳은 약초전이다. 큰 기대는 없어도 향기에 취해 둘러보며 구경할 만하다. 천궁, 당귀, 작약, 구기자, 오미자……. 오늘 약초전에는 귀하다면 귀한 약재인 초오가 나와있다. 그놈의 다른 이름은 독공(毒公)이다. 바꽃의 덩이뿌리인 초오는 어린뿌리인 부자와 더불어 사람의 목숨을 위협하는 무서운 약재다. 한데 사람들은 그것을 달여 신경통의 약으로 마신다. 누가 쓰는가에 따라 독초는 명약이 되기도 한다. 다만 약으로 쓰일 때도 본디 품은 독성은 사라지지 않는다. 달인 진액을 차갑게 식혀 물에 묽게 타서 먹지 않으면 죽거나 반병신이 될 수도 있다.

나란히 서서 구경하던 아낙이 초오 몇 근을 달아 산다. 더 이상 젊지 않으나 아직 늙지도 않은 여인이다. 미간에 팬 주름으로 보아 독을 약으로 쓸 만큼 괴롬이 깊은 게다. 독으로만 치료되는 아픔, 살아있음의 대가로 주어지는 사납고 모진 고통.

득금은 곡물전 옆 떡전 거리에서 선 채로 쑥절편을 움쑥움쑥

씹으며 사람들을 구경한다. 장바닥에는 내다 팔 물건을 이고 지고 나온 사람들과 떠돌이 장돌뱅이와 장타령하는 동냥치들과 찬거리를 사러 온 반빗아치들이 뒤엉켜 왁자하다.

"찬물을 사러 나왔나? 제수 심부름을 왔는가?"

반빗아치의 꽁무니에는 발정 난 수캐 같은 한량이 농지거리를 던지며 따라다닌다. 반빗아치의 별칭이 통지기였다. 부엌에서 반찬을 만드는 일을 낮잡아 물통과 밥통을 지키는 통지기라 부르는 것이다. 하지만 손에 물 마를 날 없는 통지기가 손에 물 한 방울 묻히지 않고 사는 반가의 마나님보다 나은 것도 있다. 찬거리와 제물을 장만한다는 명목으로 장터며 나루터를 자유롭게 쏘다닐 수 있는 것이다. 장바닥에는 남녀유별이 없다. 게다가 천출에게 정조며 절개 따윈 관가 돼지 배 앓는 격이니 자연스레 야합과 사통이 이루어지기 마련이었다.

"찬물을 사러 왔다면 살진 물고기와 싱싱한 남새를 줄 건가? 제수 심부름을 왔다면 실한 삼색실과를 헐하게 소개할 텐가?"

통지기가 는실난실 대꾸질하면 한량은 흰수작으로 받아친다.

"고것 말본새 보소. 먼눈으로 얼핏 본 뒤태만큼이나 암팡지구먼!"

"에구머니나, 대체 언제부터 나를 뒤밟아왔소? 마음보가 먹통인가, 흉하기도 해라!"

"요년! 지금 네가 점잖은 선다님을 욕보이려는 게냐? 물 본 기러기요 꽃 본 나비인 것을, 음양배합과 상사지회가 어찌 흉한 취급받을 일이란 말이냐?"

주거니 받거니 오가는 말이 간살스럽고 능글맞다. 통지기와 한량은 당초 한통속인 게다. 손목만 잡으면 어디든 좋다고 대번에 따라나설 기세다. 그래서 한량들은 장 보러 나온 통지기를 점 찍어 수작을 걸며 '통지기년 오입이 제일이다'고 왝왝거리는 것이었다.

득금은 통지기와 한량의 수작질을 지켜보며 입안 가득 쑤셔 넣은 떡을 꿀꺽 삼켰다. 다른 계집들이 암내를 풍기며 돌아다닐 때 득금의 눈길은 다른 곳을 향해있었다. 잘난 사내에게도 구미가 당기지 않는다. 예쁜 계집에게도 강샘이 돋지 않는다. 함부로 상소리를 하고 눈을 째리는 작자에게도 주눅이 들지 않는다.

득금의 눈은 오로지 사람들의 속주머니를 향하고 코는 돈 냄새만을 맡았다. 재물에는 남녀노소 귀천상하가 없다. 득금은 그들이 품어 찬 전대의 무게로 사람을 재었다. 득금의 손이 더듬는 주머니 속 세상은 고르고 한결같았다. 무거우나 가벼우나 어떤 사연을 가지고 어느 경로를 따라왔거나 그것은 이내 득금의 손아귀에 들어올 것이었기에.

왜뚜리(큰 물건)가 있는 곳은 결국 우시장이다. 쇠오줌과 똥이 뒤섞인 진창에는 어상*과 쇠살쭈**와 매주(買主)가 뒤엉켜 질퍽하다. 쇠살쭈의 걸걸한 목청과 일사천리의 구변은 어상과 매주만이 아

* 소를 사서 장에 파는 사람.
** 소를 팔고 사는 것을 흥정 붙이는 사람.

니라 구경꾼까지 홀린다. 흥정이 성사되면 바로 구전을 받아내는 쇠살쭈를 보고 밑천 없이 소의 말뚝만 옮겨 매어 돈을 번다며 말뚝 베끼기라고 빈정대기도 한다. 허나 원님과 급창이 흥정을 해도 에누리가 없다는 말을 달고 사는 살쭈들의 재산은 몰인정과 넉살이다. 그들만큼 무정하고 비정한 동시에 숫기 좋게 언죽번죽 굴어야 파는 이는 싸게 팔았다 울상하고 사는 이는 비싸게 샀다 불평하는 쇠전에서 구전을 뜯을 수 있다. 그 정신 쏙 빠지는 이전투구 속에 팔려갈 운명을 알기라도 하는지 여물도 씹지 않고 물기 어린 퉁방울눈만 끔쩍거리는 소들이 뿜어내는 숨기운은 애처로이 뜨끈하다.

마침내 흥정이 끝나고 거래가 성사되었다. 촌로는 시원섭섭한 표정을 지으며 고삐를 새 주인에게 넘겨준다. 그리고 두둑한 전대를 툭툭 치며 한잔 걸칠 요량으로 자리를 뜬다. 이따금 어상에게 귓돈을 떼어주기 아까워 직접 소를 끌고 나와 살쭈만 세운 채 흥정을 벌이는 이들도 있다. 멋들인 나비수염과 풀기가 깔깔한 두루마기로 보아 동네에선 꼬장꼬장한 성질로 방귀깨나 뀐다는 인물일 테다. 그래봤자 한양 장 구경은 처음인 촌놈이다. 주점을 찾아 두리번거리며 가는 도중에 대모와 갓이며 색경 따위를 파는 잡화전에서 눈을 떼지 못한다.

목표를 향해 가만히 다가간다. 득금은 흥정과 매매에 이골이 난 장꾼들은 건들지 않는다. 촌로는 작은 욕심에 들떠 큰 위험을 자초했다. 득금의 눈에는 촌로의 허리에 감긴 전대밖에 아무것도 보이지 않는다. 머지않아 절그럭거리는 돈 소리 외에는 아무것도 들리지 않고 어느 솔기를 어떻게 뜯어야 할지 머릿속에 환히 그려지는 순간이 올 게다. 손맛을 보기 직전, 득금이 가장 좋아하는 긴장과 짜릿함의 순간이다.

"여전하군. 세월 따라 변하는 게 사람일진대 넌 하나도 변치 않았구나!"

누군가 득금의 손목을 검잡아 낚아채었다. 말투는 심상했으나 아귀힘은 되알져 득금은 하마터면 비명을 지를 뻔했다.

"뉘, 뉘시오? 사람을 잘못 보신 게 아니오?"

시답잖은 대거리 중에 촌로는 득금과 괴한을 흘기죽하고 인파 속으로 사라졌다. 두툼한 전대가 멀어져가는 모습을 바라보니 득금은 다리에 힘이 풀렸다.

"도령은 뉘시오? 규중부녀는 아니라도 남녀가 유별할진대 대낮에 장거리에서 함부로 아녀자의 손목을 잡아채도 되는 게요?"

득금의 반항에 괴한은 아하하 거칠게 너털웃음을 터뜨렸다.

"분이 나면 나졸이라도 불러보아라! 정녕 내가 누군지 모르겠느냐?"

득금은 정신을 차려 괴한의 얼굴을 뜯어보았다. 초립에 괴나리봇짐과 짚신 차림이 영락없는 장꾼 모양새였다. 한데 어디선가 마주친 적이 있는 듯 낯설지 않고 아삼아삼했다.

"잊기에 어려운 일일 터인데, 이태 전에 손가락을 걸며 지어 바쳤던 약속을 잊었느냐?"

"그, 그럼 도령, 아니 네가 바로⋯⋯?"

놀라 질린 득금의 눈에 그때의 댕돌같던 계집애가 남장한 채 빙긋이 미소하고 있었다.

세상의 첫 기억에서부터 득금은 무언가를 훔쳤다. 고작 서너 살짜리가 내 것 네 것을 어찌 알아 훔치고 자시고 했나 할 테다. 그럼에도 손대지 말아야 할 것을 손아귀에 넣었을 때의 자릿함은 새긴 듯 선명하다. 무엇을 어떻게 그랬는지는 모른다. 왜 그랬는지는 더더욱 모른다. 그저 내 것이 아닌 것을 향해 손을 뻗었다. 누군가에게 들킬까 봐 재빨리 움직였다. 주머니를 다독이는 가슴이 콩콩 뛰었다. 여린 호흡이 할딱거렸다. 알싸한 쾌감과 통증이 작은 몸을 흔들었다. 득금은 기꺼이 기쁘게 흔들렸다.

하필이면 이름까지도 득금(得金)이었다. 부모가 무슨 횡재를 바라고 지은 이름인지 모르지만 재물은 이름 그대로 뜻밖에 생겨났다. 득금은 눈에 띄는 모든 것을 도물(盜物)로 보았다. 눈에 뵈지 않는 것에까지 도심(盜心)을 품었다. 사람들은 도벽을 습관으로 보았기에 손버릇이라고 불렀지만 득금에게 무언가를 훔치고픈 마음은 본능이었다. 먹고 자고 싸는 것처럼 배운 적도 없고 누를 수도 없는 충동이었다. 어쩌면 어미의 태로부터 벗어나 첫 울음을 터뜨린 순간에도 잘 떠지지조차 않는 눈은 애받이 아낙의 속주머니를 기웃거렸을지 모를 일이다.

처음에는 소소한 것들로부터 시작했다. 집 안에서는 찬장 안의 누룽지나 부침개, 제물로 뽑아놓은 떡 따위에 손을 댔다. 집 밖으로 나가서는 아이들이 치고 노는 팽이나 적이(제기) 따위를 슬쩍 집어 왔다. 먹을거리를 훔치는 건 허기진 아이들의 일상사였다. 들켜도 등짝이나 얻어맞으면 그만인 일이었다. 하지만 사내아이들이 애지중지하는 팽이와 적이는 들고 와봤자 소용이 없고 먹을거리처럼 배 속에다 감출 수도 없는 것들이었다. 그럼에도 득금의 손은 홀린 듯 그것들을 향해 뻗어나갔다. 정신을 차리고 보면 어느새 주머니가 불룩했다.

꼬리와 고삐는 길면 밟히기 마련이다. 차차로 득금을 향한 주위의 눈길이 심상치 않아졌다. 어린 도둑이 장물을 은닉할 방법은 뻔했다. 결국 득금의 아비어미가 흙섬돌 밑에 땅을 파고 감춘 보자기를 캐냈다. 그 속에는 옆집 아낙이 잃어버렸다던 은수저, 앞집 처자가 고이 간직했던 꽃댕기, 득금 어미가 혼수로 가져왔던 은비녀가 말라비틀어진 곶감과 썩은 떡들과 뒤엉켜 들어 있었다.

"이 도둑년!"

아비는 몽둥이를 쳐들었다. 어미는 머리채를 잡아챘다. 개처럼 얻어맞고 머리털을 뽑히면서도 득금은 남의 물건에 다시는 손을 대지 않겠다는 약속을 지어 바치지 못했다. 도둑질은 할지라도 거짓말은 할 수 없었다. 도둑질은 자기도 모르게 하는 일이지만 거짓말은 생심을 내어 하는 일이기 때문이었다. 득금에게도 나름의 원칙과 진정이 있었다. 부모를 포함한 세상 어느 누구도 이처럼 사리에 어긋나는 괴이한 주장을 이해하지 못했다.

득금은 아비어미가 인정하고 이웃과 친지가 알아주는 작은 도둑괭이였다. 그러니 부자 영감 환갑잔치에서 소실이 애지중지하던 진주노리개가 없어졌다고 소란을 피울 때 모두의 눈길이 품팔이를 간 득금에게 쏠린 건 당연지사였다.

"그게 어떤 물건인데 감히 손을 대? 어느 놈인지 년인지 잡히기만 해봐라. 손모가지를 여물처럼 썰어주마!"

노랑이 영감이 거금을 들여 속량까지 시키고 별채에 들어앉힌 소실은 천첩이었다. 제 본래 신분이 종이었음에도 불구하고, 아니 종이었기에 더욱 아랫사람들에게 모질게 굴었다. 마소는 믿고 살아도 종은 믿고 살 수 없다는 말을 입에 달고 살며 일거수일투족을 트집 잡았다. 미친개와 게으른 종에겐 몽둥이가 약이라며 걸핏하면 귀뺨을 치고 타구와 요강을 날렸다. 상전이 안방에 자리를 보았다는 소리가 들리는 날이면 뱃성이 하늘을 찔렀다. 바늘 끝에 꽃방석을 깔고 앉은 처지가 불안해질 때마다 지랄 발광 네굽질을 하는 것이었다.

사달은 환갑잔치가 끝나고 바깥주인이 출타한 후에 벌어졌다.

어지간한 일이라면 잔칫상을 하루에 접지 않았을 텐데 안주인의 조카사위가 약년임에도 불구하고 과거에 급제해 집안에 큰 경사가 났다고 했다. 바깥주인은 돈으로도 살 수 없는 명예에 회가 동해 평시에는 남의 집 말뚝 보듯 하던 처가 나들이에 동부인했다.

"이보다 좋은 환갑 선물이 어디 있는가? 집안 안팎이 쌍으로 경사일세!"

그날따라 소실은 짙게 화장했다. 보여줄 이도 없는 마당에 가장 좋은 옷을 꺼내 입었다. 패물궤를 열이 장신구를 있는 대로 끼고 달았다. 그렇게라도 헛헛증을 달래려던 차에 참으로 알맞게도 진주노리개가 사라졌다. 종로에서 뺨 맞고 한강에서 눈 흘긴다고 아랫것들을 족칠 구실이 제대로 생겨나준 것이었다.

"천한 것들이 감히, 천한 손으로 감히!"

하인과 품팔이꾼을 모두 불러 모아놓고 소실은 새파래진 얼굴로 발을 구르며 소리쳤다. 자기가 그들과 다르다는 사실을 확인받을 수만 있다면 '천한'이라는 말과 '감히'라는 말을 백 번 하고도 한 번쯤은 더 할 기세였다.

"오늘 별채에 출입한 것들은 하나도 빠짐없이 모아라! 하늘 같은 상전을 개똥 취급하고 함부로 더러운 손을 놀리는 것들의 버릇을 고쳐줄 테다!"

호랑이 없는 산에 여우가 왕이었다. 소실은 범인을 잡아내 무너진 가풍과 노주간의 질서를 세우겠노라며 떨치고 나섰다. 그 모습이 같잖고 눈꼴사납기 이를 데 없었지만 출신이 어쨌든 여부인(如夫人)*으로 행세하는 처지니 나이 많은 청지기와 행랑어멈까지도 찍소리를 못했다.

하필 별채가 난달** 근처라 오다가다 지나친 이가 여럿이었다. 그중 사내종 하나는 쓰레질을 하느라 마당만 밟았다 하여 제외되고, 남은 건 새로 지은 저고리의 품이 솔아 다시 치수를 재기 위해 불러들였던 침모를 포함해 물심부름을 하고 밥시중을 들고 방 안 소제와 자질구레한 잔심부름을 하기 위해 드나들었던 계집종 서넛이었다.

소실은 나이와 직분을 가리지 않고 모두를 홀랑 발가벗겼다. 하지만 아무리 속치마 솔기까지 뜯어 뒤져도 살진 이나 고물거리며 기어 나올 뿐 진주노리개는 온데간데없었다.

"요년들! 어디서 상전을 능멸하려 드느냐? 내 오늘 도둑년을 반드시 잡아내고 말 테다!"

무작스러운 매질이 시작되었다. 어린애가 둘이나 딸린 침모까지 예외 없었다. 싸리 회초리가 뚝뚝 분질러져 나가고 종아리에서 피가 터져 흘렀다.

"아이고, 작은 마님! 살려주십시오! 저는 아닙니다. 치수를 재는 자 말고는 가지고 들어간 것도 나온 것도 없다는 걸 마님도 아시지 않습니까?"

* 정실 대우를 받는 애첩.
** 길이 여러 갈래로 통한 곳.

198

결백을 호소하며 울며불며 애원해도 소실은 매질을 멈출 줄 몰랐다. 때리는 자나 맞는 자나 땀범벅이 되어 시큼하고 비릿한 몸내가 몰씬몰씬 풍겼다.

"작은 마님! 저는 모릅니다요. 제깟 년이 진주가 뭔지 명주가 뭔지 알 게 무어랍니까? 그런 건 머리털 나고 한번 구경한 적도 없습니다요!"

피투성이에 땀범벅이 되어서도 스스로 도둑질을 했다고 나서는 이가 없었다. 소실은 헐떡이는 숨을 고르며 매질을 멈췄다. 한바탕 발악 끝에 치솟았던 불뚝성은 삭았다. 그런데 빡지근한 팔을 주무르다 보니 교활한 꾀가 떠올랐다.

"독한 년들! 이만큼 매맛을 보고도 부족하더냐? 너희 중 도둑이 없다면 대체 어디에 있단 말인가? 초록은 동색이고 그 속옷이 그 속옷이니 너희끼리는 내가 모르는 어떤 꿍꿍이셈이 보일 터이다. 누구의 거동이 오늘따라 별다르고 수상쩍더냐? 다 같이 맞아 죽고 싶지 않다면 네년들이 본 것을 낱낱이 고하라!"

증거가 없으니 자백을 다그쳤다. 자백을 않으니 이간질뿐이었다. 양주가 나들이에서 돌아오려면 이틀은 걸릴 테니 그때까지 소실은 악지를 멈추지 않을 것이다. 때리고 맞느라 시근덕거리는 숨소리로 넘실대던 마당의 공기가 흔들렸다. 보이지 않는 눈길과 손가락질이 일제히 한곳으로 쏠렸다. 득금, 도둑팽이라는 꼬리표가 붙은 품팔이꾼을 향해서였다.

"말씀을 듣고서야 되짚어보니, 별실에서 물린 아침상을 들고 나오다가 문간에서 누군가와 마주쳤는데 화들짝 놀라는 꼴이 수상스러웠습니다요."

침모가 더뎅이가 진 입술에 침을 축이며 말했다.

"그러고 보니 쇤네도 수상한 기색을 느꼈습니다요. 걸레를 빨기 위해 개숫물을 얻으러 갔는데 누군가 아궁이에 불을 때며 뭔가를 들여다보고 앉았다가 사람이 들어서는 기척에 얼른 숨기는 것 같았습니다."

쥐새끼 한 마리 얼씬거리는 걸 못 봤다던 계집종이 얼른 말을 보탰다. 억울함이 원한이 되어 한곳으로 내리쏠렸다. 모두가 처음부터 득금을 의심하고 있었다.

"저, 저는……"

아침에 세숫물을 떠다 바치고 바깥심부름을 나갔던 몸종이 당황해 말을 더듬었다. 종일 득금과 스친 일이 없을뿐더러 일면식조차 없었다. 허나 결백을 주장하기보다는 누군가를 고발하는 것이 쉽고 빨랐다. 몸종이 득금을 힐끗 쳐다보았다. 차마 눈길은 마주치지 못했다.

"이년의 눈으로 본 것은 없지만 손이 거친 이가 품팔이꾼 무리에 섞여 들어왔다는 소리는 들었습니다. 다들 알고 있는 사실입니다요!"

사방에서 몰이를 붙이니 정신이 없었다. 기가 막히니 말문도 막혔다. 이대로 생벙어리로 있다가는 고스란히 도둑의 누명을 덮어쓸 터였다.

"서, 설마…… 나 말이오?"

변명을 하기도 전에 사나운 얼굴들이 득금을 에워쌌다.

"저년입니다요!"

"저년이 동네에서 알아주는 도둑년입니다요!"

치도곤에서 벗어나기 위해 침모와 계집종들이 입을 모았다.

"저년이 별채 근처에서 얼쩡거리는 걸 봤습니다!"

"노리개가 곱다 어쩌다 웅얼거리는 소리를 들은 것 같습니다요!"

내 의심과 네 의심이 우리의 소망으로 합했다. 가노들은 물론 날삯을 받는 처지로 너나없는 아낙들까지 한패가 되었다. 금방이라도 남의 집 마당에서 그 집 종년처럼 발가벗겨질 지경이었다. 없이 살기엔 상민이나 천민이나 어금지금하대도 개망신에 벼락 봉변은 분명했다.

"실오라기 하나 남기지 말고 벗겨라! 숨긴 노리개가 발각 나면 포도청에 넘기기 전에 저년의 손모가지부터 잘라주리라!"

독이 오른 소실은 펄펄 뛰고 득금의 몸은 와들와들 떨렸다. 짚신에도 짝이 있어 득금은 그새 한 사내의 아내이자 어엿한 애어멈이 된 터였다. 뒤져도 나올 게 없어 손모가지야 무사하겠지만 대명천지에 알몸뚱이 신세가 되려니 억울하고 분하고 부끄러워서 좀처럼 없던 눈물까지 찔끔찔끔 배어났다.

"보시오! 잠시 멈추시오!"

바로 그때 누군가 불쑥 나섰다. 머릿수건으로 가려 외태머리인지 쪽을 졌는지 분간하기 어려운 여인이었다.

"그 여인의 행적은 내가 보증합지요."

약간은 쉰 목소리에 머루 같은 눈동자가 또렷했다. 나어린 소녀인 듯 늙숙한 노파 같기도 했다.

"이 집 하인이 아침에 사간 땔거리에 생장작이 섞여 들어간 것 같다기에 불땀을 봐주며 한나절을 같이 있었습지요."

대잔치를 치르기에 땔감이 많이 필요해 배오개에서 여러 바리를 주문한 터였다. 배오개의 나무장이라면 대군궁에서 관장한다는 것을 알 만한 사람은 다 알았다. 짝짜꿍이가 벌어졌던 마당이 삽시에 조용해졌다.

"동네방네 알려진 도둑괭이가 눈앞에 있는데……?"

강호령을 질러대던 소실의 새청이 슬며시 눅어졌다. 득금의 풀치마 자락을 잡아챘던 능구리가 슬그머니 손을 놓았다. 인평 대군의 궁노라면 천민과 상민은 말할 나위 없이 양반조차 눈치를 보는 권력이었다. 공연히 비위를 건드렸다가는 동티가 나기 십상이었다.

"예부터 도둑은 등에 짊어진 짐을 보고 잡는 것이지 얼굴로 잡는 게 아니라고 하더이다!"

뜻밖의 방해자가 나타나 역성을 드니 판이 벌어지기도 전에 김이 빠졌다. 호랑이 없는 산골에서 왕 노릇을 하려던 여우가 판세를 읽고 꼬리를 내렸다.

"가져간 손이 없다면 진주노리개는 어디로 갔단 말이냐? 하늘로 솟았나 땅으로 꺼졌나?"

난장판 속에서도 손자보다 어린 영감의 늦둥이는 바시락바시락 소꿉질을 하며 놀고 있었다. 소실이 눈을 까뒤집고 날뛰느라 미처 보지 못한 진주노리개는 어린것의 소꿉에 바둑알과 뒤섞여 있다가 한참이 지나 발견될 예정이었다.

"이제 기억나느냐? 묵은 빚을 받으러 왔다!"

그가, 아니 그녀가 득금의 귀를 끌어 깔깔한 목소리로 속삭였다.

"어찌 갚으면 되겠소?"

협사를 자칭하는 건달패 한 아무개와 혼인한 뒤 좀도둑에서 대도로 변모한 득금이 구월에게 물었다. 도둑에도 의리가 있고 딴꾼에도 꼭지가 있으니 빚은 분명 빚이었다. 설령 득금에게 빚을 지우려 구월이 함정을 팠을지언정, 적어도 손모가지는 고스란했다.

십자 모양 칼자국

동짓달 초엿새 주강에서 거론되기 시작한 사건이 열아흐레까지 제자리를 맴돌았다. 사헌부에서는 대군궁의 장무와 수노를 체포하는 일을 허락해달라며 집요하게 임금을 졸랐다. 임금은 대군을 불러 자중시키기까지 한 마당에 노비 하나의 죄를 수노에게 따지는 것은 무리하다며 윤허하지 않았다. 아무것도 결정되지 않은 채 달포가 지났다.

"제가 한 일입니다."

독하고 모진 범인은 형문을 쳐도 같은 말뿐이었다.

"처음부터 끝까지, 제가 혼자 벌인 일이올시다!"

매를 맞다가 혼절하는 지경을 거듭하면서도 한결같았다. 묻는 자의 입술이 부르트고 때리는 자의 팔이 늘쩍지근했다.

모든 것이 평상을 벗어났다. 범인이 잡혀 옥에 갇히면 판결이 나는 대로 곧장 형이 집행되는 게 원칙이었다. 옥사를 판결하는 기한은 『경국대전』에 정해져 있었다. 사형과 같은 대사는 삼십 일이요, 도형과 유배에 해당하는 중사는 이십 일이요, 태장에 해당하는 소사의 죄는 열흘이었다.

물론 법 밑에 법 모르기 십상이었다. 법대로라면 살인범을 한 달에 세 차례 동추(同推)*해야 마땅하겠으나 실제로는 눈 감고 아웅 귀 막고 아웅이 예사였다. 심하게는 일 년에 한 번, 삼 년에 한 번 추문하는 경우까지 생기니 감옥에 적체되는 것 자체가 지독한 벌이었다. 의금부나 전옥서에 하옥되면 가족들은 목수에게 달려가 생김새도 망측스러운 나무 남근부터 깎아 만들었다. 감옥을 관장하는 처녀 귀신에게 제물을 바치며 생지옥에서 벗어나게 해 달라고 빌었다. 의금부의 나졸이 되면 신발 걱정은 없다는 말까지 있으니, 감옥에 들어갈 때는 만신창이가 되기를 각오해 성글게 삼 은 칡신을 신고 가기에 공짜 신발 주워 신기가 쉽다고 했다.

그럼에도 불구하고 조정에서까지 수차례 거론된 형옥이 이토록 지지부레 지속되는 일은 희귀했다. 사헌부에서는 분명 공범이 있다고 판단했지만 죄인은 끝끝내 단독으로 행했음을 주장했다. 죄를 인정한다면 고문할 필요 또한 없었다. 신료의 공격과 임금의

*살인 사건이 발생한 경우 초 검관과 복검관이 합동하여 죄 인을 심문하는 것.

방어가 정작 죄인을 표적으로 삼지 않았다. 군신 간의 공방이 거듭될수록 사건은 본질에서 멀어지는 듯했다.

연말에 들어 국무가 번다한 가운데 죄인의 흉한 이름이 한동안 구중(口中)*에 오르내리지 않았다. 그사이 형조에서 취초를 통해 성과라면 새로운 성과를 얻었으니, 수확의 공신은 조정의 정치라곤 모르는 죽사립 쓴 오작인 전방유였다.

"죄인은 고개를 들라!"

심문관으로 동추하기는 서너 번째였으나 이런 참혹상은 처음이었다. 봉두난발에 피범벅인 얼굴이 말 그대로 귀신 형용이었다. 사내나 계집이나 살인자는 살인자일 뿐이지만 생각보다 훨씬 어리고 여린 구월의 모습에 전방유는 놀라고 말았다.

"복죄했다 하나 정상이 모두 드러나지 않으니 고문으로 실제의 사정을 얻을 수밖에 없지 않소?"

문초를 맡은 담당관이 변명조로 슬쩍 흘렸다. 고문보다는 상세한 힐문이, 겁박에 못 이긴 토설보다는 증거로 압박해 자백을 얻어내는 것이 옳은 수사의 방법이라고 생각하면서도 전방유는 말을 아꼈다. 아무래도 죄인과 죄상과 범행 동기가 완성된 그림으로 머릿속에 그려지지 않았다.

"고개를 들고 이것을 보라!"

구월의 핏발 선 눈앞에 전방유가 백지에 싼 물건을 들이댔다.

*궁중에서 '입'을 이르던 말. 임금이나 그 직계 왕족에게 썼다.

"이것이 무언지 모른다고 잡아떼지는 못하렷다?"

정교하게 만들어진 쇠자루칼이었다. 예리한 칼날에 찬 서리같이 희디흰 빛이 번뜩였다. 피 얼룩 따위는 찾아볼 수 없었다. 손아귀에서 미끄러지지 않도록 칼자루에 동였던 가죽끈은 계획대로 풀어버린 터였다. 구월은 아무 대꾸 없이 그것을 물끄러미 바라보았다.

"안다 모른다 대답조차 않겠다는 게냐?"

구월의 모르쇠에도 전방유는 흥분하지 않았다.

"좌랑도 봤듯이 천하에 흉악한 년이오. 남생이 등에 활쏘기가 저년의 입을 열게 하기보다는 쉬울 게요."

곁에 섰던 문초관이 쯧쯧 혀를 찼다. 검관이 동추한대도 뾰족한 수가 있을 리 없다는 빈정거림이었다. 하지만 전방유는 알고 있었다. 이것은 문초라기보다 대련이었다. 종래의 방식으로 겁박해서는 절대 승복을 받아낼 수 없을 터였다.

"그렇다면……."

우발이 아닌 확신의 범행을 저지른 죄인은 자백을 하느니 혀를 깨물어 벙어리가 되는 편을 택할 것이다. 허점을 들켜 급소를 정곡으로 찔리지 않고서는.

"여봐라! 그자들을 데리고 들어오라!"

전방유의 말이 떨어지자 대기했던 사령들이 우르르 밀어닥쳤다.

"죄인은 이들이 누구인지 알아보겠느냐?"

사령들에게 등 떠밀려 들어온 자들을 바라보는 구월의 눈빛이 순간 흔들렸다. 전방유는 소리 없이 쾌재를 불렀다. 구월의 머루눈이 요동친 건 분명 낭패감 때문이었다.

"모를 리 없겠지!"

시신의 가슴과 배에 구운 떡을 붙여 결정적인 상처를 확인한 뒤 사령들을 이끌고 대군의 집으로 달려갔다. 여간해서 열릴 궁문이 아니었다. 그러나 조정에서 연일 궁노들이 작당해 벌인 살인이라며 수노와 장무를 체포하게 해달라고 아우성치니 생시침을 떼기에도 어려운 터였다.

"집 안의 날붙이들을 하나도 빠짐없이 거두어 오라!"

큰 날의 도끼에 찍히면 바깥쪽이 넓고 안쪽은 좁은 상흔이 남는다. 창에 찔리면 얕고 좁거나 깊으면 뚫고 지나 둥근 상처가 생긴다. 큰 칼로 맞으면 얕고 좁거나 깊고 넓고, 작은 칼에 찔리면 상처의 양 끝이 뾰족할뿐더러 들어가고 나온 부위에 차이가 없다……『무원록』에서 말하는 흉인(凶刃)*과 상흔의 연관을 되새기며 전방유는 부엌과 곳간을 샅샅이 뒤지도록 명했다.

"이게 전부입니다! 대군마마의 장도만 빼고 집 안의 날 선 것들은 모조리 대령했습니다."

*좋지 아니한 일에 쓰인 칼. 특히 살인하는 데 쓰인 칼을 이른다.

대군궁의 수노는 노련하고 대범한 자였다. 머리를 조아리며 공손한 말을 지어 바치지만 눈심지는 팽팽했다. 그는 구월이 아무리 침묵으로 버틴다 해도 백주 대낮에 문안에서 두 사내 중 하나를 베어 죽이고 단독 범행을 인정받기 쉽지 않으리라는 것을 알고 있었다.

'공것을 기대하지 못할 바에야 거래를 하겠다?'

교활한 계산을 뻔히 알면서도 전방유가 할 수 있는 일과 할 수 없는 일은 자명했다. 무용한 대거리 대신 멍석에 펼쳐진 도끼와 낫과 칼들을 하나하나 살펴보기 시작했다. 예상한 바대로였다. 부엌칼부터 버들낫까지 새벽에 옥간 듯 깨끗하고 날카로웠다.

"무딘 칼을 잘못 놀리면 베려다가 베이게 마련입죠."

맨눈으로 혈흔을 찾아낼 수 없다는 걸 확신한 수노가 시부렁댔다. 사건이 있은 지 한참이 지났으니 흔적을 분별하기 어려운 게 당연했다. 전방유는 무릎을 짚고 끙, 무거운 몸을 일으켰다.

"다 끝나셨습니까?"

"이제 시작이외다."

어리둥절한 궁노들을 향해 전방유가 소리쳤다.

"숯을 담은 화로를 내어오라!"

화로가 준비되는 동안 챙겨온 법물 중에 진한 초가 담긴 병을 꺼냈다. 칼을 숯불로 붉게 달군 뒤 진한 초로 씻으면 오래되어 흔적이 사라진 핏자국이 나타날지니, 크지도 작지도 않으나 여포의 창날처럼 예리한 쇠자루칼이 살인의 흉기임이 드러났다.

허! 지켜보던 사령들이 감탄을 터뜨리고 수노의 얼굴에 당혹

의 빛이 서렸다. 따라 나온 율생은 환희에 들뜬 표정으로 칼날의
얼룩에서 시선을 떼지 못했다.

"이 칼의 주인은 누구인가?"

좌중을 돌아보며 수노가 물었다.

"누가 감히 귀인의 가내에 살인 흉기를 숨겼는가? 냉큼 나서지
못할까?"

그 목소리가 엄중하나 도에 넘치게 침착함을 전방유는 낌새챘
다. 그러나 짐작보다 더 오래 뇌중을 떠나지 않을 줄은 그때 미
처 알지 못했다.

"이 칼의 주인이 누구인가?"

"그 칼은, 제 것입니다."

구월이 마침내 입을 열었다. 벼랑을 등진 채로 한 발 더 뒷걸
음쳤다.

"네가 이 칼로 김태길을 찔렀는가?"

발밑의 흙이 바슬바슬 바스러졌다. 구월의 고개가 꺾인 듯 툭
떨어졌다.

"그렇습니다."

"그런데 왜 네 칼을 이 계집이 가지고 있는가?"

전방유의 손끝이 가리키는 곳에 새파랗게 질린 계집종 하나가
있었다.

210

"지순은 저와 한방을 쓰는 궁노입니다. 흉기를 버릴 곳을 찾지 못해 지닌 채로 집에 돌아갔다가 핏자국을 닦아 지순에게 맡겼습니다."

구월이 고개를 쳐들어 지순을 바라보며 말했다.

"죄인의 말이 사실인가?"

지순이 와들와들 떨며 머리를 주억거렸다. 한눈에 보기에도 영문을 모른 채 날벼락을 맞은 꼴이었다.

"이상치 않은가? 단검이 계집종들끼리 흔히 맡기고 맡을 물건인가?"

대군궁에서 끌려오는 동안 혼겁한 지순은 전방유를 염라대왕 보듯 쳐다보며 대답했다.

"구, 구월이 나무장에서 일하며 청나라 상인들과 통하는지라 평시에 이것저것 귀물을 맡겼다가 찾아가곤 했습니다요. 비단이고 패물이고 날붙이고 대중이 없어서 일일이 무엇에 쓰는 물건인지 내력을 묻지 않았습지요!"

"정녕 이것이 사람을 찔러 죽인 흉기인 줄 모르고 맡았다는 게냐?"

"그렇습니다요! 위에 바치지 않고 돌라낸 물건을 팔아 이문이 생기면 몇 푼씩 쥐어주는 데 혹해 그만⋯⋯. 이, 이년은 팔삭동으로 태어나 간덩이가 작아서 닭 한 마리도 제 손으로 잡지 못합니다요. 구월이란 년이 칼을 건네주며 아무 말도 않으니 하늘에 맹세코 사람을 찌른 흉물이라고는 상상도 하지 못했습니다. 이년이 거짓부렁을 고해 바친다면 이 자리에서 벼락을 맞아 뒈질 겁니다요. 나리, 제발 믿어주십시오!"

눈물 콧물로 뒤발을 하며 결백을 호소하는 지순을 바라보는 구월의 눈초리가 가을 물빛 같았다. 다가올 계절을 예감하며 싸늘하고 고요했다. 장을 치기는커녕 무릎꿇림조차 필요 없었다. 지순은 캐묻지 않아도 떠벌릴 준비가 되어있는 푼수였다.

간 길이 있으면 온 길도 있을 테다. 공모하여 흉기를 은닉한 사실은 인정하지 않는대도 칼을 구하는 데 공범이 있었다는 건 부정할 수 없을 것이다.

"흔치 않은 양도(良刀: 좋은 칼)이기는 하지만, 저것은 우리 집안의 물건이 아닙니다."

집 안을 뒤져 지순이 맡아둔 흉기를 발견한 마당에도 수노는 쇠자루칼이 대군궁의 가산임을 부정했다.

"식칼부터 장검까지 세간 날붙이 일체를 수철리(水鐵里)의 야장에서 주문해 만듭니다. 외인들은 알 수 없는 집안의 표식이 있습지요."

수노는 전방유를 돌려세우더니 품 안에서 단검 한 자루를 꺼내 보여주었다. 칼자루 끝에 모르는 눈으로 보기에는 긁힌 흠집 같은 사람 인(人) 자가 평음각(平陰刻)* 되어 있었다.

*너무 깊지 않게 일정한 깊이로 새긴 음각.

"살인 흉기에는 이 표식이 없으니 집 안에서 쓰던 물건은 아닙니다. 죄인이 바깥에서 구해 품었겠지요."

정황이 있어도 증거가 없으면 그만이다. 아쉬운 대로 범행에 쓰인 흉기와 종범(從犯)을 찾아낸 성과에 만족하며 대군궁에서 물러나야 했다. 거듭된 주청에도 임금이 감싸들며 체포를 막는 수노의 비위를 일개 형조 좌랑이 뒤집을 수 없었다.

"죄인은 보아라! 이자가 네게 칼을 구해주었는가?"

안이 아니면 밖이라, 틀리지 않은 말이었다. 구월이 일하던 시장 근방을 탐문한 결과 사건을 진후로 자주 출몰했다는 의원이라는 이름의 건달을 잡았다.

"억울합니다! 소인은 구월이 호신용으로 쓰겠다기에 몸칼을 구해다 줬을 뿐입니다. 은장도를 거절하고 쇠자루칼로 달라기에 떠름하긴 했으나 워낙에 팽패로운 계집이라 오래 생각하지 않았습니다. 살인을 저지르려는 흉심을 품은 줄은 꿈에도 생각하지 못했습니다!"

원통해 몸부림치는 배리(陪吏)*의 아들 의원을 구월이 무표정하게 바라보았다.

"네 이년! 양 대가리 걸어놓고 개고기를 팔 년! 계집 혼자 장바닥에서 용을 쓰는 게 가련해 도와줬더니 은혜를 원수로 갚는단 말이냐?"

의원이 구월을 향해 침을 뱉었다. 한껏 톡

*고을의 원이나 지체 높은 양반이 출입할 때 모시고 따라다니던 아전이나 종.

았으나 가래침은 겨우 코앞에서 앙감질한 거리에 툭 떨어졌다. 그는 언제나 그랬다. 당장의 욕망으로 달면 삼키고 쓰면 뱉었다. 아비의 심부름으로 과동시(過冬柴)*를 맞추러 왔다가 만난 구월을 제 것으로 만들지 못해 안달을 했다.

은근슬쩍 손목을 잡아도 뿌리치지 않았다. 어둠 속에서 불현듯 나타나 입술을 훔쳐도 그냥 두었다. 아무 두덩에나 자빠져 눕는 소처럼 쉬운 종년을 행세하며 수작을 받아주었다. 손모가지를 끊어내거나 혀를 뽑을 수도 있었지만 견딜 만했다. 손목을 잡히면 고개를 돌리고 입술을 빨면 몸을 빼는 식으로 감질나게 꼬리 치는 데만 정신을 쏟았다.

"네게 칼을 구해주면 내게 무엇을 해주련?"

어리석은 수컷의 눈이 한밤의 강물처럼 번들거렸다. 는실난실 색을 쓰며 앞질러 가던 구월이 치맛자락을 홱 날리며 돌아섰다.

"만지고 싶냐?"

어둠 속에서도 튀어나온 하얀 쌍봉이 덩두렷했다. 정신이 회까닥한 흘레개의 눈앞에는 출렁이는 너울뿐이었다.

"빨게도 해주마!"

어쩌면 거사 당일보다도 구월은 그 밤에 이상스럽게 잔인했다. 무언가가 완전히 끝나고 전혀 다른 무언가가 시작되는 듯했다.

"저자의 말이 있는 그대로더냐?"

전방유가 물었다. 파고들면 캐낼 내막이 있

*겨울 땔감으로 마련하여 두는 나무.

214

으리라는 기대는 없었다.

"그렇습니다. 의원에게서 구하여 김태길을 벤 후에 지순에게 맡겼습니다."

지순과 의원은 각각이 무섭고 분하여 눈물 콧물을 뽑고 있었다. 오직 구월만이 망망하고 잔잔했다. 모르는 채로 얽힌 일이기에 아무리 족쳐도 그들의 입에서는 새어 나올 진실이 없다. 옥사에 연루되어 수감되더라도 단발의 형 이상을 받을 중죄가 아니다. 지순은 엄연히 인평 대군의 궁노이고 의원에게는 아비를 징검돌 삼은 고관의 뒷배가 있다. 그리고 종범을 체포한다면 대군궁에 대한 신하들의 공격도 잦아들 수밖에 없을 것이다.

휘움한 눈썹을 얼핏 찡그리듯 구월은 엷게 웃었다.

'웃은 겐가?'

동추를 마치고 퇴청하는 전방유의 뇌리에서 눈썹을 실쭉거리던 구월의 모습이 떠나지 않았다. 웃지 않았다면 울었을 게다. 울지 않았다면 웃었을 테다.

"나리! 소생은 오늘 왕 사부*를 알현한 듯 감격스럽습니다! 추상같이 법을 세워 수다한 옥사를 명쾌하게 처결하신 왕 사부가 동래하신 듯만 합니다!"

흥분한 율생이 지망없이 알랑거리는 소리를 귓전으로 흘렸다. 형조에서는 더 이상 전

*중국 원나라의 법학자 왕여. 『무원록』 『흠휼집』 등을 저술했다.

방유를 '죽사립 쓴 오작'이라고 놀려 부르지 않았다. 꽃자리에서 멀찍한 피 웅덩이를 헤매기는 매한가지지만 적어도 돌림쟁이에 얼뜨기 취급은 받지 않는다. 전방유가 검험하는 사건 중에는 미제로 처리되는 경우가 거의 없었고 이번 건도 외관은 크게 다르지 않았다. 조정의 공방이야 정치적인 것이고 수사는 정해진 절차대로 진행되고 있었다.

그럼에도 불구하고 꺼림한 기분을 떨칠 수 없었다. 위협이 아닌 사증으로 죄인의 자백을 받아냈는데도 그랬다. 경과가 생각대로 술술 풀려나가는 게 도리어 미심쩍었다.

"범은 그려도 뼈다귀는 못 그린다 했습죠!"

전옥서 오작이 이기죽대며 했던 말이 귓가에 맴돌았다. 범의 모양새는 그릴지나 가죽 속에 있는 뼈는 그리기 어려운 법이니, 아무리 수사의 형식이 수월히 갖춰졌대도 그 내용까지 확신하기는 어려웠다.

"좌랑 나리처럼 냉철한 분은 뵙기 어렵습니다. 만세에 정의를 세우고자 생각과 판단이 감정에 치우치지 않으니 어찌 훌륭치 않겠습니까?"

칭송은 귀에 달았지만 율생의 평가는 잘못되었다. 전방유는 침착할지나 냉정하지 않았다. 이지적이라기보다 낭만적이었다. 증거는 사람의 말을 뛰어넘는다고 생각했다. 사람이 하지 않는 이야기를 말한다고 믿었다. 판단을 미루고 증거를 찾아 헤매는 것은 죄와 거짓의 복마전 속에서 진실의 푯대를 발견하길 바라기 때문이었다.

'정의? 정의라!'

그것이 무언지는 여전히 모른다. 검관의 일은 여기까지로 끝났다. 실인을 밝혔고 흉기를 찾았으며 연관자들을 색출했다. 남은 것은 지루한 문서의 일뿐이었다. 발사에 적을 말은 글자 하나하나까지 환했다.

해가 저물고 있었다. 하루의 해와 일 년의 해가 아울러 지고 있었다.

"섣달 그믐밤의 서글픔은 무엇 때문인가?"

과거 공부 중에 읽었던 기출 증광시의 책문이 떠올랐다. 척화신으로 지목되어 청에 끌려갔다가 세자 소현과 함께 돌아온 노신 이명한이 그해의 급제자였다.

"한 해가 끝나는 날을 섣달그믐이라 하고, 그 그믐날이 저물어 갈 때를 그믐날 저녁이라 합니다. 네 계절이 번갈아 갈리고 세월이 오고 가니 우리네 인생도 끝이 있어 늙으면 젊음이 다시 오지 않습니다. 역사의 기록도 믿을 수 없고 인생은 부싯돌의 불처럼 짧습니다. 백 년 후의 세월에는 내가 살아있을 수 없으니 손가락을 꼽으며 지금의 세월을 안타까워하는 것입니다."

부싯돌의 불처럼 짧은 인생을 알았던 이명한 또한 백 년이 아닌 오십 년을 겨우 살고 죽었다. 네오내오없이 죽어 끝날 인생에

죽이고 죽임을 당하는 인간들이 가련하다. 그 죽고 죽인 내력을 파헤치겠다고 헤덤비며 돌아치는 제 꼴도 우습다.

'아차!'

헛웃음을 흘리던 전방유의 얼굴이 창백하게 굳었다. 놓친 줄도 모르고 놓친 사실이 상기된 것이었다.

"외인들은 알 수 없는 집안의 표식이 있습지요."

분명코 피 얼룩이 선연한 쇠자루칼에 없던 형상이 단검의 칼자루에는 있었다.

"살인 흉기에는 이 표식이 없으니 집 안에서 쓰던 물건은 아닙니다."

흉기가 밖에서 들여온 물건임을 확인하는 데 홀려 단검이 수노의 품 안에서 나왔다는 사실을 놓쳤다. 내놓지 않은 것이 대군의 장도만이 아니라면 내놓은 것을 숨길 겨를 또한 얼마든지 있었을 테다.

"아뿔싸! 보여주려 하는 것만 보았구나!"

전방유가 신음하며 무릎을 쳤다. 착착 아귀가 맞아떨어지던 일이 전부 의심스러워졌다. 어렵지 않게 발견된 흉기, 얼빠진 종범들, 그리고 귀신의 형용으로 흔연히 웃던 범인까지.

놀랍고 괴이한 상흔이었다. 피해자를 찌른 뒤 칼을 비스듬하게 뽑으면 그 상처가 흉기보다 크기 마련이다. 그런데 시신의 왼쪽 가슴에서 작지만 깊게 드러난 상처는 십자[十] 모양이었다. 범인이 정확하게 심장을 찌르고 그 칼을 비틀면서 뽑은 것이다. 범인은 알고 있고 믿고 있었다. 어떻게 하면 상대를 오차 없이 정확하게 죽일 수 있는지를. 겨우 스물다섯 먹은 계집종이 과연 어떻게 그 일을 했단 말인가? 어떤 깜냥과 원한으로!

검은 강
붉은 놀

물비린내가 살내와 뒤엉켜 구터분했다. 강바람을 피해 웅크리
고 앉았던 선객들이 낱짐을 그러모으고 웃짐을 치느라 복대졌
다. 솔은 도선장에 뱃전을 대느라 죽을 똥을 싸던 사공이 배가
기우니 앉으라고 왜가리 소리를 내질렀다. 나루터가 가까워지고
있었다.

충주에서 한양까지 풍물을 실어 나르는 물길의 반중간쯤에
자리한 여주에는 오래로 삼국 시절부터 가까이로 고려 때 생겨
난 나루들이 수십 개였다. 여강 물줄기는 남도에서 보낸 진상미
를 한양으로 전하고, 대국과 왜국으로 향하는 길목이 되기도 했
다. 쉼 없이 흘러왔다 흘러가는 것들이 왁작대는 곳에서는 사고

파는 일이 수월해지기 마련이었다. 여주장은 이천이나 양근(양평)장에 비할 수 없는 큰 장시였다.

이포나루에 황포 돛배가 닿고 젊은 주인과 초립을 쓴 하인이 내렸다. 생낯들이 수다히 오가는 장날이라 그들을 눈여겨보는 이는 아무도 없었다.

"시골이라 헐하게 보았는데 송파진이며 양화진은 족히 뺨치겠군!"

풍채가 좋은 젊은 주인은 초행길인지 사방을 두리번대며 탄성을 터뜨렸다.

"조선을 대표하는 나루 넷 중의 하나로 꼽히는 곳입지요."

초립을 깊이 눌러쓴 하인이 고개를 들어 주위를 살폈다. 차양 그늘 아래 가린 눈빛이 매서웠다.

"일단 배부터 채우고 보자. 꽃구경도 식후사라 했다!"

주인으로 행세하는 윤 선달은 유람이라도 나온 듯 태평스러웠다. 넓적한 얼굴에 언뜻번뜻 즐거운 미소가 떠오르기조차 하였다.

"저쪽 기스락에 마방*이 몇 있는 줄 압니다."

초립둥으로 남장하고 하인을 짓시늉하는 구월은 윤 선달의 도포 자락이 너펄댈수록 몸을 옹송그렸다. 동네에서는 멀지라도 이목이 번다하니 주의를 늦출 수 없었다.

"너무 탕개를 치면 끊어지기 마련, 허허실   *마구간을 갖춘 주막집.

실의 이치를 잊었느냐?"

윤 선달이 목소리를 낮추어 귀엣말을 건넸다. 제 바람에 놀란 봄 꿩 모양새로 구월의 어깨가 움찔했다. 한양에서의 당돌하고 야멸친 모습과 사뭇 달랐다.

"어떻게 복수하고 싶은가?"

"죽이고 싶습니다."

노장의 물음에 구월은 일호의 머뭇거림도 없이 대답했다. 그마저 미진한 듯 볶는염불장단으로 덧붙였다.

"원수를 죽이고 싶습니다."

"전에 누구든 죽여본 적은 있고?"

노장의 가시눈이 얄궂게 빛났다. 장난말 같았지만 허투루 하는 군소리일 수 없었다. 사람을 찌르거나 때린 적은 수차례였으나 윤 선달은 처음 생목숨을 끊었을 때를 여태 잊을 수 없다. 손끝에서 생명줄이 툭 끊겨나가는 순간 여태까지와 전혀 다른 세상이 펼쳐졌다. 죽이는 자기와 죽는 상대의 모습을 또 하나의 자신이 바라보고 있었다. 죽음의 감촉은 기이하고도 음산했다. 다시는 전으로 돌아가지 못하리라. 죄책감이나 후회와는 또 다른 낯선 공포가 물밀어왔다.

어진혼이 빠진 꼴로 허위허위 옥연을 찾아갔다. 단지째 퍼마시고도 취하지 않아 민숭민숭한 채로 허겁지겁 동침했다. 알면서도 멈출 수 없던 실수였다. 옥연의 눈빛이 연심으로 물든 것을 전부터 느꼈지만 관계로 이어지리라곤 생각지 않았다. 옥연은 못 사내들이 탐내는 가기요 명기지만 윤 선달은 화류 사랑에 꺼둘릴 마음이 없었다. 결국 인정해야 했다. 평범하고 시시한 사내처럼 교활하고 비열했다. 그럼에도 불구하고 필사적이었다. 옥연의 흐벅진 품에서 허우적대며 확인하려 했던 건 삶, 살아있다는 명징한 사실뿐이었다.

구월의 칼칼한 목소리가 윤 선달의 상념을 깼다.

"무모한은 아니올시다. 저라고 예 이르도록 원수풀이할 방도를 뒤살피지 않았겠습니까?"

원한이 뼈에 사무친 스무 살의 촌색시가 우선으로 매달렸던 것은 저주의 사술이었다. 꿈길에 갈가리 찢겨진 형상으로 나타나기를 소원하며 염매의 술법을 궁리했다. 한 그릇에 잡아넣은 지네와 뱀과 두꺼비 가운데 서로 잡아먹고 끝까지 남는 한 마리 고독(蠱毒)을 얻기 위해 썩은 나무와 지붕과 마루 밑을 뒤졌다. 손발톱과 머리털은 물론이거니와 시체의 살점, 시즙을 적신 솜과 관 조각과 뼛가루, 벼락 맞은 나무, 죽여서 바짝 말린 짐승까지 갖은 흉물을 닥치는 대로 구해 한밤중에 담장 아래 파묻어도 보았다.

그러나 귀신이 대신해주는 복수는 없었다. 앙화를 입고 고꾸라지기는커녕 원수의 낯짝에는 화색이 돌았다. 하늘도 무심하여 때마침 풍년까지 들었다. 곡식 창고가 넘쳐 떡 치는 소리와 술

익는 냄새가 진동했다. 과보며 업보며 인과응보를 기다리기에는 멀었다. 미신은 무력하기에 어리석은 자들의 용두질일 뿐이었다.

"어떻게 죽이고 싶나?"

"칼로 명줄을 끊겠습니다."

방 안의 공기가 팽팽했다. 구월과 마주 앉은 노장은 물론 지켜보는 윤 선달도 숨을 멈췄다. 노장의 수족으로 계의 행동대를 이끌었던 윤 선달이 살인 모의에 새삼 대경할 것은 없었다. 다만 눈썹 하나 까딱 않는 구월의 태연자약함이 아리도록 처연했다. 이미 흉중과 머릿속에서 불구대천의 원수를 여러 번 죽이고 스스로 죽었을 터였다.

조직은 두 개의 기둥, 이해와 명분이 움직인다. 구월이 궁방의 권세와 계의 세력에 가교가 되니 낮과 밤이, 양지와 음지가 비로소 만났다. 노장은 구월이 품은 복수의 진실을 인정했다. 남은 것은 계가 움직인 흔적을 얼마나 가려 파장을 줄이느냐는 것이었다.

"염려 마십시오. 창포검이 아닌 것으로 준비해두었습니다."

코등이가 없는 지팡이 모양의 창포검 대신 단검을 쓰기로 했다. 계원들이 흔히 지니고 다니는 도검과 다른 것을 골라 관부의 눈을 피할 작정이었다. 노장이 구월의 의중을 알아채고 흐뭇이 미소 지었다.

*사냥에서, 몰이를 하는 사람과 길목을 지키는 사람이 각각 그 구실을 나누어 맡음.

"당일의 동선을 확인해서 동배*를 짜오라. 막고비가 목전이다!"

실전을 예보하는 노장의 눈빛이 문득 꼼꼼했다. 어쩌다 그것이 구월에 대한 연민일지 모른다고 느꼈는지, 윤 선달도 스스로의 엉뚱한 짐작을 이해할 수 없었다.

"김가, 그 각다귀 말이오?"

구월이 김태길의 동정을 살피기 위해 내통하던 종비를 만나러 간 뒤 윤 선달은 나루 주위를 어슬렁댔다. 노장이 따로 불러 지시한 대로 염알이질을 하기 위해서였다. 수레 앞에 버티는 버마재비에게 의심은 병이 아니라 힘이었다.

낯선 얼굴이 동민의 평판을 물으면 사람들은 경계의 자세를 취한다. 곰배팔이 아닌 바에야 아무러한 악인이라도 팔이 들이 굽지 내굽을 리 없다. 그런데 윤 선달이 거간이 선 전답을 살펴보러 왔고 그 주인이 김태길이라는 말을 흘리자 사람들의 낯빛이 달라졌다. 작색(作色)*이야말로 의지를 넘어선 일이니 이해타산을 앞선 돌발의 반응은 본심에 가까울 수밖에 없었다.

"각다귀라니? 무슨 소리요?"

짐작이 팔십 리였으나 짐짓 우둔하게 되물었다.

'듣고 싶은 이야기가 있다면 앞질러 말하지 마라. 장승하고 말하는 게 낫겠다 싶도록 모르쇠를 잡아라!'

남대문에서 솜씨가 제일인 간자에게서 배운 염알이의 꾀였다. 인왕산 모르는 호랑이 모

*불쾌한 느낌을 얼굴빛에 드러냄.

양으로 눈알을 데굴거리는 맹문이 앞에서라면 웬만한 자는 말쟁이가 되어 젠체하기 마련이라는 것이었다.

"그자야말로 아흔아홉을 가지고도 남의 하나에 욕심을 내는 탐욕가라오. 손아귀를 빠개고 입을 찢어서라도 안에 든 것을 꺼내갈 인사라고 소문이 자자하지. 모가지에 힘을 쓰며 자랑삼는 재산도 보리 장리*로 일군 것이니 하루라도 날짜를 어기면 빚값으로 땅이며 우마며 솥까지도 가차 없이 떼어간다오!"

한번 말 보따리가 터지니 딴전을 부리던 사람들까지 질세라 뒤받쳤다.

"빚을 얻지 않더라도 일단 그자와 얽히면 해코지를 당하기 십상이라오. 하물며 사래논**에 물꼬 싸움이라도 나면 호된 골탕을 먹게 마련이라! 관아에 호소해도 워낙에 기름칠을 잘해둔 터라 도적맞고 욕보는 꼴이 되어버리니……."

잘된 일보다 못된 일이 더 빠른 게 소문이지만 김태길에게 내려진 평판에는 한결같은 데가 있었다.

"오죽하면 남녀노소 좌우상하 가리지 않고 이름 대신 각다귀라고 부를까?"

모기 같은 생김새에 벼와 보리의 뿌리를 잘라 먹으며 농사를 방해하는 각다귀처럼 남의 것을 뜯어먹고 사는 인사라는 것이었다.

"부모에게서 밑천을 물려받을 때부터 비린

*봄에 보리쌀을 빌려서 먹은 다음 가을에 쌀로 갚는 장리. 빌린 보리쌀에 50퍼센트의 이자를 더함.
**묘지기나 마름이 수고의 대가로 부쳐먹는 논.

내가 풍겼지. 워낙에 하늘 무서운 말이라 다들 쉬쉬하는 바람에 번지지 않았지만 말이오."

"대관절 그 사연이 뭣인데 그러오?"

단순한 동리의 불량자를 넘어선 무언가가 있는 모양이었다. 욕심 사나운 김태길을 욕하던 사람들도 어느 대목에서는 손사래를 치며 말을 줄였다.

"여주 땅에서 김태길을 모르면 간자인 게지. 그자야말로 악독한 고승록(高承祿)*인걸!"

주막에 돌아와 장돌림들에게 방술**을 사며 들은귀를 떠보았다. 한마을 사람들은 말문 열기를 꺼리지만 떠돌이들의 입은 헐거울 터였다.

"얼마나 야차 같은 짓거리를 했기에 다들 입술을 달싹거리기만 하고 털어놓지 못하는 겐가?"

윤 선달이 주문한 제육편육을 쩌금쩌금 주워 먹으며 술을 치던 장꾼들이 불쾌하게 물든 얼굴로 목소리를 낮췄다.

"그자는 사람만이 아니라 귀신도 무서워하지 않는 인사라지 않습니까?"

"무슨 소린가?"

"선대부터 넉넉한 집안은 아니었으나 김태길의 아비가 일힘과 수완이 좋아 당대에 알부자가 되었다지요. 김태길은 집안의 둘째고

*마음이 독한 사람을 비유적으로 이르는 말.
**주막이나 선술집 같은 데서 특별한 손님들을 방에 들여앉히고 파는 술.

맏이는 따로 있었고요. 끌끌한 장남이 버티고 있는 데다 그 아비가 욕심 사나운 차자를 탐탁잖아 한다는 건 동네가 다 아는 사실인지라, 자리보전하는 아비가 죽으면 요즘의 풍속대로 장자에게 재산이 송두리째 상속되리라는 건 불 보듯 뻔했습죠. 그런데 어느 날 갑자기 청천 하늘에 날벼락이 쳤다지요."

"날벼락이라니?"

"생때같던 장남이 점심을 먹고 오침에 들었다가 그길로 황천객이 되어버렸다지 뭡니까요!"

"어허, 어쩌다가!"

"그게 말인즉슨……."

떠버리의 목소리가 더욱 낮아지고 눈빛도 덩달아 깊어졌다.

"송장의 모습이 심양에서 돌아오신 지 두 달 만에 급사한 그분의 형상과 같았다지 않더이까?"

"아니, 그럼?"

예기치 못한 말에 천하의 윤 선달도 언성을 눅였다. 벽에도 귀가 있고 돌에도 입이 있다니 벽촌의 탄막이라고 방심할 수 없었다. 조선 땅에서 을유년의 일은 암장당한 수수께끼였다. 병자년 이듬해에 오랑캐에게 볼모로 끌려갔던 세자가 팔 년 만에 돌아와 두 달을 지내고 사흘을 앓다 죽으니 온 나라 만백성은 어안이 벙벙했다.

"온몸이 숯덩이처럼 검은 데다 이목구비 일곱 구멍에서 선혈을 쏟으며 죽었으니, 나라에서도 못 막는 소문이 동리를 떠들썩하게 한 건 당연지사 아니겠습니까?"

"그럼, 그렇지!"

넋이 올라 떠드는 상객에게 맞장구치며 윤 선달은 속으로 민심에 놀랐다. 늙은 임금이 죽고 새 임금이 즉위했지만 흉한 소문은 사라지지 않았다. 의심은 풀리지 않는 의문에서 싹튼다. 사인이 학질이라지만 침을 놓은 어의를 처벌하지 않았고, 명색이 세자의 장례를 이레 만에 번갯불에 회 쳐 먹듯 끝냈으며, 원자를 수렴청정하는 대신 왕세제가 보위에 오르니 온통 수상한 일투성이였다. 게다가 세자빈과 원손을 포함한 삼 형제, 민간의 관계로 말하자면 처자식까지 세자의 흔적을 깡그리 제거하니 독살설의 심증이 굳어가는 게 별스럽지 않았다. 소현 세자의 흉사는 노장과 노옹이 계를 결성한 내력과 잇닿아있었다. 윤 선달은 상경해 노장을 만나면 저자의 동향을 상세히 보고해야겠다고 마음먹었다.

무주공산 오르기는 일사천리였다. 죽은 장남의 소생은 딸 셋에 서자 하나뿐이라 부모의 재산은 상주로 봉상하게 된 김태길에게 돌아갔다. 누가 보아도 수상한 정황이었다. 그럼에도 불구하고 윤 선달은 어기대보았다.

"허나 이것도 그것처럼 수상하지만 증거가 없기는 마찬가지 아닌가? 아비가 눈을 시퍼렇게 뜨고 살아있는 마당에 아우가 재산을 노려 친형에게 독을 먹이다니, 아무리 미운털이 박혔어도 너무한 억측이 아닌가 말일세."

"틀은 장군감인 선다님이 보기보다 어물어물하십니다그려. 그럼 이건 어떻습니까요?"

떠버리 장꾼은 자기 말을 입증하려는 조급증에 귀신마저 무서워하지 않는다는 김태길의 내력을 풀어내기 시작했다.

"지금 김태길이 사는 고래기와가 원래는 이씨 양반 댁이었습죠. 한데 그 집안에서 어쩌다가 김태길과 산송을 벌이는 악연을 지게 되었지요."

형제를 죽였다는 패륜의 의혹을 사는 마당에도 김태길은 눈썹 하나 까딱 않고 다시 불집을 일으켰다. 죽은 아비의 관을 남의 집안 선산발치에 묻은 것이었다. 심지어 어둠을 틈타 몰래 암장하는 최소한의 염치도 없이 늑장(勒葬)*을 했다. 죽은 형이 그러했듯 김태길도 본마누라에게서 소생을 보지 못하고 천첩이 낳은 얼자만 둘이었다. 말 타면 경마 잡히고 싶은지라 돈이 있으니 권세가 아쉬웠다. 그런데 뇌물로 공명첩을 사서 빠꿈벼슬이나마 하려도 집안에 적자라곤 없으니 남의 음택(陰宅 : 무덤)을 훔쳐서라도 후대의 발복을 바랐던 게다.

송사 중의 송사, 더럽고 지리멸렬한 묏자리 다툼으로 김태길과 얽히게 되었지만 향반인 이씨 집안도 만만치는 않았다.

*자신의 호강한 세력을 믿고 금장자의 저항에도 불구하고 힘으로 밀어붙여서 입장(入葬)하는 행위.

230

향촌에서는 단송(斷訟: 소송을 끝냄)이 미덕이라 관아의 판결만큼이나 부로(父老)*와 덕망 있는 연장자의 중재가 중요했다. 양쪽에서 돈을 찌르고 기름을 치고 코 아래 진상으로 난리법석을 떨다 보니 송사를 벌이기도 전에 재물의 소모가 만만찮았다.

그러다 끝내 중재가 실패해 소송이 진행되었는데, 어이없게도 산재관(山在官)**을 푹푹 구워삶은 김태길이 승소하고 말았다. 패소한 이씨 집안에서 승복할 수 없다며 들고일어났다. 다시 소송을 제기하여 송사에 송사가 이어지니 부지하세월에 대물림을 할 지경이었다.

"그 지경에 어찌 김태길이 묏자리도 모자라 집터까지 차고앉았단 말인가?"

"하, 참! 그러니 귀신이 곡할 노릇이라는 겁니다. 김태길의 형에 이어 송사를 이끌던 이씨 집안 장자가 하루아침에 급사를 당했지 뭡니까요? 하필이면 기찰(畿察: 경기도 관찰사)에게 탄원하러 갔다 돌아오는 길에, 하필이면 구종이 설사병이 나서 수풀로 들어간 사이에, 산토끼인지 고라닌지 갑자기 튀어나온 잔짐승에 놀라 말이 용틀임을 하는 바람에 낙마해 목뼈가 부러졌답니다."

김태길과 연루된 일에는 이상스럽게도 우연에 우연이 이어졌다. 탄원인이 죽으니 송사는 흐지부지해지고 그 와중에 출채했던 돈빚으로 덩실한 기와집이 넘어가버렸다. 채권자가 하필 김태길에게 헐값으로 집을 넘기니 졸지에 이씨 집안은 음택을 넘어 양택까지 빼앗기고 말았다.

"하필이면?"

"하필이면!"

개다리소반에 둘러앉은 이들이 동시에 술잔을 들었다. 승승장구하는 악인의 응징되지 않는 죄는 생판 남에게마저 분노를 불러일으켰다. 그러나 분노의 끝은 무력감이었다. 돈과 돈으로 살 수 있는 권력의 철옹성 속에서 악은 살아있다. 생생하게, 강강하게. 술잔 속에서 구월의 망연한 눈빛이 흔들리고 있었다. 뿌리치듯 훌쩍, 윤 선달은 단숨에 잔을 비웠다.

물소나기가 용의 초리인 양 얼굴을 쳤다. 세찬 바람에 강물이 굼실거렸다. 뱃전의 선객들이 비척비척 앉은걸음으로 요동이 덜한 가운데로 자리를 옮겼다. 벌써 몇은 뱃멀미로 속이 메슥거리는지 낯빛이 해쓱했다.

"이 지경으로 어찌 이백 리를 가누?"

한양까지의 물길이 아득했다. 하늘 멀리로부터 먹장구름이 몰려드는 걸 보니 쉬이 잘 바람이 아니었다.

"어쩌누? 동서남북 물에 갇혔으니 뛰쳐나갈 방도도 없고. 누런 똥물까지 게워내고 나면 마포나루에 닿겠지!"

견디는 수밖에 다른 도리가 없기에 하늘을 보며 한 번 물을 보며 다시 한 번 한숨 쉴 뿐이었다. 그때 구석 자리에 등을 돌리고 앉았던 젊은 아낙의 품에서 날카로운 울음소리가 터져 나왔다. 돌이나 겨우 지난 듯한 어린애가 멀미증을 배기지 못해 울음보를 터뜨린 것이었다. 어미가 아무리 어르고 달래도 어린것은 울음을 그칠 요량이 없었다. 배는 좁고, 사방이 물에 둘러싸여 피할 데라곤 없고, 빽빽 날카로운 소리는 그치지 않았다. 조바심과 짜증으로 골이 오른 선객들이 구시렁거리며 눈총을 쐈다.

"거 좀 달래보시우! 귀청을 떼겠소!"

"젠장, 혼이 보리동냥을 나가서 사공이 노를 놓칠 지경이구만!"

선객들의 타박에 어미는 진땀을 뽑으며 쩔쩔매는데 홑청을 찢는 듯한 아이의 비명은 점점 높아졌다. 궁지에 몰린 어미가 수치를 무릅쓰고 저고리 섶을 헤쳐 아이에게 젖을 물렸다. 그나마 천인이라 잘난 내외법에 목숨을 걸지 않아 다행이라면 다행이었다.

불어 오른 푸진 젖가슴이 눈을 쐈다. 흐흠, 윤 선달은 헛기침하며 고개를 돌렸다. 불평을 엉두덜대던 치들이 입을 다무는 대신 고개를 빼고 기웃거리는 모양새가 꼴사나웠다. 영문이야 어쨌든 어미의 젖꼭지를 문 아이는 조용해졌다. 하지만 잔자누룩한 순간은 잠깐이었다.

"어이쿠, 이게 뭐야? 오늘 재수가 옴 붙었네!"

울렁거리는 속에 생억지로 젖을 채웠으니 삭이지 못하고 게워 낼 수밖에. 물기둥처럼 젖을 뿜어 올린 아이는 전보다 더 잔지러

지게 울어댔다. 눈물과 땀과 토사물로 범벅이 된 어미는 넋이 빠졌다. 뱃짐과 선객들의 옷자락에도 토물이 튀어 시큼시큼한 냄새가 배를 채웠다.

난장판 속에 다들 성내거나 몸을 사리거나 우왕좌왕할 때 구월, 아니 초립동이 모자에게 다가갔다. 주머니에서 나온 정체 모를 작은 조각이 실그러진 아이의 입안에 들어가는 것은 윤 선달만 보았을 것이다. 무릎을 세워 앉아 내민 등은 좁으나 단단했다. 침과 토사물에 눈물 콧물이 범벅된 아이가 초주검이 된 어미 대신 초립동의 등에 업혔다. 아이가 조용해지면서 배 안의 소란도 잦아들었다. 한 점 두 점 빗방울이 내리 듣기 시작했지만 소낙비로 퍼붓지는 않았다. 더 이상 아무 일도 없었다.

겪을수록 알 수 없었다. 윤 선달은 아이를 업은 초립동을 멀거니 바라보았다. 어젯밤 누지고 서늘한 강바람을 옷자락에 묻히고 돌아왔던 구월은 거기 없었다.

"오랜만에 관산을 돌아보았나? 이즘의 풍류는 어떠하더냐?"

볼일이 잘 풀렸는지 궁금했지만 먼저 입을 열기 전에는 물을 수 없었다. 한나절 만에 대면해놓고 침묵만 지키기 어색해 윤 선달은 벙거지 시울 만지는 격으로 실없는 소리를 주워섬겼다.

"……기방으로 안내해드리오리까?"

구월의 목소리는 건조했지만 윤 선달은 지레 찔끔했다. 돌연 옥연의 흰 얼굴과 붉은 입술이 떠오르면서 울적해졌다. 며칠 전

옥연은 윤 선달을 청알해서는 기부가 되어줄 수 있겠느냐고 물었다. 속된 말로 기둥서방이라 불리는 기부는 기생의 살림살이를 책임지고 뒷배를 봐주는 남편이었다. 서방과 기둥서방이 다른 점이라면 손님이 들면 손님에게 아내를 양보하고 손님이 없는 경우에만 한 이불 아래 눕는 것이었다.

아내 아닌 아내에게 걸맞은 서방 아닌 서방이지만 옥연처럼 제 뜻으로 남은 무부기(無夫妓)*라면 각전 별감에 포도청 군관에 승정원 사령까지 뜨르르한 후보들 중 골라잡을 수도 있었을 것이다. 그렇다고 굳이 허울만 선달인 윤 선달을 지목한 까닭을 모르쇠 잡을 요량은 없었다. 외입쟁이 격식을 모르고 설치는 탁류들을 물리치는 것도 기부의 구실 중 하나니 몰라 못한다고 들이뺄 수도 없었다. 아마 당자를 앞질러 알고 있겠지만 노장에게 고하면 계를 위해서라도 장안의 명기를 곁에 두라고 명할 것이다.

"아, 아니…… . 여주가 한때 작은 평양이라고 불릴 정도로 기생이 많았던 고장이라 들었기에 해본 소리다."

더듬더듬 둘러대는 응변이 옹색했다. 옥연의 청이 반갑지 않고 구월의 말이 당황스러운 까닭을 알 수 없다. 모기 한 마리 들어와 앵앵거리는 여름밤의 골방같이 마음이 괴롭고 성가셨다.

"그랬습죠. 돈이 도는 곳이니 쌀독의 쥐 쌀 먹듯 기녀고 유녀고 없겠습니까?"

*정해진 기둥서방이 없는 기생.

구월이 입귀를 비틀며 픽 웃더니 문득 범과 같은 눈을 치떴다.

"그런데, 선다님!"

눈빛을 맞받자 막다른 골목에서 기습을 당한 듯 가슴이 철렁했다.

"기대하셔도 소용없어요. 지금은 폐허랍니다."

그녀는 강을 훌쩍 건넌 사람, 떨림은 다만 강둑에 서서 지켜보는 마음일 테다.

"언젠가 신임 목사가 여주에 부임하자마자 기생들을 불러 모았답니다. 새로 부임한 기념으로 뱃놀이를 거하게 한다면서요. 관내의 기생 모두가 꽃단장을 하고 모여들었지요. 전날 기생을 끼고 어울려 놀던 고장의 양반님들도 청첩을 받고 어깨춤을 추며 왔지요. 그런데 오색기를 휘날리며 강 한가운데로 떠간 놀잇배가 조금씩 가라앉기 시작했답니다."

"어허, 무슨 변괴인가?"

"짐작이 가지 않으십니까? 기생들을 태운 배에 밑창이 뚫려 있었던 게지요. 그렇게 하고많다던 여주 기생들이 한날한시에 물고기 밥이 되었답니다. 더러운 것들을 깨끗이 물속에 묻어버렸으니 그 후로 여주는 조선 땅에서 최고로 정결한 고장이 되었습니다요."

한낮 지나 흐려지기 시작한 하늘이 땅으로 내리나 보다. 들창 밖으로 밤비가 강물 위로 듣는 소리가 소연했다.

"들리십니까? 그 일이 있은 후로는 비 오는 날마다 강둑에서 여인들의 울음소리가 들린답니다. 물귀신이 된 화초기생에 홀린 양 해마다 젊은 사내들이 한둘씩 강에 빠져 죽고요."

풍속을 어지럽히는 더러운 기생들을 삼킨 강이 검은 아가리를 벌린 채 울고 있었다. 어젯밤 기담을 전하던 구월의 목소리는 깊은 물속에서 불쑥 뻗친 기녀의 손 같았다. 차갑고 가늘고 담담하여 모골이 오싹했다.

"어르신과 신다님의 뜻이 무언지 모르고, 옳고 그름을 따지시도 않으려 합니다. 누군가 힘을 얻으면 누군가는 그 힘에 당한다는 것만 압지요."

신념은 가혹하다. 고귀한 명분을 앞세우고 옹근 이익을 차리면 살인이 살인 아닌 다른 무엇이 되는가? 풀었다고 생각했던 실타래가 다시금 뒤엉키는 듯했다. 계가 전복하려는 세상은 무엇인가? 폐허 위에 어떤 세상을 만들 것인가?

"내달 초 사냥감이 움직인다고 합니다. 어느 목으로 몰아넣어 잡을지 별궁리를 해야겠습니다."

비릿한 문바람과 함께 구월이 떠난 자리에서 윤 선달은 먹먹했다. 구월은 한순간도 그들을, 도당의 이해와 명분을 믿지 않았다. 구월을 추썩이는 것은 복수심, 분을 바르고 사향주머니를 찬 채로 차가운 강물 속으로 수장당하는 순간 기생들이 품었음직한 단순하고 선명한 분노뿐이었다.

잠든 아이가 찜부럭을 냈다. 초립동이 아이를 업은 채로 흔들흔들 배와 함께 물결을 탔다. 뒤척이던 강물도 잠잠해졌다. 기녀의 옥수섬지가 간들바람으로 손을 저어 인사했다.

"아까 아이에게 먹인 건 무엇이더냐?"

무슨 묘약이라도 지닌 걸까 궁금한 마음이 들켰나 보다. 구월이 방어의 끈을 늦춘 미소를 가만히 흘렸다.

"편강입니다."

고뿔과 멀미증에 효험이 있다는 생강 편강이 무안인(無眼人)*을 홀린 묘약이었다. 시시하고 소소하지만 단단하고 든든한 일상의 비방이란.

---

*눈이 없는 사람이라는 뜻으로, 의심이 많고 불도를 믿지 않는 사람을 비유적으로 이르는 말.

관노와 사노

　종통(宗統 : 맏아들의 혈통)을 이은 적장손*이 있음에도 차자인
현왕이 보위에 오른 데는 전왕의 공신 김자점의 공로를 무시할
수 없었다. 승하한 뒤에도 김자점과 이시백을 붕우의 예로 대하
라는 유조(遺詔 : 임금의 유언) 또한 있었다. 그러나 없는 재주 중
에 남은 재주가 자기편도 적으로 만들어버리는 것이었던 김자점
은 전왕의 뒷배가 사라지자마자 격렬한 탄핵을 받았다. 즉위년
은 내내 혼란했다. 제갈량에게 마속 같은 존재는 아니었으나 어
쨌든 임금은 보위에 오르는 데 일조한 김자점을 읍참마속으로
유배했다. 상소와 추고와 파직과 체차가 이어
졌다. 통틀어 김자점에 빌붙은 무리를 색출

*맏손자. 소현 세자의 맏아들
인 석철을 가리킴.

하는 과정이었다.

꼭뒤로 부은 물이 발뒤꿈치로 내린다. 구월의 사건은 어수선한 정국의 영향으로 엉뚱하게 흘러갔다. 동짓달 열아흐레 날 결정 없이 흐지부지된 논의는 달포가 지나 다시 거론되었을 때 전혀 다른 곳으로 쟁점이 옮아있었다. 구월이 궁노로서 인평 대군의 세도를 업었다고 주장해온 신하들은 임금의 단호한 태도와 일부 종범의 체포에 공세를 멈추었다. 종친을 견제한다는 명분으로 다짜고짜 대군궁의 수노를 옥에 가둔다면 대군과 돈목한 임금의 역린을 건드려 수족을 끊으려 한다는 의심을 받을 수밖에 없었다.

납향제(臘享祭)*를 행한 닷새 뒤 형조에서 아뢰었다.

"사형수 구월의 조모 금옥의 양천(良賤 : 양민과 천민)을 분별하는 일을 저희들이 명확히 조사해 처리코자 하지 않은 바 아니옵니다!"

논쟁의 지점이 궁가의 세도에 대한 시시비비에서 새로운 곳으로 옮아갔다. 임금이 형조에서 바친 복계(覆啓)**에 기록된 구월의 신분이 명확지 않다고 문제 삼은 것이었다. 임금의 엄준한 질책에 대해 형조에서 변명했다.

"구월의 조모 금옥과 어미 난화는 죽은 지 오래된지라 물을 만한 근거가 없사옵니다. 김

*납일(臘日)에 한 해 동안 지은 농사 형편과 그 밖의 일들을 여러 신에게 고하는 제사. 효종 즉위년(1649년)에는 12월 23일 정미일에 지냄.
**사형에 해당하는 죄인의 옥안(獄案)을 다시 신중히 심사하여 임금에게 아뢰던 일.

240

태길의 아들에게 양적의 유무를 물으니 오십 년 전의 일이라 양적을 찾을 수 없다고 했습니다. 그러하기에 부득이 조모 금옥이 신역을 바쳤던 한씨 집안에서 오랫동안 종살이했던 끗례를 내세워 발명(發明)*의 증거로 대신한 것입니다. 사대부 집안의 노비를 양인의 아내가 낳은 경우는 많지만 시간이 지나면서 양인의 호적이 유실되는 일이 빈번하니, 김태길의 나이 어리고 어리석은 아들이 어느 곳에서 양적을 찾아낼 수 있겠습니까?"

발명이 대책이라지만 구멍은 깎을수록 커지기 마련이었다. 잘못된 일을 얼버무리려 할수록 말이 많아지고 일은 어려워짐에 형조에서 머리를 조아린 채 읍소했다.

"무릇 쌍방의 소송에서는 양쪽의 문서에 각각 단서가 있어야 관청에 접수되는 것이 관례입니다. 하지만 구월은 사노비로서 여러 해 동안 역(役)을 산 후에야 모계의 신분을 스스로 드러내어 관가에 들어간 마디마디의 단서가 뚜렷하옵니다. 비록 김태길의 아들이 금옥과 난화의 양인 호적을 지니고 있지는 않으나 이미 굳어진 형세에 이것을 단서로 삼을 수 없으니 신등이 감히 법에 의거해 관청에 문서를 접수하지 못한 것입니다. 신등이 아무리 변변찮대도 어찌 법률을 돌아보지 않고 마음대로 하겠사옵니까? 말씀의 뜻이 준엄하시고 깊이 아파하시는 가르침이 있으니, 신등은 황공하여 어찌할 바를 모르겠기에 땅에 엎드려 죄를 기다리옵니다!"

*죄나 잘못이 없음을 말하여 밝힘. 또는 그런 말.

임금은 구월의 사건에 사증이 명백지 않음을 지적했다. 이에 대해 형조에서 구구절절 해명하며 청죄한 것은 임금의 지적이 예리할뿐더러 중요하기 때문이었다.

사증은 『경국대전』 「형전」에 명시된, 『대명률』에 없는 조선 고유의 법률 용어였다. 송사의 증인이나 범죄의 증거를 가리키는 말로, 증인인 사증이 모두 자복하거나 승복하거나 증거인 사증이 일호의 의심도 없이 구비되면 비로소 심문이 시작되었다. 상세한 심문을 통해 옥안이 작성되고 사정의 발자취가 모조리 드러나야 범인의 자백을 받기 위해 고문하는 것이 예로부터 통용된 전례였다. 또한 한두 가지의 사증으로써 죄를 결정하는 것이 아니었다. 관련된 모든 사람을 빠짐없이 추국해 죄를 범한 자가 말이 궁하고 형세가 절박해 마지못한 연후라야 죄를 주는 것이 율문의 계칙이었다.

임금은 원칙을 내세웠고 신하들은 현실을 주장했다. 호란 이후 조선의 풍속도가 구월의 사건을 범상한 살인 이상의 것으로 만들고 있었다.

기축년(1649년)이 지나 경인년(1650년)이 밝았다. 사건은 해를 넘어 이어졌다. 사간원에서 임금께 구월을 처단할 것을 계하였다. 간관들은 구월을 살주(殺主), 즉 주인을 살해한 죄를 저지른 천지간의 흉물이라고 칭했다.

"윤리를 어그러뜨리고 도리를 어지럽힌 무리는 예로부터 없지 않았으나, 계집종이 대낮에 도성 한가운데서 주인을 살해했다는 말은 일찍이 들어보지 못했습니다. 그토록 흉악한 자를 어찌 하루라도 하늘과 땅 사이에서 숨 쉬게 할 수 있겠습니까?"

살인이 있었다. 그 사실은 변함없었다. 그러나 개인적 원한으로 구월이 김태길을 죽인 것과 노비 구월이 주인 김태길을 죽인 것의 의미는 천양지차였다.

"주인을 죽인 것은 아비나 임금을 죽인 것과 다름없으니 오래도록 형률을 따지고 있을 수 없습니다. 청컨대 신속히 처단할 것을 명해주시옵소서!"

주인이 아비요 임금이라 했다. 거역할 수 없는 절대복종의 대상이랬다. 그런 주인을 죽였으니 패륜이요 반역이나 매한가지였다. 병자년의 치욕적인 전란을 겪은 후 조선이 택한 것은 개혁이 아닌 보수화였다. 새로운 것을 반대하고 종래의 질서를 유지하며 강화하는 것이었다. 남녀유별, 노주구별, 장자 상속과 서얼에 대한 차별이 진리인 양 암송되기 시작했다.

사대부의 뜻을 업고 간관들의 입을 통해 전하는 김태길의 아들들의 주장인즉 이러했다. 구월은 김태길의 사노다. 구월의 조모 금옥은 양인이고, 금옥의 첫 남편도 양인이었다. 구월의 어미 난화는 그들 사이에 낳은 딸이니 또한 양인이다. 하지만 금옥은 첫 남편이 죽은 후 판서 한여직의 공노비와 재혼했다. 금옥과 새

서방 사이에서 낳은 두 딸은 공노가 분명하다. 양인과 공노비가 혼인했을 때는 아비나 어미 중 한쪽이 천하면 곧 천하다는 일천즉천(一賤則賤)의 종천법(從賤法)*에 따라 그 자식들이 공노비의 신분을 세습하기 때문이다. 금옥을 따라 한여직의 집에서 살게 되었지만 난화는 여전히 양인이었다. 난화가 김태길의 노비와 혼인해 구월을 낳았으니 구월은 결국 아비의 신분을 좇아 사노비가 되었다. 양인과 사노비의 혼인에도 마찬가지로 종천법이 적용되었기 때문이다.

"저는 김태길의 노비가 아닙니다!"

구월은 그들의 주장을 부정했다. 구월의 조모 금옥은 공노였으나 첫 남편과 사별한 뒤 판서 한여직의 사노인 동량과 재혼해 난화를 낳았다. 난화 또한 신분을 숨기고 김태길의 사노인 막고와 혼인해 구월을 낳았다. 노비끼리 혼인했을 때는 천자수모법(賤者隨母法)에 의해 자식들이 어미의 신분을 세습하고 어미 쪽의 상전이 소유권을 가지니 난화는 금옥을 따라, 구월은 난화를 따라 공노비라는 것이 구월의 주장이었다. 한여직과 김태길이야 자신의 재산이 늘어나니 굳이 공노를 관가로 돌려보낼 이유가 없었다. 금옥과 난화가 죽을 때까지 신분을 숨긴 것은 공노로서 역을 하면 사노인 남편과 함께 살 수 없었기 때문이다.

*노비는 서로 다른 신분 간의 교혼을 금지하되, 만약 교혼이 불가피했을 경우 부모 중 어느 한쪽이 노비이면 자식은 당연히 노비 신분을 세습하게 됨.

"구월의 일은 살인죄에 대한 법률에 따라

처단하라고 일찍이 해당 부서에 윤허하였다. 고쳐 청할 일이 없을 듯하니 기타 법으로 왜곡하는 것은 법관이 감히 말하지 못할 바이다. 특히 상소하는 뜻이 아직 분명치 않다. 전답의 일은 이미 유시하였으니 번거롭게 하지 말라."

사간원의 계에 대해 임금이 내린 비답(批答)*은 일단 불윤(不允)**이었다. 중요한 판결에서 원칙으로 삼는 것이 종문권시행(從文券施行), 즉 문서에 기재된 바에 따라 처리하는 것이었다. 그런데 구월의 양천을 변별하는 데는 양안이나 노비안은 물론 각서인 불망기처럼 증거력을 갖는 문권이 없었다. 임금이 원칙을 확인하며 말했다.

"국가가 처음부터 송사를 듣지 않았다면 그만이겠으나, 일단 이치를 따져 듣기로 했으면 반드시 그 양적의 유무를 살펴 공정하게 판결하는 것이 옳으리라. 말세에 간사한 거짓이 많아져 사노비를 공역에 들이는 자가 있는가 하면 공노비를 사택에 소속시키는 자가 있으니, 사대부 가운데 혹 공노비임을 모르고서 두는 자나 심지어 알면서도 두는 자가 어찌 없겠는가? 이제 와 공사 노비의 문서가 있고 없음을 묻지도 않고서 김태길의 노비라고 결정해 말한다면 국법이 어찌 이와 같음을 용납하겠는가?"

양천을 둘러싼 논쟁은 해묵은 것이었다. 대대손손 이어지는 신분은 누군가에게는 긴요

*임금이 상주문의 말미에 적는 가부의 대답.
**임금이 신하의 청을 허락하지 않는 일.

한 이해관계였고 누군가에게는 삶 그 자체였다.

노비가 양인을 때렸다. 그 노비는 참형을 당해 목이 잘렸다. 노비가 주인을 죽였다. 그 노비는 죽여 머리, 몸, 팔, 다리를 토막 쳐서 각지에 돌려 보였다. 노비가 실수로 주인을 죽였다. 그 노비는 교수형으로 목을 매달았다. 노비가 주인을 꾸짖거나 욕해도, 반역이나 역모를 꾀한 경우를 제외하면 노비가 주인을 고발해도 교수형을 당했다. 비록 잘못이 엄연할지라도 어버이처럼 섬겨야 할 주인을 신고하는 것은 용납될 수 없기 때문이다.

노비주가 노비를 때렸다. 아무 처벌도 받지 않았다. 노비주가 노비를 때려죽였다. 곤장 일백 대의 벌을 받되 사전에 "우리 집 노비가 이런저런 죄를 범해서 혼을 내줘야겠다"고 신고하면 그 벌마저 면제되었다. 불시에 때려죽여도 죽은 노비에게 지병이 있었음을 주장하면 처벌을 면했다. 특권은 노비주가 아닌 노비주의 친척들에게까지 주어졌다. '사람'과 '물건'의 일이었다. '사람'과 '입'의 쟁투였다. '사람'은 죽지만 '물건'은 못 쓰게 되면 버려치우는 것이 당연한 수순이었다.

『대명률직해』의 투구(鬪毆 : 싸우며 때림)에 관한 규정으로 미루어 구월은 사형이 예정되어있었다. 다만 뻔한 결말을 앞두고 왈가불가하는 것은 『경국대전』의 형벌 조항 때문이었다. 노비가 '옛 주인'을 때리거나 욕한 죄는 '현재 주인'에 비해 두 등급을 낮추었다. 예컨대 노비가 현재 주인을 때렸을 때 받을 벌이 참형이라면 옛 주인을 때린 경우 두 등급 낮춘 장(杖) 일백 대에 삼천리 유배의 벌을 받을 것이었다. 구월의 경우 김태길의 사노였음이 인정된다면 죽어도 그냥 죽을 수 없었다. 살인범이 아닌 강상죄인이 되었다. 강상죄인이라면 부대시(不待時)에 능지처사, 때를 기다리지 않고 몸뚱이를 토막토막 내어 천지 사방에 흩뿌릴 터였다.

계언과 비답이 오가는 동안 사간원에서 상소해 구월을 형조에서 의금부로 옮기기를 청했다. 임금이 마침내 윤허하였다. 금옥과 난화의 양인 호적은 실제로 확인할 수 없지만, 금우이 오랫동안 한여직에게 공물을 바쳤고 난화는 내내 김태길의 집에서 앙역(仰役)*을 살았음이 간접적인 증거로 인정된 것이다.

구월은 피를 뿜으며 주장했다.

"모두가 사실이 아닙니다! 저 또한 김태길의 집에서 앙역을 살았으나, 어미가 죽음에 미쳐 내사(內司)** 노비의 근본을 자세히 말해주기까지는 아무것도 몰랐습니다!"

그러나 아무도 믿지 않았다. 일찍이 한마디도 꺼내지 않고 있다가 그 어미가 죽음에 미쳐서야 비로소 내사에 돌아갔다는 게 말이 되지 않는다고 했다. 정황으로도 통념으로도 신분을 속이면서까지 천역 중의 천역인 사노비와 혼인할 리 없다는 것이었다. 그것도 모녀 삼대가 모두 그러했다니 터무니없는 거짓말

*사노비는 신역의 부담 형태에 따라 직접 노동력을 제공하는 앙역 노비 또는 솔노비와 신공을 납부하는 납공 노비 또는 외거 노비로 양분되었다.
**내수사. 조선 시대 왕실 재정을 관리하던 관아로 궁중에서 쓰는 쌀, 베, 잡물 등과 더불어 노비에 관한 일을 맡아보았다.

일 수밖에 없었다.

신하들의 주장을 일단 수용했지만 임금은 칙문(勅問 : 임금의 물음)을 중단하지 않았다. 사간원이 해당 관서인 형조를 앞질러 장황한 상소를 낸 까닭을 묻자 승정원에서 변명했다. 임금이 각 관서가 근거 없이 앞질러 논함을 책하자 간원이 상소해 파직을 청했다. 이처럼 일개 노비의 살인이 묘당공론(廟堂公論)*의 꼴을 띠는 것은 왕권의 강화와 관련이 있기 때문이었다.

임금은 사노비의 수가 늘어나는 것을 환영할 수 없었다. 사노는 국역을 지지 않고 오직 자기 주인에게만 신역을 부담하기 때문이었다. 나라의 곳간이 비어갈 때 사대부의 배는 불러갔다. 노비보다 양인을 확대하려는 임금과 재산을 양보할 수 없는 사대부는 충돌할 수밖에 없었다. 이익 앞에 성인군자가 따로 없었다. 스스로 고삐를 잡기 전에는 어느 누구도 원하는 방향으로 말달릴 수 없을지니.

노비는 자기 삶의 고삐를 잡을 수 없다. 태어나는 순간부터 마지막 숨을 거둘 때까지. 그래서 구월은 달리는 말에서 뛰어내렸다. 노비로서 노비가 못할 일을 했으니 구월을 처벌하기 위해서는 법 바깥의 법이 필요하다고 했다. 의금부에서 삼성추국으로 다루겠다며 초기를 작성했다.

"어찌하여 추국의 일을 고쳤는가?"

*조정의 군신이 모여 나라의 일을 의논하는 일.

임금이 까닭을 묻자 의금부에서 아뢰었다.

"만약 구월의 죄를 일반적인 살인죄로 다스리자면 형조에서 마땅히 처단해야겠으나, 이는 고공(雇工 : 고용인)이 가장을 살해한 살주의 죄라 주상께 아뢴 뒤 의금부로 이송해왔사옵니다. 율법에 비춰보건대 고공이 가장을 살해한 것은 그 죄가 십대 악을 범한 것으로 아들이나 손자가 부모나 조부모를 살해한 것과 같사옵니다. 그러니 추국을 하기에 앞서 처단의 율법을 가벼이 베푸는 것이 부당할 듯하여 삼성추국으로 하면 어떨까 하고 감히 여쭌 것이옵니다."

임금이 불편한 심기를 드러냈다. 삼성추국은 임금의 특별 명령에 따라 패륜을 범한 죄인을 추국하는 일인데 구월의 살인을 그토록 중차대하게 다루는 것은 무리하다는 지적이었다. 승정원에서 펄쩍 뛰었다.

"주상께서 살인죄를 가지고 다스리고자 하시는데 신등이 고집을 부린다 하시니 이 말씀은 몹시 놀랍고 의아합니다. 법률에 비추어서 하지 말고 직접 살인죄를 가지고 일을 처단하라고 하교하신 일이 있사옵니까?"

승정원에서 구월의 추안을 판결한 문자와 사간원의 상소와 형조의 상소에 대한 판결을 조목조목 가래니 임금이 한발 물러났다.

"알았다. 살인자는 죽인다는 것은 두루 일컫는 말이지 내가 별도로 문자를 만들어낸 것이 아니다. 이를 가지고 임금의 눈을 의심하니 또한 놀랍고 참혹하지 않은가?"

임금은 구월에게 살주의 죄를 적용하는 데 미온적인 태도를 보였다. 일반적인 살인죄로 다루기에 미흡할지라도 주인을 살해한 죄까지 적용하기는 무리라는 것이었다. 살주라면 강상죄였고, 강상죄라면 역모 죄나 진배없었다. 역모라면 반역으로 세상을 뒤집는 일이었다. 과연 스물다섯 살 먹은 여인이 사적인 원한을 넘어 그토록 위험한 역심으로 살인을 저질렀다는 것인가? 더구나 근거가 적고 우연이 많은 상태에서 쌍방의 주장이 달라 양천조차 분명치 않다.

이처럼 하리망당한 지경에 명분을 앞세워 굳이 강상죄인을 만들려는 신하들의 속내가 빤했다. 전란 이후 급증한 노비들의 거주지 이탈과 태업과 살주에 대해 경고하기 위해 구월을 일벌백계하겠다는 것이었다. 물려받고 물려줄 권리를 빼앗길 수 없는 자들을 대변해 신하들이 벌 떼처럼 일어났다. 대사헌이 상소했다.

"신하로서 임금을 죽이는 것과 자식으로서 아비를 죽이는 것과 노비로서 주인을 죽이는 것은 한가지의 죄입니다. 그 죄를 분명히 하여 형벌을 바로 세우지 않을 수 없습니다. 전하께서 살인에 관한 율법을 가지고 주인을 죽인 죄인에게 베푸신다면 형관 또한 그리 집행할 수밖에 없으니, 신은 이 법률이 과연 그 죄에 합당한지를 알지 못하겠나이다."

임금이 즉위한 지 아직 사철이 지나지 않았다. 그 또한 은근한 압박의 수단이 되었다.

"새로운 교화를 펼치신 초기에는 동토 수천 리에 걸쳐 기뻐하고 북 치며 춤추지 않음이 없었으니 교화가 완성되리라 생각하였습니다. 그런데 금번의 막중한 옥사에 있어서 마땅히 베풀지 말아야 할 법률을 베푸신다면, 멀고 가까운 곳에서 듣고는 우리 전하가 큰 옥사에 신중하신 줄을 알지 못하고 반드시 전하께서 마음에 걸리는 바가 있어서 그러신다고 할 터입니다. 이야말로 신등이 크게 두려워하는 바이옵니다!"

기어이 헌납*까지 나서 말을 보탰다.

"구월의 흉악한 죄는 하늘과 땅 사이에 용납될 수 없습니다. 그런 까닭에 신등이 동료들과 더불어 의논해 아뢴 것은 다만 율법에 따라 신속히 결단코자 한 것일 따름이지 추호도 다른 뜻이 없었사옵니다. 하오나 전하께서 교지를 내리심에 말씀이 지극히 엄하시니 신등은 진실로 황공하여 몸 둘 바를 모르겠사옵니다. 신등을 움직이는 다른 뜻이 무엇이고 어디에 있을 수 있겠습니까? 김태길의 아들들은 시골구석의 얼자이니 무슨 기세가 있어 간언하는 관원의 좌우를 부릴 수 있겠습니까? 설령 사람을 움직이는 기세가 있다 해도 신등이 어찌 김태길 하나를 위해 장황히 주장을 고집해서 우리 군왕을 저버릴 수 있겠습니까?"

신하들은 저희가 어리석고 비루해 임금의

*임금의 잘못을 지적하여 고치게 하는 일을 맡은 정5품 벼슬. 조선 때는 사간원에 딸리었음.

신임을 받을 수 없으니 직책을 파하도록 명해달라며 법석였다. 끝이 보이지 않는 논쟁을 임금이 물리쳤다.

"사직하지 말라. 물러나서 기다리고 논하지 말라."

대답이 준비된 형식적인 읍소였다. 부처 간의 견제가 없었다. 정파 간의 이견이 없었다. 모두가 예외 없이 똘똘 뭉쳤다. 사헌부, 사간원, 그리고 승정원에서 한목소리로 외치는 바는 '구월이 만약 주인을 살해한 법률을 입지 않는다면 우리나라 노비와 주인 사이의 분별이 이로부터 폐하여질 것'이라는 주장이었다.

임금은 불분명한 상소를 올린 간관들을 체차하는 것으로 불편한 심기를 드러냈으나 신하들의 단합된 주장을 배척하지 못했다. 기득권을 잃지 않기 위해 똘똘 뭉친 사대부들과 더는 맞설 수 없었다. 승정원에서 다시 상소했다.

"죄인 구월의 삼성추국의 일로 명이 내려왔습니다. 위관은 어느 대신으로 보내야 하겠습니까? 감히 여쭙습니다."

임금이 전하여 말했다.

"영의정을 보내라."

살을
먹이다*

만물이 은둔한 채 씨앗을 맺을 때, 이십사절기 가운데 음기가 가장 센 그달의 하루를 예정일로 잡았다. 대가리 잘린 짐승의 상형, 해월이다.

"해월은 겨울의 시작이지만 소춘(小春)이라고도 불리느니라. 차갑게 얼어붙어 모든 것이 죽은 듯 보이지만 단단한 씨앗 속에 싹과 꽃이 있을지니, 봄은 겨울의 꿈이다. 겨우겨우일지나 끝내 견디기 위한 희망이다."

무예를 배우는 간간이 들은 스승의 설법에서 해월은 그처럼 아리송한 때였다. '희망'이라는 말에 덜컥 내려앉던 가슴, 그토록 낯설고 아름다운 바람

*화살을 활시위에 대고 활을 당기다.

253

과 함께 말도 사라졌다. 다시는 봄을 꿈꾸지 못하고 영원히 겨울의 감옥에 갇히리라.

조청을 고기로 했다. 메밀묵도 쑬 것이다. 전날 빻은 쌀을 찧어 떡을 빚어 찌련다.

"손끝이 여물구나!"

불땜을 맞추고 농도를 살피고 날반죽을 치대는 본새를 지켜보던 노옹이 감탄했다. 엿과 묵과 떡의 요리법은 처음 배운다 했는데 서투른 기미가 없었다.

"굼벵이 꾸부리는 재주 부리듯 기다리는 일 하나에는 능해서 입죠."

깐깐한 노옹에게 칭찬을 받으면 어깨가 올라갈 법도 하건만 들뜨지 않는다.

'어쩌면 스물다섯 해를 겨우 살고 이끼 덮인 고암처럼 묵직한가?'

불현듯 염통을 후비는 아픔이 노옹을 엄습한다. 세월을 가로질러 성질과 심정을 단련시키는 첩경은 하나였다. 고통, 그 나이에 겪지 않았어야 할, 살아낸 시간으로는 감당할 수 없는 고통.

왜 자꾸 마음이 쓰이나 했다. 구월은 노옹에게 조카 난옥을 떠올리게 한다. 박명에 대한 예감이라도 있었는지 난옥도 어려서부터 애늙은이처럼 듬쑥했다. 넘어져 무릎이 깨지고도 울음을 터뜨리는 대신 놀란 어른들을 걱정했다. 그러니 그 모진 고문을 당하고도 숨이 끊길지언정 헛말은 한마디도 뱉지 않았던 게다.

이마만큼 나이를 먹고도 문득문득 삶이 낯선 것을 보면 짧든 길든 저마다 한생을 살고 가긴 매한가지인 듯하다. 저세상에서 난옥은 영원히 젊겠지. 업어주지도 못할 만큼 늙어 고부라진 막냇삼촌을 만나면 낯설어 어머나, 놀랄지도 모른다.

구월의 말마따나 엿과 묵과 떡을 맞춤하게 하는 건 각별한 재주보다 기다림이다. 조청을 먹고프면 산에 가서 나무부터 해오라는 말이 있다. 가마솥에 종일 불을 때며 고아야 얻어지기 때문이다. 고두밥에 엿기름을 섞어 떡울 때 시간을 넘겨 시어지지 않게 지켜야 하고, 찌끼를 거른 물을 고을 때도 부드러운 것을 얻기 위해서는 불을 잘 다루어야 한다. 불땀이 과하면 딱딱해지고 약하면 물러진다. 떡을 만들기까지 수고로운 과정도 그러하려니와 묵을 쑬 때도 견딜성이 긴하다. 거무튀튀하지 않은 뽀얀 빛깔을 얻으려면 껍데기부터 깨끗이 까야 하고, 점성이 적은 메밀로 쑨 묵이 눌어붙지 않도록 뭉근한 불로 오래 저어줘야 한다.

"잔치를 하려는가?"

"제상을 차리고 잔치도 하렵니다."

"무엇에 바치는 제수인가?"

조청이 입에 착 달라붙는다. 메밀묵은 찰랑찰랑하고 떡은 쫄깃쫄깃하다. 사철 일어나는 일들을 기억해 증조부인 천제에게 일러바치는 조왕신은 달콤한 조청을 좋아한다. 도깨비에게 바치는 제물 중 으뜸은 메밀이다. 귀신은 떡으로 사귄다 하고 귀신도 떡 하나로 쫓는다고 했다.

"어찌 베풀어도 그만입니다. 살아있을 때는 사람이라 하지만 죽어서는 귀신이라 부른다지 않습니까?"

예정일로 잡은 해월 초닷새는 서쪽에 손이 있는 날, 동쪽으로부터 오는 불구대천의 원수를 맞이하기에 맞춤한 날이었다. 구월이 씩 웃었다. 노옹의 등줄기에 소름이 와삭 돋았다.

속신(俗信)*은 한가지일지나 묘법이 비상한 자들이 있었다. 언제부터인가 안마당 서북쪽에 나무를 심는 유행이 번졌다. 겹겹의 대문에 울담이 높은 부잣집이었다. 술해방(戌亥方)**에 오동나무 세 그루를 심으면 노비가 성하다니 앞다투어 구덩이를 팠다. 논밭에서 수확을 얻으려면 수고로운 품이 들지만 노비는 스스로 새끼를 배어 재산을 늘렸다. 대대손손 이어지는 영원한 부야말로 영원한 꿈이었다.

그러나 영원한 부만큼이나 영원한 꿈이 또 하나 있으니, 그것은 자유였다. 태어나면서부터 메고 나온 팔천의 멍에를 벗고자 각각이 발버둥질했다. 자유의 탈로는 좁고 위험했다. 노비에게는 도망치는 게 최선이었다. 기생은 쉰 살이 넘어 역이 끝나도 딸이나 조카딸을 넣지 않으면 아니 되니 일가붙이 없이 늙어 죽는 게 최선이었다. 왜란과 호란 때는 숱한 장인들이 도

*민간에서 행하는 미신적인 신앙 관습. 점, 금기, 민간요법, 주법(呪法) 등.
**이십사방위에서 술방과 해방, 즉 서북쪽의 양쪽으로 15도가 되는 두 방향.

주해 행방불명되었다. 팔천 중에서도 하질로 취급받는 백정은 역모에 가담하는 수밖에 없었다.

목숨과 맞바꿀 만큼 자유는 귀했다. 전부를 가질 수 없다면 절반이나마 원했다. 사노들이 공노의 소생이라고 자수하는 투탁을 통해 공노로 신분을 바꾸는 것도 그런 열망의 소산이었다. 사노나 관노나 노비일지라도 개인의 재산보다는 나라의 재산인 편이 나았다.

"미안하다, 너한테는 정말 미안타……!"

난화는 죽기 직전 구월의 손을 끌어 잡고 말했다. 죽음의 더듬이인 양 차갑고 축축해 자칫 어미의 손을 뿌리칠 뻔했다.

"뭣이 미안타고?"

평시에 다감하기보다 매몰한 어미였다. 울어도 눈물 한번 닦아주지 않았고 넘어져도 코가 깨졌는지 무릎이 깨졌는지 살피지 않았다.

"우리 딸따니를 누가 울렸나? 아이고, 달음질하다 무르팍이 까졌구나! 조금만 참아라. 아배가 금방 고쳐주마!"

한달음에 달려와 우는 구월을 달래주던 이는 아비 막고였다. 남들은 엄한 아비에 자애로운 어미를 말했지만 구월에게는 반대였다. 다만 가인박명만큼이나 애절한 착한 사람의 짧은 수명이 문제였다. 김태길의 노비들 중에서 가장 부지런하고 일 잘하기로 소문났던 막고는 여덟 번째 생일 선물로 방물장수에게 특별히 주문한 꽃신을 딸따니가 신은 모양도 보지 못하고 죽었다. 막고가 죽은 후로 난화는 정신을 반쯤 놓았다. 고질로 다섯 해를 괴롭히고 끝내 저세상으로 데려간 위병도 그때 생겨났다.

"세상은 몰라도 너는 알아야지. 알아야 마땅하지."

"무얼 말이오?"

"네가 빼쏜 외할미가, 우리 어매가……."

가쁜 숨을 모으느라 턱을 까불며 남긴 마지막 말을 다 믿지는 않았다. 그렇다고 아예 믿지 않을 수도 없었다.

금옥과 난화와 구월. 금옥이 난화를 낳고, 난화는 구월을 낳았다. 금옥은 동량을 사랑했고, 난화는 막고를 사랑했고, 구월은 끝내 석산과 사랑에 빠졌다. 삶이 한창 무르익은 봄날에 들썽거리는 마음으로 는실난실 않는 청춘이 어디 있으랴마는, 그들의 사랑은 병이라면 중병이었고 약이라면 극약이었다. 사랑으로 그들은 누구도 이해할 수 없는 사람이 되었다.

오징어에서 뼈를 찾자면 나름의 내림으로 이어받은 집안 내력이었다. 모두가 노비안에 암록(暗錄 : 몰래 기록함)을 해서라도 빠져나가고픈 사노의 굴레에 스스로 제 모가지를 걸다니 어이없는 일이었다. 아무도 믿지 않을 터였다. 정황으로도 통념으로도 신분을 속이면서까지 천역 중의 천역인 사노비와 혼인할 리 없었다. 그것도 모녀 삼대가 모두 그러했다니 허술한 거짓말로 치부될 게 뻔했다.

구월은 오랫동안 침묵했다. 거짓말쟁이에 허풍선 취급을 받을까 봐 그런 것은 아니었다. 할미와 어미가 그러했듯 그녀도 자유를 포기하는 대신 사랑을 선택했기 때문이었다. 다른 신분 간의 혼인은 생이별로 끝나기 십상이었다. 동량과 막고와 석산이 사노였기에 그들과 함께하기 위해서는 공노의 신분을 숨겨야 했다. 어리석을지언정 어쩔 수 없었다. 구월은 자신의 어리석음으로 어미의 어리석음을 이해했다.

"나는 김태길의 노비가 아니올시다!"

구월이 피와 함께 뿜어 올린 절규는 단순한 진실의 항변이 아니었다. 기실 금옥과 난화가 양인이었는지 공노였는지는 구월에게 중요치 않았다. 양인인가 공노인가를 중요히 여기는 것은 소유의 권한을 판가름하기 위함일 뿐, 더 이상의 앙역과 신공을 거부하고 도망친 구월에게는 의미가 없었다.

"자유롭지 않으면 희망 같은 건 없다!"

자유를 포기하고 선택한 석산이 자유를 일깨웠기 때문이다. 여전히 자유를 모른다. 희망도 잘 알지 못한다. 함께 그것을 누리자던 석산과 그가 남긴 마지막 흔적까지 사라지면서 구월은 깜깜나라의 청맹과니가 되었다.

"나는 김태길의 노비가 아니다!"

옳고 그름을 따지지 않는다. 밑도 끝도 헤아릴 바 없다. 알고 믿는 것은 하나뿐이다. 오직, 복수!

해월 초하루에 김태길은 여주를 떠난다. 손석풍(孫石風)*이 불기 전에 한양으로 나들이해 볼일도 보고 재미도 볼 작정이다. 백세에서 절반이 꺾인 후로 김태길의 관심은 딱 두 가지, 동방삭이의 장수와 서문경의 정력이었다. 대구부의 약령시에서 보약 잘짓기로 소문났던 앉은뱅이 주부(主簿)가 구리개로 옮겨 앉았다는 소문이 들려왔다. 어려서 혼인한 아내는 소생 없이 죽었고 얼자들의 어미인 종첩은 십 년 전 염병을 앓다 죽었다. 몇 해 전 아쉬운 대로 등글개첩 하나를 들였지만 정실이 비었으니 홀아비나 진배없다.

"사내가 상처 세 번 하면 대감 한 번 한 것과 같다지 않습니까?"

한양의 소식을 물어 나르는 작자가 던진 한마디가 김태길의 가슴에 콕 박혔다. 앞의 마누라 둘이 죽었다. 이제 제대로 새장가를 가서 대감 댁 귀공자를 볼 때렷다! 죽은 종첩을 닮아 수더분한 얼자 놈들이 아비를 끔찍이 챙기지만 곧이곧대로 효도라고 흥감할 수 없다. 어떻게 모으고 불린 재산인데 천한 놈들의 입에 홀라당 털어 넣어주겠는가? 진맥을 하여 기력을 보하는 약을 짓기 위해 배를 타고 이백 리 물길을 헤쳐 가는 수고마저 감당할 만했다.

한양에 도착한 김태길은 여독을 풀기 위해 친구 김원위의 집에서 하루를 쉰다. 초나흗날 구리개의 약방에 들러 진맥을 하고 다음 날 지어진 약을 가

*음력 10월 20일경에 부는 몹시 매섭고 추운 바람.

260

지러 구종을 보낸다. 양반의 여로에는 육족(六足)이 필요하다고
했다. 말의 발 네 개와 종의 발 두 개가 길을 떠날 때는 필수려
니와, 여주의 토호로 향반 행세를 하는 김태길도 한양 행차에는
조촐하게 구종 하나만 대동했다. 쓸데없는 입을 달고 다니며 여
비를 축내기 아깝고 보약을 지으러 간다는 소문이 동리에 퍼지
는 것도 마뜩잖다. 건장한 사내종을 심부름으로 떼어냈으니 김
태길을 바깥으로 끌어내면 그만이다.

"한 가지 어려움이 있습니다."

구월이 가느닿게 눈살을 모았다.

"무언가?"

"도둑개같이 의심으로 살아온 작자라 홀로 출타하려 들지 않
을 것입니다."

"다른 방도가 있나?"

"혼자 나오지 않는다면 함께라도 끌어내야지요."

구월이 노장과 윤 선달을 번갈아 바라보았다. 창졸간에 뒤통
수를 맞은 듯 윤 선달은 멍해졌다. 살인을 모의하는 긴박하고도
잔인한 순간에 구월의 눈빛에 맴도는 것은 장난기였다.

"형조를 움직일 수 있다면 병조라고 못하시오리까?"

윤 선달이 우포도대장의 애첩이 탄 가마를 찔러 요강을 엎었
던 사건을 알고 있나 보다. 지린 기억에 윤 선달의 뺨가죽이 화
끈 달아올랐다. 형조의 뒷배를 움직여 우포도대장을 멈추게 했

으니 병조의 하급 무관쯤은 간단히 처리할 수 있지 않겠느냐는 뜻이었다.

"김태길이 유숙한다는 집의 주인이 김원위라는 자인데, 그자가 병조의 선전관이라 합니다."

"당자에 대해 알아보았나?"

주머니 털어 먼지 나오지 않는 사람 없으니 구린 뒤를 살펴 덜미를 눌러놓는 게 우선이다.

"선다님의 도움을 받으면 어렵지 않을 듯합니다."

김원위는 여주 근동 이천 출신으로 검둥개가 돼지 편들 듯 김태길과 짝패동무로 지냈는데, 경옥고와 팔미환과 사물탕을 사철 장복하는 호색한으로 화류항에 소문이 짜했다.

"옥연을 움직이라고?"

"돼지를 잡겠다고 돼지치기까지 죽일 수는 없지 않습니까?"

윤 선달과 구월의 수작에 노장이 끼어들었다.

"병조를 뒷갈망하는 것쯤이야 감당할 만하다. 허나 끄트러기라도 나랏밥을 먹는 인사를 해쳐서 문제를 키울 필요는 없지."

"조선은 술 취한 자들에게 관대하지 않습니까? 기방에서 만취해 나왔다면 눈앞에서 죽어나가는 친구를 구하지 못했대도 정상에 참작할 만한 사유가 있다고 판단할 겁니다."

"그럼 단판걸이를 할 장소도 정한 게로군."

"그렇습니다. 종로에서 멀지 않은 곳입니다."

종로에서 흥인문을 향해 가는 대로의 이면에는 피마의 용도를 비롯한 여러 개의 골목이 있다. 강원도와 충청좌도와 경상도로 가는 사람들은 흥인문을 지나 왕십리 살곶이다리를 건너 광나루에서 영남대로로 빠진다. 도성 안으로 들어오는 이들은 흥인문을 지나 종로를 통해 광화문에 이른다. 통행인이 많아 붐비지만 거개는 시골 사람이거나 장돌림이고 가다가 나그네다. 먼 길의 초입이기에 장사치나 행객이나 짐이 많아 큰길을 선호한다.

동부 연화방은 번화하고도 한적하다. 낙산 아래 동촌이라는 곳 자체가 토박이랄 만한 주민들보다는 연안 이씨 집안과 전왕(인조)의 사저인 어의궁으로 대표된다. 현왕(효종)의 잠저(潛邸)*인 용흥궁과 장안에서 으뜸가는 가택으로 손꼽히는 인평 대군궁 석양루가 동서로 마주 서있다. 인력이 움직일 대군궁에서 멀지 않다. 그렇다고 수사의 범위에 포함될 만큼 근린이라고도 할 수 없다.

기방에서 나와 피마동 골목을 지나면 취객들을 유인할 미끼는 득금과 한 아무개의 어린것이다. 어미를 빼쏘아 손이 빠르고 아비를 닮아 담이 큰 아이가 김태길의 주머니를 낚아채 잡힐 듯 잡히지 않고 도망질한다. 그사이 계는 나졸과 순라군이 없도록 근방을 청소한다. 머리카락 뒤에서 숨바꼭질하듯 매수와 협잡은 전례의 관습이다.

징검다리로 물길을 건너면 골목 어귀 길갓

*나라를 세우거나 임금의 친족에 들어와 임금이 된 사람의, 임금이 되기 전의 시기. 또는 그 시기에 살던 집.

집에 얼마 전 이사를 들어간 과부 춘이가 산다. 춘이는 구월과 함께 한성부 금리를 겁박하러 남촌에 나갔던 궁노 둘 가운데 하나와 통정하는 사이다. 안쪽 골목집 중 하나에는 김가 성의 노름꾼이 사는데 그의 도박 빚은 한 다리를 거쳐 구월로부터 나온 돈이다. 김의 집 맞은편에 사는 박가는 계의 비밀한 일원이다. 그의 누이는 호란 직후 사대부의 딸을 대신해 청으로 끌려갔는데, 신분이 들통나 혼인한 청인에게 학대를 당하다가 스스로 목을 매었다. 무능하고 비열한 지배자들을 괴롭히는 일이라면 무어라도 할 준비가 되어있는 박가는 구월의 복수를 제 누이의 것인 양 하였다. 이로써 삼절린*도 갖추었다.

의원에게서 건네받은 쇠자루칼 자루에 가죽끈을 둘렀다. 튼튼한 끈을 찬찬히 감아 잡으니 손에 착 붙었다. 파공성(破空聲), 검이 공기를 가르는 소리는 들리지 않을 것이다. 단 한 번에 빠르고 정확하게 꽂아 넣을 테니까.

"미인께서는 도와주시겠답니까?"

구월이 윤 선달에게 옥연의 뜻을 물었다.

"김원위에게 내유하라는 연통을 넣는다고 했다. 잘 익은 술을 넘치도록 보내주련다."

*가장 절친한 이웃 세 사람. 형사 사건의 절차에서는 사건이 일어난 곳에서 가장 가까이 살고 있는 이웃 세 집을 가리킴.

전하는 말은 선선했지만 말이 나오기까지는 분분했다. 옥연은 게염스러운 집착으로 윤 선달과 구월의 관계를 캐물으며 눈물 바람까지 하였다. 윤 선달은 옥연의 이상스러운 예감에, 그리고 비밀을 들킨 듯 허전해지는 자신의 마음에 당황했다.

"화류항에서 절개는 아니더라도 신의는 지켜야 할 덕목이라 했던가? 너의 기부로 무변한 뒷배가 된다면 나를 믿고 따르겠느냐?"

허둥지둥 옥연에게 뇌까렸던 말을 구월에게 전할 수는 없었다.

"그리고…… 도주할 나루를 수배하겠다."

마지막까지 망설이던 말을 뱉고야 말았다. 노장에게 듣기로 일을 치른 후 구월은 석양루로 돌아가겠노라 했다고 한다. 대군궁의 석양루는 지는 햇빛이 아름답기로 이름이 높았다. 아름다울지나 그것은 죽음의 저녁이 시작되는 빛이었다. 윤 선달은 구월에게 또 다른 선택지를 내밀었다. 천에 하나 만에 하나라도 그녀가 그것을 잡쥔다면 어디로든 함께 떠날 수 있을지 모른다는 생각이 바람살처럼 뇌리를 스쳤다. 준비는 끝났다.

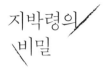

지박령의 비밀

강을 건널 때부터 목소리를 들었다.

'돌아왔구나!'

메마른 뺨을 쓰다듬는 축축한 바람의 손길을 느끼며 대답했다.

'약속하지 않았나?'

고을 동구에 접어들 때 솟대에 앉은 까마귀가 까악 울며 소리 쳤다.

'그래, 믿었지. 믿고 기다렸지!'

눈을 감아도 눈앞에 고스란하던 풍경이다. 누룽지와 명태 껍 질을 던져주고 달려 나가던 고샅, 망태에 머루와 다래를 감추고 소를 몰아 내려오던 언덕, 우물가와 아궁이 앞과 숨 가쁘던 그

노적가리 뒤편까지.

'그때 좋았지.'

'참 좋았지. 너랑 있어 좋았지.'

솔숲을 쓸어내리는 갈바람이 휘파람을 분다. 허공에 손을 저어 숨결인 양 어루더듬는다. 아무런 온기도 훈김도 없으니 빈손이 시리다.

'기어코 하겠다고?'

'나를 알지 않느냐? 혀를 짓씹을지언정 말은 헛씹지 않는다.'

원수의 집은 거기 그대로다. 음택으로도 모자라 양택까지 빼앗긴 이씨들은 체념을 했거나 원한을 품을지언정 기세가 섬약한 게다. 서까래 하나 떨어지지 않고 기왓장 한 장 날아가지 않았다. 가뭄에도 마르지 않는 우물의 물맛은 여전히 달고 시원한 감로수일 터이다. 혈과 사가 합하여 이루어진 썩 좋은 집터, 소위 발복지지(發福之地)*에 고래 등 같은 기와집이 으리으리하다.

'천벌도 지벌도 없으니 하늘을 믿지 않는다. 하늘이 있다면 이래서는 안 된다!'

빠드득 이를 간다. 피로와 불면으로 해어진 입안에 핏물이 괸다.

'갚은 만큼 돌려받는 이치를 모르나? 끝내는 너도 다치고 만다.'

안마당 오동나무 가지 끝에 앉았던 까마귀가 치 떨듯 홰치며 날아오른다. 삼대의 내력으로 모녀가 그곳에 살았다. 사랑의 지옥에서 살며 지옥의 사랑

* 자손이 복을 받게 되는 좋은 집터나 묏자리.

을 했다. 신분 대신 사랑을 택하는 어리석은 물림이었다. 그녀들이 사랑한 사내들이 악마에게 육신을 저당 잡힌 노비였기 때문이다.

'두렵지 않다.'

세상이 이해 못할 어리석음일지나 그녀들에게는 절체절명의 선택이었다. 바람으로, 까마귀로, 물결과 숨결로 말을 걸어왔던 석산이 부르르 떨었다. 그는 지박령(地縛靈), 자신의 죽음을 깨닫지 못하고 죽음을 당한 곳에서 떠도는 귀신이다. 구월의 무섭고 어둡고 지독한 상상 속에서 그는 죽은 채로 죽지 못하고 다섯 해 동안 그곳에 있었다. 뼈에 사무치고 저승에 미친 원한을 풀어 줄 구월을 기다리고 있었다.

'나는 이미 네 곁에 있다.'

구월의 입가에 보일 듯 말 듯 미소가 떠올랐다. 쓸쓸하고도 흔흔한 다짐이었다.

"중국에 이런 속담이 있다더군."

최종 확인을 마치고 돌아설 때 윤 선달이 말했다.

"누군가 너에게 해를 끼치거든 앙갚음하려 애쓰지 말고 강가에 앉아서 기다려라."

점검하고 또 점검했다. 한순간의 실책도 용납할 수 없었다. 연습하고 확인할수록 실제 순간에 닥쳐 긴장으로 실수하는 일이

줄어든다. 설령 얼혼이 빠질지라도 몸은 기억하고 익힌 대로 움직이기 때문이다. 초조로워 타든 구월의 입술에 허연 더뎅이가 겹쳐있었다.

"머지않아 강물 위로 원수의 시체가 떠내려가는 것을 보게 될 지니."

악인에게는 반드시 대가를 치르는 날이 오리라는 것이었다. 내 손에 피를 묻히지 않더라도 누군가 나의 복수를 대신해줄 거라고. 윤 선달의 눈빛이 전에 없이 어지러웠다.

"오래된 책에 또 다른 말도 있다고 들었나이다."

구월이 파삭대는 목소리로 말했다.

"형제를 죽인 원수를 보고 칼을 가지러 가는 자와는 친구도 하지 마라."

"무슨 뜻이냐?"

"무슨 뜻이겠습니까?"

두뭇개나루에 배를 수배해두었다. 연화방에서 동대문을 빠져나가 도주하기 편리하고 마포나 송파처럼 장시로 번잡하지 않으니 엔간했다. 시시때때로 광희문을 통해 동평관으로 가는 일본 사신이나 동빙고로 얼음을 나르는 배들이 오가니 낯선 행렬이라도 주목받지 않을 터였다. 얼음 대신 얼음처럼 차가운 심장을 지닌 살인자를 태우고 떠날 사공은 윤 선달에게 빚이 있었다. 사공의 딸따니를 겁간한 양반 자식을 자루에 넣은 채로 강에 던질 때 갈삭으로 동였던 바윗돌의 무게를 윤 선달의 손끝이 기억하고 있다.

"그 당장에 형제를 죽인 원수에게 앙갚음하지 못하는 머저리는 쓸데가 없습지요."

구월은 윤 선달이 내민 손을 뿌리쳤다.

"복수의 칼을 빼먹고 다닐 정도로 얼빠진 자를 친구라고 부를 수 없다는 겁니다."

어디로든 도망하는 배는 타지 않을 작정이었다. 복수의 끝, 끝의 끝은 삶이 아니라 죽음일 수밖에 없을 테다. 석양루에 낭자한 노을처럼 누리를 불태우고 하늘가에 치달으며.

윤 선달은 여태껏 이해할 수 없었다. 계에 복종해 붙좇으면서 복수를 꿈꾸는 이들을 숱하게 보았다. 노장과 노옹은 수양딸과 조카의 죽음을 겪으며 권력가들의 세상에 역심을 품었다. 박가는 죽은 누이의 이야기가 나올 때마다 장거리에서 어미의 손을 놓친 어린아이처럼 목 놓아 울었다. 본래 사공은 모기 한 마리 눌러 죽이지 못하는 물렁팥죽이었으나 강물 속으로 자루를 던져 넣을 때는 한순간의 주저함도 없었다. 겁간당한 후 정신이 오락가락하는 그의 딸따니는 첫 꽃이 겨우 핀 열두 살이었다.

"앙심과 분심이 옅은 것을 지적당하곤 하지만, 무엇으로 단점을 고치고 약점을 보완할지 알 수 없도다."

계에 복속되면서 노장이라 부르게 된 이모는 죽은 어미의 한을 풀어야 한다고 강다짐했다. 그 아리땁고 명랑하던 작은년이, 아들은 얼굴조차 기억하지 못하는 어미의 비절참절한 원혼을 해원해야 마땅하리라고 했다. 그러나 윤 선달은 좀처럼 뜨거워지지 않았다. 원수라는 자들을, 적들의 세상을 무찌르고 베어도 흔연하지 않았다. 뿜어 오르는 피와 꾸역꾸역 밀려 나오는 내장을 보아도 흥분 대신 냉연해졌다. 그리고 이내 허무의 굴길로 빠져 들어 바닥없이 쓸쓸했다.

"주제넘은 소리인 줄 압니다만……."

구월이 텅 빈 눈동자로 윤 선달을 바라보았다.

"어쩌면 선다님이 풀지 못하신 수수께끼의 답은 분노가 아닐 것입니다."

허구렁을 디딘 듯 덜컹 가슴을 주저앉힌 그 답을, 구월에 이어 옥연이 되풀이했다.

"사랑을 모르면 미워도 않는답니다."

염려와 달리 옥연은 계의 의뢰를 담대하게 받아들였다. 그보다 더 뜻밖인 것은 윤 선달이 기부가 되겠다고 밝혔을 때의 반응이었다. 감루를 흘리지는 않을지라도 기쁜 빛을 보일 줄 알았건만 옥연은 본밑이나 겨우 찾은 장사치처럼 냉담했다.

"그토록 모진 복수심이 꽃피려면 분노가 아닌 사랑에 뿌리내릴 수밖에요."

윤 선달은 옥연의 쓸쓸한 표정을 이해할 수 없었다. 아니 아무것도 이해하지 않으려 했다.

"아주 오래전부터 희망을 품었단다. 너랑 같이 일하고, 맛있는
걸 나눠 먹고, 얼뚱아기도 많이 낳아서 행복하게 살고 싶었지."

지박령의 음울한 목소리 대신 석산의 부드러운 음성이 귓전에
맴돈다. 나란히 누워 발을 뻗으면 흙벽이 닿던 닷곱방이었다. 여
름에 덥고 겨울에 추운 초라한 살림방이었지만 함께였기에 견뎠
다. 거짓부렁이 아니었다. 석산만 있다면 구월은 다 좋았다.

"안 돼. 행랑채 단칸방에서 누구의 재산인 채로는 안 돼!"

석산은 고개를 가로저었다. 슬픈 눈빛에 단호한 표정으로 하
루살이의 삶을 멈춰야 한다고 했다.

"자유롭지 않으면 희망 같은 건 없다."

처음 들어본 말, 자유 그리고 희망. 두메산골에 삼간초옥을 짓
고 화전을 일구며 살지라도 자유로워야 희망을 품을 수 있다는
것이었다.

"자유롭다는 게 그리 중한가? 희망이라는 것은 또 뭔가?"

자유도 희망도 그것을 일깨운 사랑마저 잃은 구월이 살아있는
귀신의 형상으로 중얼거린다. 삭정이 같은 손을 들어 아랫배를
쓸어본다. 희망이라는 낯선 것이 한때 그곳에 도도록이 머물렀
다 떠났다.

혼인을 하면 나가 살면서 세공을 바치도록 허락해주겠다던

약속은 지켜지지 않았다. 첫해에는 겨울 추위가 유난해 쇠기러기들이 북쪽으로 늦게 돌아갈 터이니 못자리철을 미뤄야 한다는 명분을 댔다. 이듬해에는 쌍두멍에를 멘 소 두 마리가 서로 싸워 다치는 바람에 대신 가대기를 끌어야 한다고 했다. 삼 년째는 가뭄도 물난리도 없이 풍년이 들었는데 느닷없이 집수리에 일손이 부족하다며 발목을 잡았다.

"모두가 핑계였구나. 또 속였다! 또 속았다!"

그토록 불같이 성내는 석산을 처음 보았다. 솔거 노비에서 벗어나 외거 노비가 되겠다는 계획이 틀어졌다. 신역 대신 조(租)를 바치며 재산을 일구고, 그것을 통해 속량하고 면천하겠다는 꿈이 무너졌다. 처음이자 또한 마지막으로 석산은 온몸으로 분노를 드러냈다.

"주인 영감을 찾아가야겠다."

"찾아가서?"

구월은 석산의 희망을 달콤하지만 허망한 몽상으로 생각했나 보다. 앞에서는 그를 응원했지만 마음속으로 믿지는 않았다. 우선은 주인이 노비의 소원을 호락호락 들어줄 듯싶지 않았다. 여문 일손이 아쉬워서이기도 하겠지만 욕심스럽고 감때사나운 김태길이라는 작자가 남이 행복한 꼴을 두고 볼 리 없었다.

"담판을 지어야지. 분명코 자기 입으로 몇 번이나 다짐한 약속을 없는 일로 만들 수 있겠는가?"

석산은 너무 진지했다. 너무 간절했다. 외곬으로 진지하고 간절한 모습에 구월은 더럭 겁이 났다. 희망이라는 공포에 질려 그 순간 하지 말았어야 할 말을 내뱉었다.

"그게 정말이야?"

구월의 말을 듣고 석산의 방울눈이 휘둥그레졌다. 그 후로 수없이 곱씹고 또 곱씹었다. 석산이 김태길에게 맞선 데에 구월의 말이 얼마나 작용했을까? 그 말을 하지 않았더라면 석산의 불뚝심지를 꺼뜨릴 수 있었을까? 미친 말처럼 폭주하는 운명을 막아세울 수 있었을까? 기쁨과 슬픔이 뒤엉켜 빛나던 눈망울이 잠들지 못하는 밤마다 구월의 가슴을 휘저었다.

"뭣이라? 내가 뭘 어찌 해준다 했다고?"

석산을 빼고는 모두가 알았다. 입으로 뱉은 말을 곧이곧대로 행한다면 김태길이 아니었다. 자기의 이익에 관계된 일이라면 한 입으로 두 말 정도가 아니라 백 마디라도 족히 바꿔 말할 철면피였다.

"무슨 까치 배때기 같은 흰소리냐? 나는 그런 소리를 한 적이 없고 했을 리도 없다. 감히 거짓으로 주인을 능멸하려 들다니 네 놈이 죽고 싶어 환장했구나!"

되잡아 홍이라더니 도둑이 매를 들고 나섰다. 사랑방 비단 보료에 다리를 뻗고 앉았던 김태길이 득달같이 마당으로 뛰어내려 석산의 뺨을 후려쳤다. 조석으로 장복한 보약에 영원히 늙지 않는 욕심으로 흔줄*에도 청년 같은 몸놀림이었다.

"나리! 이 집안의 재산으로 태어나 여태껏 살아온 천생이 어찌 거짓으로 주인을 능멸하리까? 걸음마를 떼고서부터 들어온 약조를 돌이켰을 뿐 털끝만큼도 지어낸 말이 없습니다요!"

손바닥 모양대로 벌겋게 달아오른 뺨을 부여잡은 채 석산이 읍소했다. 불똥이라도 튈까 봐 벌벌 떨며 늘어선 노비들 사이에서 구월은 돌아버릴 지경이었다. 답답이, 머저리, 등신……. 세상의 어떤 욕도 눈치코치 없는 석산에게 퍼붓기에 모지란 듯했다.

"저놈, 저 혀뿌리를 뽑아낼 놈! 다들 우두커니 뭣 하고 섰느냐? 저 불충한 놈이 함부로 혀를 놀리지 못하도록 매맛을 단단히 보여주지 않고!"

김태길이 침을 뱉고 손을 털고 들어가자 하인배의 매타작이 시작되었다. 이삭 대신 생살을 후려쳐 낟알 대신 생피를 거두었다. 석산의 코와 입에서 뿜어 나오는 붉은 피를 보고 구월의 눈이 뒤집혔다. 콩도 보리도 분간하지 못한 채로 다짜고짜 발길과 주먹질 속에 뛰어들었다.

"아이고, 죽을죄를 지었습니다요! 바깥애**가 정신이 나가서 헛소리를 지껄였습니다요!"

매질로 잔뼈가 굵어 맷집이라면 자신 있었다. 쇠고집에 울뚝성도 멀찌감치 던져버렸다. 석산을 위해서라면 발바닥을 핥고 혀를 물어

*사십 줄 나이.
**여자 하인이 자기 남편을 윗어른에게, 또는 윗어른이 여자 하인에게 그 남편을 이르던 말.

죽는시늉이라도 할 테다. 구월은 손이 발이 되도록 빌며 소나기가 지나가기만을 바랐다.

"바깥애? 그럼 네년이 저놈과 짝을 지었다는 계집이냐?"

김태길이 손을 들어 뭇매질을 멈췄다. 찢어진 뱀눈이 반짝이고 거품을 문 입아귀가 실룩거리는 까닭을 모르는 채 구월은 다시금 하지 말았어야 할 말을 뱉었다.

"그렇습니다요. 이년이 아이를 배었다는 소식에 바깥애가 흘게가 빠져서 분수 모르는 소리를 마구 지껄였습니다요!"

다섯 해가 지나도록 한순간도 잊지 못했다. 구월의 아랫배에 꽂히던 질척한 눈길과 널브러진 석산을 노려보던 살스러운 눈빛. 달아올라 와락 구겨진 김태길의 얼굴은 적귀, 붉은 살갗의 지옥 옥졸만 같았다.

"네놈의 꿍꿍이수작을 이제 알았다. 공물을 바친답시고 딴살림을 내서는 도망질을 할 작정이었던 게지!"

다음 날이 되자 매질을 당하고 고방에 갇힌 석산에게 새로운 죄가 생겨났다. 피범벅이 된 몸을 버둥거리며 석산이 억울함을 호소했지만 소용없었다. 김태길은 만들어진 죄를 뒷받침할 증거와 힙딩한 벌까지 준비해둔 터였다. 김태길이 증거랍시고 내세운 것은 머슴방에서 찾아낸 노정표(路程表)였다. 여주에서 다른 고을까지의 거리가 적힌 노정표는 석산이 떠돌이 장사꾼들에게 물어물어 기록한 것이었다. 그 덕분에 구종을 들러 나가 헤매는 수고를 줄인 노복들이 석산을 위해 한마디 역성을 들어주기는커녕 김태길의 명령에 따라 석산에게 형벌을 가하고 있었다.

피가 식은 듯 온몸이 오싹했다. 환멸과 배신감을 넘어선 무언가가 물밀었다. 구월은 비로소 자유롭지 않다는 것, 속박되어 산다는 것이 무슨 의미인지 깨달았다. 두려워 엎드린 복종의 삶은 허깨비다. 그들은 결코 그들 자신일 수 없다.

"노비가 주인을 거역하는 것은 백성이 임금에게 반역하는 것과 마찬가지다. 역적질을 하면 어찌 되는지 모르느냐? 역모를 도모하다 들통이 나기만 해도 난신적자로 처벌을 받느니라. 목을 자르고, 불에 태워 죽이고, 역적질을 한 놈뿐 아니라 삼대의 씨를 말려버린다는 말이다!"

김태길은 석산을 지방의 토호들이 도망한 노비를 추쇄해 다루는 방식으로 벌했다. 배산임수, 뒤로는 산을 등지고 앞으로는 물에 면한 남향집이 누린내로 가득 찼다. 석산의 발가락 사이에 대의 속살을 꼬아 만든 화승을 끼우고 불사르니 살이 타며 풍기는 냄새였다. 전저후고(前低後高), 앞이 평평하고 넓어 따뜻한 기가 모이고 뒤가 높아 북풍한설을 막는 집 안에 꿀렁꿀렁 물소리가 요란했다. 불로 익힌 석산을 거꾸로 매달고 콧구멍에 잿물을 부어 넣는 소리였다. 전착후관(前窄後寬), 입구가 좁고 안이 넓으니 좋은 기운만이 아니라 비밀도 새지 않고 오래 머물렀다. 양발의 발가락을 노끈으로 한데 묶어 나무에 끼워 매달고 노끈을 치다가, 느닷없이 김태길이 구월을 바라보며 씽긋 웃었다.

"분수 모르고 날뛰는 탁보들이 어찌 되는지 확실히 보여주지!"

나무를 켜는 톱과 마소의 먹이를 써는 작두가 등장했다. 나무 대신 석산의 손이, 마소의 먹이 대신 석산의 발이 잘려나가기 시작했다.

"아아악!"

피가 튀고 살점이 떨어졌다. 지옥에서 끌어올려진 듯한 비명이 지상의 양택을 가득 채웠다. 김태길은 대청 한가운데 교의를 놓고 앉아 역적죄를 다스리는 임금처럼 꺼떡거렸다. 애인휼민(愛人恤民)*이라고는 싹도 없는 폭군이자 난군이었다. 아니, 그는 임금이라기보다 아이였다. 가지고 놀던 장난감을 망가뜨리며 제한 없는 권력을 즐기는 잔인한 아이.

어제처럼 뛰어들지 못하도록 뒷짐결박을 당한 구월은 옴짝달싹 못한 채 모든 것을 목격했다. 처음부터 끝까지 하나하나 빠짐 없이 지켜보는 가운데 어느덧 세상이 붉었다. 눈의 핏줄이 터져 피눈물이 흐르고 있었다. 마시고 내쉬는 숨결이 비렸다. 악다문 입안에 핏물이 고여 뭉글거렸다. 그 순간 구월이 석산에게 해줄 수 있는 일은 그를 닮은 귀면이 되는 것뿐이었다.

'나는 그때 너와 함께 죽었다.'

바람이 잦아들었다. 나무들이 수선거림을 멈추고, 더 이상 새들이 울지 않았다.

*사람을 사랑하고 백성을 불쌍히 여김.

김태길이 김원위와 함께 옥연의 기방에 나타난 것은 예정한 초닷새가 하루 지난 초엿새 날이었다. 강바람이 돌연 심하게 불어 여주에서 배가 늦게 뜬 탓이었다.

"일없습니다. 광주리에 담은 밥도 엎어질 수 있으니 하루의 말미를 두었습지요."

예정일이 바뀌어 당황하는 윤 선달에게 구월이 태연히 말했다. 서쪽에 귀신은 초닷새와 초엿새에 연달아 드니 원수를 맞는 데는 이상이 없었다.

구종을 심부름 보낸 후 볼일 없는 갈피짬에 기방에 놀러 가자니 김태길은 복이야 명이야 기뻐하며 김원위를 따라나섰다. 뻑적지근한 요리상을 받을 생각에 아침을 죽 한 그릇으로 때울 때만 해도 그 복이 칼침 맞을 복이고 그 명이 죽을 명일 줄은 몰랐을 게다.

"가인(예쁜 기생)의 짝은 재자(才子 : 멋쟁이)라 하지 않았습니까?"

도도하기로 유명한 옥연이 웬일인지 실버들처럼 나긋나긋했다. 배알 없는 김원위는 깜찍스러운 추파에 일찌감치 정신을 보리동냥 보냈지만 의심덩어리인 김태길은 김원위가 세 잔 마실 때 한 잔을 받아 마시며 탕개를 풀지 않았다. 그러나 옥연의 기민혜힐이 보통을 넘으려니와 삯벼슬아치나 진배없지만 어쨌거나 선전관 감투를 쓴 김원위와 동행이니 어느덧 김태길도 긴장을 늦추고 시나브로 취해갔다.

삼해주를 증류해 만든 소주는 애고개의 양호에서 받아온 것이었다. 증류하면 열 되가 석 되가 되어버리는 감법(減法)의 마법으로 귀한 만큼 진진한 고급 술이었다. 대낮부터 시작된 술판은 질탕한 풍악 소리와 함께 저물녘에 끝났다. 마음 같아서는 밤새 주연을 벌이고 싶으나 별군관으로 드나들기 시작해 방어사가 된 단골이 유시(酉時)쯤 찾는다는 기별이 왔다니 김원위는 개가 똥을 끊듯 마지못해 일어섰다. 상급자와 외입쟁이 격식을 차리기도 무리려니와 기방에서 호탕한 체하는 아전과 장교의 해웃값이란 나랏돈을 도둑질한 것에 다름 아니기 때문이었다.

해거름에 술꾼들이 종로 거리로 나섰다. 술기운이 거나하게 돌아 김원위는 갈지자를 그렸고 김태길은 객지의 낯선 길이니 반줌이라도 따를 수밖에 없었다. 피마동 골목을 빠져나와 종묘를 지나 배오개에 접어들었을 때 뒤편에서 족제비 같기도 하고 들개 같기도 한 것이 갑자기 뛰어나오더니 김태길의 옆구리를 치고 지나갔다.

"어? 주머니, 저놈이 내 주머니를 떼어 달아나는구나!"

득금이 그러했듯 어린놈은 도물을 정확히 알아보는 재주가 있었다. 백송고리 생치 차듯 주머니를 낚아챈 어린놈은 청출어람의 부푼 간덩이로 골목골목을 짓빠대었다.

"저, 저놈! 도둑 잡아라!"

덜 취한 자와 더 취한 자로 앞뒤가 바뀌어 김태길이 쇳소리를 내며 날치기의 꽁무니를 쫓았다. 약삭스러운 어린놈은 곧이라도 잡힐 듯 잡히지 않았다. 고개를 넘고 물을 건너 한참을 아슬아슬하게 쫓고 쫓기다 보니 어느새 김태길은 낯선 골목에 들어서 있었다. 분명 대로에서 멀지는 않은 듯한데 행인의 발길이 뜸해 으슥했다.

"이놈이 갑자기 어디로 사라졌지?"

어린놈이 대문을 열어둔 제집으로 쑥 들어간 뒤 골목에 마주선 집들의 대문이 일제히 닫혔다. 그제야 김태길은 심상찮은 분위기에 기분이 싸했다. 평시에 고깔 뒤의 군 헝겊처럼 성가셨던 나졸이며 순라군은 물론이거니와 인적마저 끊겼다. 정신을 차려 보니 외진 골목 안에 김태길과 김원위, 나그네와 주정뱅이 둘뿐이었다.

"도둑놈을 잡았는가?"

뒤따라온 김원위가 가쁜 숨을 헐떡대며 혀 꼬인 소리로 물었다.

"아니……. 놈이 이 골목에 들어와서는 감쪽같이 사라졌다네."

"그럼 우리가 도깨비장난에라도 걸려든 겐가?"

김원위는 낄낄거렸지만 김태길은 왠지 불길한 예감에 오싹했다. 인과응보에 사필귀정은 개소리괴소리라 여겼지만 지은 죄가 하고많으니 켕기지 않을 수 없었다.

"얼른 나가세. 빨리 집으로 가자고!"

비틀거리는 김원위를 등 떠밀어 재촉할 때 골목 안이 캄캄해졌다. 석양이 꺼진 자리에 땅거미가 젖어 드는 까닭만이 아니었다. 검은 그림자들이 병문(屛門)*을 막고 선 가운데 돌중방** 위에 사람 같기도 하고 아닌 것도 같은 무엇이 우뚝했다.

"너희들은 누구냐?"

순식간에 술이 확 깬 김태길이 외쳤다. 몸은 사시나무처럼 떨리고 있었지만 목소리는 나름 까랑까랑했다. 술에 취했을망정 무관인 김원위가 있으니 불한당패가 함부로 못하리라는 계산이 섰기 때문이었다. 그런데 호신검을 빼어 들고 맞서야 할 김원위는 진즉에 기습을 당해 재갈을 물고 뒷결박을 진 상태였다. 어차피 만취한 지경에 격투는 무리겠지만 몸까지 꽁꽁 묶이니 갖바치에 풀무요 미장이에 호미 꼴이었다. 게다가 김원위의 어깨를 무릎으로 누르고 선 복면의 기세가 예사롭지 않았다. 김태길은 비로소 함정에 빠졌음을 깨달았다.

"무, 무얼 원하시는 겝니까?"

말투와 목소리, 눈빛과 표정이 삽시에 달라졌다.

"저는 보잘것없는 시골고라리라 댁네가 원하는 걸 드릴 재간이 없습니다. 고향에서 기다리는 병든 여편네를 위해 약값으로 거지반을 털었고, 아시다시피 불알친구와 한잔 걸치고 남은 푼돈은 아까 꼬마 애가 털어 갔습지요."

*골목 어귀 길가.
**골목 어귀에 문지방처럼 가로실러놓은 몰.

282

긴박한 와중에도 거짓으로 너스레를 치는 김태길을 향해 돌 중방에 섰던 그림자가 다가왔다.

"아이고, 나리! 제발 딴생각일랑 잡숫지 마십시오. 참새를 잡자고 대포를 쏠 수는 없으니 늙은 가죽 주머니를 놓아주어 복덕이나 쌓으십시오!"

다가올수록 괴한의 체구가 생각보다 왜소하다는 사실에 놀라면서도 김태길은 비굴하게 손을 모았다. 난생처음 보는 꼬락서니였다. 언제나 사납고 거만하고 무례하던 그가 불쌍한 늙은이연하며 목숨을 구걸하고 있었다. 하지만 눈곱만큼의 동정심도 깃들지 않았다. 사람으로서 당할 수 없는 일을 당하고서는 사람의 감정을 느끼지 못하는 게 당연하다. 김태길의 코앞까지 바짝 다가온 괴한이 복면을 벗었다.

"너, 너는……!"

짓부릅뜬 김태길의 눈동자에 비친 눈부처는 분명 사람이 아니었다. 손이 썰리고 발이 잘린 채 피 웅덩이에서 죽어가던 귀신이, 죽어도 죽을 수 없는 지박령이 거기 있었다.

"알아보겠느냐? 네 손에 억울하게 죽은 석산의 처 구월이다!"

퇴로는 없다. 윤 선달은 정체를 밝히지 말고 김태길을 해치우라 타일렀지만 구월은 끝내 그 말을 듣지 않았다. 간증이 될 김원위가 기억해 지목한대도 상관없었다. 이날 이 순간을 얼마나 간절히 고대했는지 모른다. 오직 이때를 위해 다섯 해의 분초를 전부 바쳤다. 품에서 가죽끈을 두른 쇠자루칼을 꺼내며 구월이 씽긋 웃었다. 다섯 해 전 김태길이 톱과 작두를 대령시킨 후 곁눈으로 쳐다보며 그랬던 것처럼.

"아이고!"

다리에 힘이 풀렸는지 김태길이 털썩 주저앉았다. 무쇠목숨인 듯 등등하던 기세는 온데간데없이 파리 발을 드리기 시작했다.

"쇤네가 죽을죄를 지었나이다. 제발 목숨만 살려줍쇼!"

노비 앞에 쇤네를 내붙이며 목숨을 구걸하는 꼴이 역겨웠다. 구월이 얼핏 코웃음을 칠 때였다. 엎드려 애걸하던 김태길이 바짓가랑이를 향해 손을 뻗는가 싶더니 구월의 다리를 걸어 가꾸러뜨리려 용썼다. 작고 호리호리한 계집이니 제압해 칼을 빼앗으면 살 구멍이 생겨날지도 모른다는 안간힘이었다.

행여나 구월이 방심해 댕댕이덩굴에 넘어질까 봐 도사렸던 윤선달은 이내 긴장을 풀었다. 세상 끝의 사랑과 그로 인한 고통으로 바다의 도장을 얻은 구월이 그깟 욕망의 넌출에 거머잡힐 리 없었다. 구월은 자분치 한 올 흐트러뜨리지 않고 사뿐히 김태길의 가슴패기에 타고 앉았다. 지박령이 들려준 마지막 한마디를 전하기에 더없이 맞춤한 자세였다.

"염라대왕 앞에 가면 숨길 궁리 말고 털어놓아라. 횐수작에 생거짓말이라던 그것이 네 눈이 어린 서산을 윗방아기* 삼아 부리며 쇠

*이미 생식 능력이 다한 늙은 이가 회춘을 위하여 동침하는 젊은 여자.

뼈다귀 우려먹듯 했던 약조라는 사실을."

몇 걸음 뒤에서 보기에는 인사말이라도 속삭이는 모양새였다. 경악과 절망과 공포로 번들거리는 김태길의 눈과 흔흔낙락한 미소가 번진 구월의 얼굴은 한풀이를 마치고 떠나는 석산, 오직 그만이 보았다.

구월이 가늘고 예리한 칼을 김태길의 왼쪽 가슴 아래로 깊숙이 찔러 넣었다.

꽃의 순서

　죽은 자의 이름은 김태길, 경기도 여주의 토호로 나이는 쉰 살이었다.

　죽인 자의 이름은 구월, 한때 김태길에게 앙역을 살았으나 남편이 죽은 뒤 내수사에 투속해 인평 대군의 궁노임을 자처했다.

　스물다섯의 젊은 여인이 대낮에 도성 한복판에서 살인극을 벌이니 만고의 경우를 살펴도 이처럼 공공연한 범행은 흔치 않았다. 전례 없는 범죄였으나 사건 처리 과정은 지지부진했다. 옥사가 석 달을 넘어 넉 달째로 이어지고 조정에서 열 차례가 넘게 논의된 바 있었다. 민간의 살인 사건을 장기간 논한 연유는, 초반에 대군궁의 세도를 견제하는 간관들의 기세가 드높있고 후

반에는 구월의 신분을 판별하느라 갑론을박이 있었기 때문이다.

가부간 지난한 수사가 끝나고 처결이 마무리되는 단계였다. 정월 열하루부터 영의정을 위관으로 삼은 삼성추국이 진행되고 있었다. 삼성죄인 구월의 죄목은 노비가 주인을 죽인 죄, 살주였다. 사람이 할 수 있는 최고의 재판이니 사람이 줄 수 있는 최고의 벌이 내릴 것이었다.

"나리! 어인 일로 이 시각까지 퇴청하지 않고 계시나이까?"

그새 전옥서익 오자과 더불어 오른팔 노릇을 하게 된 율생 임가가 황초에 불을 밝히는 전방유를 보고 물었다.

"별일 아니다. 문득 궁금증이 떠올랐기에 확인해보려는 것이니 개의치 말고 퇴청하라."

율생의 호기심이 성가셔 따돌리려 했지만 소용없었다. 퇴청 따위는 잊은 듯 율생은 전방유의 곁을 파고들어 기웃거렸다.

"보시는 문서는 여주 사람 김태길의 검안인 듯한데, 그 사건은 일전에 나리가 살인 흉기를 찾아내어 해결하시지 않았습니까? 미처 밝히지 못했거나 새롭게 드러난 것이 더 있더란 말입니까?"

율생의 말대로 드러나 밝혀진 바는 명료했다. 죽은 자와 죽인 자가 있고 살인 도구가 발견되었으며 종범이 검거되었다. 진술이 횡수설거하나 간증의 진술에서 살인자가 여인이라는 사실은 번복되지 않았고, 죽은 자의 옷과 머리가 심하게 흐트러져있지 않고 몸싸움의 흔적 없이 정면에서 찔렀으니 면식범이 분명했다.

일체의 정황이 고의로 죽인 고살(故殺)을 증빙하고 범인이 스스로 죽였음을 인정하니 더는 수상한 점을 찾기 어려웠다. 노주구별을 들먹이며 강상죄를 따지는 것은 조정의 일일뿐 일개 검관이 개입할 여지는 없었다.

그럼에도 불구하고 흉중에서 따끔거리는 무언가가 있었다. 상처의 개수와 칼자국의 모양이 석연치 않고 대군궁에서 살인 흉기를 찾아낼 때 수노가 보였던 태도가 아무래도 께름칙했다.

"구월이 왜 김태길을 죽였을까?"

저도 모르게 혼잣말을 중얼거렸다. 여태껏 전방유는 검험관으로서 살인 동기를 따져 묻는 데 힘을 쏟지 않았다. 시체의 안색을 관찰하고 법물을 동원해 무엇 때문에 어떻게 죽었는지 실인을 살필 뿐이었다. 사람의 말을 믿지 않고 증거를 믿었다. 몸에 남은 흔적을 통해 죽은 자의 목소리를 들으려 했다. 그런데 이 사건은 왠지 달랐다.

"구월의 남편이 주인에게 죄를 지어 벌을 받다가 죽었다고 들었습니다. 그러니 의당 원한을 품고 앙갚음하지 않았겠습니까?"

"갖추어진 사증으로는 그러한데……."

"물론 나리가 꺼림칙하게 느끼시는 것도 어쩔 수 없습니다. 간증이 진술하기로 구월이 대군궁의 여러 종들과 같이 기다리다가 김태길을 붙들어 묶었다니, 아무리 구월이 직접 찔러 살해했다고 하나 궁노들 또한 뒷배이자 공범이 아니겠습니까? 허나 대군궁의 수노와 장무를 체포해 추문할 수 없으니 도당을 지었대도 어찌하오리까?"

"나 역시 그것이 검관의 일이 아닌 줄 안다. 다만 시체에 남은 인상(刃傷)*의 모양과 애초에 고살이 아니라 강도 사건으로 헐후히 처리된 점이 여전히 미심쩍도다."

"사건 당시를 초검과 복검의 기록으로 헤아리자니 한계가 있을 수밖에 없지 않습니까? 피가 마르고 살이 굳기 전에 신원적을 봐야 확실할 터인데……."

율생의 얼굴에 떠오르는 표정이 만나기만 하면 티격태격하는 오작을 빼쏘았다. 죽은 자의 희미한 말을 들으려 기어이 귀를 기울이다 보면 그처럼 뜬것 같은 낯빛이 된다. 뿜어 나온 피와 흩어진 살을 아쉬워하며 삶보다 죽음으로 기울어지는 것이다.

"그만 퇴청하라. 이제 와 물색없는 일이로다."

전방유가 자리를 박차고 일어나는데 율생이 고개를 갸웃거리며 물었다.

"한데 나리께서 고살이 아니라 강도 사건으로 처리된 것이 헐후하다고 여기신 까닭은 무엇입니까?"

"김태길의 자식들이 상경해 사건을 재수사해달라고 호소하기 전까지 구월이 석양루에 그대로 기거했다지 않던가? 여덟 번이나 베고 찔러 난자한 뒤 달아났다면 범인은 물론이거니와 현장에 있던 궁노들도 피칠갑   *칼로 인한 상처.

을 해야 마땅할 터인데, 어찌 그 몰골로 도성의 대로를 활보하고 궁방에까지 들어가 숨을 수 있을까?"

전방유는 조정의 백관들이 여러 차례 간한 대로 궁가의 세도가 구월의 배후일 거라고 확신했다. 그런데 기이한 일이었다. 모든 범행은 흔적을 남기기 마련이다. 죽는 자와 죽이는 자가 접촉하면 반드시 흔적을 서로 주고받는다. 가마로 실어 옮겼거나 벽제(辟除)*라도 하지 않았다면 피를 뒤집어쓴 살인자가 세인의 눈에 띄지 않을 방도는 아무래도 없었다.

"죽은 이의 출혈이 생각보다 많지 않았을 수도 있습니다."

율생의 말에 전방유가 옮기던 발길을 멈췄다.

"무슨 소리인가?"

"삼검을 할 때 갈비뼈와 등마루의 칼자국이 말라있었던 것도 그렇거니와, 연화방 근처가 소생의 낭가(娘家 : 외가)라 가는 길에 들러보았는데 흙길에 스민 피 얼룩이 그리 대단치는 않았습니다."

율생 임가는 자할사를 본 적이 없거니와 인상사를 본 것도 이번이 처음이었다. 비교거리가 없어 무심히 지껄인 말에 전방유는 뒤통수를 호되게 얻어맞은 느낌이었다.

"그래, 여덟 번을 모두 찔러야 죽는 게 아니지. 그래야만 복수는 아니지……."

접었던 검안서와 시형도를 다시 펼쳤다. 손끝이 가늘게 떨렸다. 명지에 하나 아랫배에

*지위가 높은 사람이 행차할 때 구종 별배가 잡인의 통행을 금하던 일.

둘 찔린 자국이 선명한데 속살의 무늬인 화문(花文)이 비어져 나왔다는 기록은 없었다. 가슴 부근에 남은 깊숙한 두 개의 자상은 살과 가죽이 오그라들지 않았다. 삼검을 할 때 갈비뼈와 등마루에 벤 자국은 부숭부숭하게 말라있기까지 하였다.

"왜 생각조차 못했을까?"

전방유의 입에서 절로 신음 소리가 새었다. 어떤 일이든 요령을 터득하고 즙이 나면 기어이 실수를 한다. 맹인은 집골목을 틀리지 않는다는데 생눈을 팔아먹고 소경질하는 것이다. 태만일뿐더러 오만이다. 어려운 문제를 풀겠다고 덤비다가 기초적이고 초보적인 것을 놓쳐버렸다.

칼날에 맞은 시체를 검험할 때 가장 먼저 해야 할 일 중의 하나가 생전에 생긴 상처와 사후에 생긴 상처를 구별하는 것이다. 생전에 찔린 상처는 피가 어려있고 내막이 뚫렸으며 살이 넓게 부어오르고 살의 무늬가 드러난다. 또한 상처 주위가 가지런하지 않고 화문이 어지러이 뒤섞여 나오며 칼자국에 선홍색 피가 고여있다.

반면 죽은 사람을 베고 찌른 경우는 상처의 피부가 줄어들어 오그라들지 않고 빛깔이 희다. 상처 바로 아래 피는 보이지만 닦아내고 벌려 만져보면 맑은 피 대신 맑은 물이 배어난다. 속살의 무늬가 어지럽지 않고 가지런히 끊겼으며, 살이 건조하면서 혈흔 없이 흰빛을 띠게 된다. 무엇보다 피해자를 죽인 다음 시체를 칼로 찌르면 살아있을 때보다 출혈이 적다……!

어쩔하여 벽을 짚고 기대었다. 고살인 줄은 알았지만 치밀한 계획 아래 저지른 모살(謀殺)인 줄은 미처 몰랐다. 물론 알았대도 현실에서 달라질 것은 없을 터였다. 정치적 계산과 명분과 의리의 논리는 진실은 물론이거니와 사실마저도 개의치 않았다. 그렇더라도 전방유는 마땅히 인정해야 했다. 죽음으로써 삶을 읽어내는 싸움에서 패했음을.

다시, 종로에서 흥인문을 향해 걷는다. 구종을 물리치고 홀로 내짚노라니 자연 발길이 대로에서 멀어진다. 거듭한대도 피마동을 행보하는 일은 서름하다. 복닥대는 골목이 한양이라도 한양 같지 않은 느낌은 싸다니는 행인 중 촌사람과 장돌뱅이가 거지 반인 탓이다.

"탁주 한 잔 내어라."

선술집 마루 끝에 엉덩이를 걸치고 앉았다. 사람 구경이 세상 구경이다. 오랜만에 죽은 사람 대신 산 사람 목소리를 듣고 핏기 없는 얼굴 대신 혈색 도는 얼굴을 본다. 꽃샘잎샘한다지만 겨울은 분명 물러가고 있다. 전방유는 폐부 깊숙이 사람과 계절의 냄새를 들이마신다. 죽음을 모르고 삶을 이해할 수 없듯 삶을 잊고서야 죽음의 의미를 깨칠 수 없을 테다. 싸구려 탁주 맛이 나쁘시 않나.

"젠장칠! 뼈가 없나 뱃이 없나? 지렁이도 밟으면 꿈틀한다는 걸 몰라?"

등 뒤로 앉은 술손이 게두덜게두덜하는 소리가 들려왔다.

"두고 보라고! 절치부심에 와신상담이니 언젠가 이자까지 쳐서 돌려주리라!"

머리와 꼬리를 잘라먹고 드문드문 듣는 말로는 화통이 뒤집힌 내력을 알 도리가 없다. 업으나 지나 왜란에 호란이 거듭되면서 삶터와 더불어 자존심을 짓밟힌 백성들 사이에는 복수하여 치욕을 씻자는 분위기가 팽배했다. 그 앙심과 울분은 나라에 대한 충(忠)을 넘어 각각의 삶에도 파고들었다. 유학의 경전들은 하나같이 아버지의 원수와는 하늘을 함께 이고 살 수 없으니 자식이 아비의 원수를 갚는 것은 천하의 큰 의리라고 하였다. 조선의 법제에는 부인이 남편의 원수를 죽이거나 어머니가 아들의 원수를 보복 살인할 때, 출가하지 않은 딸을 겁탈한 자를 부모가 그 자리에서 살해할 때, 자식이 부모의 원수를 갚아 죽일 때는 사형을 감하여 장이나 유배로 다스리도록 명문화되어있었다.

유자가 되어 남의 말을 엿듣기 객쩍어 전방유는 술값을 던지고 일어났다. 오랜만에 마신지라 탁주 한 잔에도 설핏 취기가 돌았다. 동문 안의 연지는 서문 밖 천연정만큼 꽃놀이의 명소는 아니지만 여름이면 맑고 깊은 연못 위에 연꽃이 난만했다. 겨울 끝자락에 그리는 여름은 말라 얼어붙은 연못 바닥처럼 막막하다.

못가를 서성이며 먼눈을 던져 참혹한 살인이 벌어졌던 골목 어귀를 더듬는다.

"비분강개한 속에 죽기는 쉬워도 조용히 죽음에 나아가기는 어렵다는데……."

명분 있는 복수는 칭송되었지만 그 또한 이현령비현령이었다. 노비로서 주인을 살인한 죄로 삼성죄인이 된 구월은 달포가 넘게 추국을 당했다. 천하에 없는 죄에 천하에 없는 벌을 가했다. 저항자의 기세도 천하에 다시없었다. 첫 번째 형문에 불복한 구월은 두 번째 형문에도 복종치 않았다. 정강이가 부서지도록 묻고 또 물어도 구월은 자신이 김태길의 노비임을 부정했다. 이월 스무나흘에 세 번째 형문이 열려 형벌에 형벌을 더했으나 살주의 죄는 인정하지 않았다. 그리고 바로 다음 날, 의금부의 감옥에서 끝내 물고가 났다. 목에 쇄항(칼)을 쓰고 손발에는 쇄족(차꼬)을 차고 있었으나 구월의 시신은 홀가분해 보였다. 이생의 구속을 일절 거부한 채 저세상으로 탈출한 자유인의 모습이었다.

"거, 담뱃불 좀 얻을 수 있겠습니까? 출타를 서두르다 부싯깃 주머니를 잊었구려."

물씬한 향내와 함께 커다란 그림자가 다가왔다. 내미는 담뱃대는 설대 중간에 은을 물린 삼동물림이고, 박래품인 것 같은 낯선 향에는 곽란의 구급약으로 여인들이 지니는 한충향도 섞어있는 듯했다.

"예 있으니 쓰오."

초면의 사내가 빌어 얻은 솜 부싯깃을 제 부싯돌에 놓고 부시를 치는 동안 전방유의 눈은 넌지시 옷치레를 훑었다. 담뱃대와 향에서부터 잔풀호사*가 만만찮다 싶었는데 비단을 감싼 털토시에 쌈지와 향낭과 허리띠의 중동치레도 대단했다. 헌칠한 허우대에 치장한 모습이 장안의 멋쟁이 별감인 듯도 한데 홍의를 입지 않았으니 돈 쓰기를 똥이나 흙처럼 한다는 왈자일지도 몰랐다. 천서꾼에 삼대 진사 가문 출신으로 고급품을 알아보는 눈을 갖기는 했지만 본치를 떠나 왠지 야릇했다. 수상한 기분이 드는 까닭을 아무래도 알 수 없기에 더욱 그러했다. 불을 얻은 김에 전방유도 한 대 피워 물었다. 차가운 하늘에 담배 연기가 자오록했다.

구월은 끝내 두뭇개나루에 나타나지 않았다. 새벽빛이 밝아올 무렵 윤 선달은 밤새 기다렸던 사공을 돌려보냈다. 애당초 다른 선택지가 없다는 것을 알면서도 그녀와 함께라면 떠날 수 있을 것 같았다. 아무것도 아닌 채 아무 곳도 아닌 어딘가로.

검험의 막바지에 찾은 여덟 번째 상처, 전방유가 밝힌 바대로 김태길을 죽인 것은 구월이 놓은 칼침이었다. 손발톱 끝부터 차근차근 토막 칠 수도 있었으나 구월은 김태길과 같은 방식은 쓰지 않겠다고 했다. 복장뼈에서 일 촌 남짓 떨어진 왼쪽 가슴 아래 날카

*어린 풀의 호화스러운 치장이라는 뜻으로, 분에 넘치는 호사나 허영에 들뜬 옷차림을 이르는 말.

로운 칼자국이 치명상이었다. 찌르는 동작이 빠를수록 쉽게 살갗을 뚫는 칼은 갈비뼈 사이까지 거침없이 밀고 들어갔다. 살갗을 뚫은 후로는 많은 힘을 들이지 않고도 깊숙하게 찔러 넣을 수 있으니 단숨에 염통까지 닿았다. 염통을 둘러싼 핏줄이 폭발하듯 터져 염통을 누르자 바깥으로 드러나는 출혈이 대단치 않음에도 이내 숨통은 끊겼다. 김태길은 단말마의 비명조차 지르지 못하고 죽었다.

그것은 달랐다. 구월의 살인이 전에 없이 잔혹하고 우아한 것은 그녀가 사랑의 힘으로 다른 것을 꿈꿨기 때문이었다. 그래서 그토록 단호한 것이다. 얼음같이 투명하고 명징한 복수심은 사랑의 다른 이름이었다. 단 한 번도 꿈꿔본 적 없는 세계를 엿본 윤 선달의 가슴이 서늘했다. 슥 베여 새겨진 낯선 빗금은 그녀를 기억하는 순간마다 저려올 것이었다.

남은 일들은 구월이 구상하고 예상한 대로 흘러갔다. 구월이 물고를 당한 이틀 뒤 궁노 지순과 배리의 아들 의원이 풀려났다. 구월의 옥사로 수감되어 앞서 한 차례 형을 받았으니 구월이 죽은 뒤까지 추궁할 혐의는 남아있지 않았다. 인평 대군의 궁노들 또한 간원의 탄핵에서 벗어났다. 오직 한 가지, 구월이 예상하지 못하고 전방유가 못다 푼 수수께끼가 남아있었다. 전방유는 치명상을 제외한 나머지 일곱 개의 자상이 김태길의 사후에 생겼다는 사실은 알아냈지만 그것들이 어떻게 생겼는지는 밝힐 수 없었다.

김태길의 죽음을 확인한 구월은 궁노 무리에 꺼묻혀 떠났다. 윤 선달과 함께 마지막까지 남은 것은 김태길의 시체와 윤 선달이 급소를 눌러 기절시킨 김원위와 괴괴한 정적뿐이었다. 골목은 좁고 깊었으며 골목집의 대문들은 단단히 닫혀있었다. 무엇을 보고 들었든 침묵하기로 맹세한 입처럼 행여 두들긴대도 열리지 않기로 약속한 문이었다.

맹세는 그대로인지나 약속은 깨어졌다. 정적 속에 닫혔던 문 하나가 삐죽이 열렸다. 땅에 얽매여 떠나지 못하고 떠도는 지박령들이 문틈 사이로 스르르 나타났다. 딸과 조카와 누이와 어머니……. 목숨처럼 사랑했던 누군가를 잃고 절망의 나락에 떨어졌다가, 그 사랑을 잃은 것이 아니라 빼앗겼다는 사실을 깨달은 이들이었다. 구월의 쇠자루칼과 똑같은 날붙이가 손에서 손으로 옮겨갔다. 튀고 뿜어지고 뚝뚝 떨어지거나 용솟음쳐 날아가는 피의 축제 속에서 그들은 죽어도 사라지지 않을 구월이었다.

"봄이 머지않았나 봅니다."

사내가 흥얼거리듯 말했다.

"그런 듯하외다."

"노형께서는 혹시 춘서(春序)를 아시나이까?"

반상이 유별한데 공대도 하대도 아닌 말투가 거슬렸으나 전방유는 짐짓 무심히 대꾸했다.

"당시(唐詩)에서 읊기로는 정원 안의 매화가 가장 먼저이고 뒤이어 앵두, 살구, 복숭아와 자두꽃이 핀다지 않소?"

"그건 중국의 이야기이고, 조선의 첫 꽃은 얼음 사이에 피는 복수초랍니다. 뒤이어 노루귀가 피고 바람꽃이 피지요."

"어허, 그런가요?"

"하하, 과문한 생각으로는 복수설치(復讐雪恥)의 시류도 어쩌면 풍토의 영향이 아닐는지요?"

사내가 너털웃음과 함께 짙은 담배 연기를 푹 내뿜었다.

"아니, 복수초는 복(福)과 장수[壽]의 뜻이라 그 복수와는 무관한데……."

느닷없는 연기를 된통 들이마시고 캑캑거리다가 겨우 대꾸했다. 전방유가 매운 눈물을 찍어내고 고개를 들었을 때 사내는 언제 떠났는지 온데간데없었다.

〈끝〉

작가의 말

사건이 『조선왕조실록』에 등장하는 것은 단 한 번, 효종 1년 (1650년) 2월 27일 기사에 삼성국문(三省鞫問)을 받던 범인이 옥 중에서 물고 당했다는 여덟 줄의 기록이다. 범인은 혹독한 심문 을 받으며 '마침내 자신이 찌른 정상을 자복하였으나' 끝내 제가 죽인 자의 '종이 된 것에 대해서는 불복하였다.' 이로써 사건은 하찮은 종범 몇을 제외한 단독 범행으로 결론짓는다.

3백여 년이 지나서 보아도 수상한 결말이다. 백주 대낮에 도성 안에서 벌어진 칼부림인 데다가 피살자의 동행은 무관 벼슬자 리인 선전관이었다. 자세한 내력을 알고자 『승정원일기』를 뒤지 던 중 효종 즉위년(1649년) 11월 6일부터 사건에 관해 언급한 기사 40여 개를 찾았다. 3천여 책 중 10퍼센트만이 한글 번역된 현재의 추세라면 80여 년 뒤에야 완역될 『승정원일기』를 편집자가 소개한 한문학 연구자의 도움을 받아 앞질러 읽었다.

살인 사건이되 살인 사건 이상의 무엇일 수밖에 없다. 조정에서 단일 형사 사건을 이토록 여러 차례 다루다니 그 예외성과 특이함에 작중의 검험관 전방유가 그러했듯 '수상한 냄새'를 맡았다. 임진왜란과 병자호란, 양난(兩亂) 이후 조선 사회의 변화와 연관되어 있을뿐더러 숙종 10년(1684년) 실록에 첫 등장하는 반(反)사회 조직 '검계(劍契)'와의 관계도 추측해봄 직했다. 기실 이야기의 상상력은 사실과 진실, 그리고 비밀과 거짓말 사이에 있다. 기어이 그 틈새로 비집어 들어가보기로 했다.

역사소설의 다음 단계는 무엇인지, 무엇이어야 하는지에 대한 질문을 받았다. 2005년 『미실』을 쓸 때와 지금의 창작 환경은 사료의 접근성에 의해 크게 바뀌었다. 역사가 누구나 가져다 쓸 수 있고 모두에게 공개된 콘텐츠라면 전처럼 정사(正史)를 훼손치 않는다는 원칙에 더한 무언가가 필요할 테다.

『구월의 살인』이 그에 대한 완벽한 대답일 수는 없겠으나, 역사의 기록 속에서 사람을 발견하고 사람의 풍경으로서 시대를 이해하기 위한 분투의 계속임을 밝혀두고 싶다. 문자로 재현되는 서사가 날로 무력해짐에 추리의 기법을 대안으로 실험한 것도 쉽지 않지만 나름으로 흥미로웠다. 추리는 즐거운 침묵과 상상의 훈련에 다름 아니다. 친절하게 밝혀 말하고 싶은 욕심은 여전하지만, 하고픈 말을 줄이고 삼키는 연습이 소설에서나 남은 삶에서나 절실하다.

2018년 봄이 가고 여름이 올 무렵

과천에서 김별아

구월의 살인

초판 1쇄 2018년 6월 25일
초판 3쇄 2018년 11월 15일

지은이 | 김별아
펴낸이 | 송영석

주간 | 이진숙 · 이혜진
기획편집 | 박신애 · 정다움 · 김단비 · 정기현 · 심슬기
외서기획 | 박지영
디자인 | 박윤정 · 김현철
마케팅 | 이종우 · 김유종 · 한승민
관리 | 송우석 · 황규성 · 전지연 · 채경민

펴낸곳 | (株)해냄출판사
등록번호 | 제10-229호
등록일자 | 1988년 5월 11일(설립일자 | 1983년 6월 24일)

04042 서울시 마포구 잔다리로 30 해냄빌딩 5 · 6층
대표전화 | 326-1600 **팩스** | 326-1624
홈페이지 | www.hainaim.com

ISBN 978-89-6574-656-0

이 도서의 국립중앙도서관 출판예정도서목록(CIP)은 서지정보유통지원시스템 홈페이지(http://seoji.nl.go.kr)와
국가자료공동목록시스템(http://www.nl.go.kr/kolisnet)에서 이용하실 수 있습니다.(CIP제어번호:2018015271)